鷗外を考える

木村勲 KIMURA Isac

幸徳事件と文豪の実像

論創社

鷗外を考える——幸徳事件と文豪の実像

まえがき

文豪・森鷗外について知るところは少なかった。学生時代に数点を読んだのみである。その意味で影響を受けた作家とは言いがたい。あるいは案外早くに知っていたとも言える。どこかの社が出していた少年世界文学シリーズの『即興詩人』で、むろん別人によるサマライズ版だ。華麗なカラー刷り箱入り（戦後も高度成長の前でその華麗さが印象に残る）、そこに黒っぽい洋服の多分アントニオが、こちらに背を向けた白いドレスの貴婦人に、かがんで手に接吻するような絵柄であったことを覚えている。確かに読んだのが、ローマの歌姫アヌンチャタの名の外は記憶にない（その名が美少女のわが代名詞になったこと位が成果か）。

七〇歳を過ぎて、世に「大逆事件」として知られる一件に着目することになった。むろん問題の多い事件であるとの認識は早くから一応もってはいたのだが…。「大逆」なる語への何とない違和感が、わだかまりのようにあった。正直に言うが、犠牲となった人たちそのものへの関心と言うより、この語感への抵抗感が原点だったと思う。それが「官製造語」という宮武外骨の一言を知るに及び、年齢不相応な傾倒となり、三年前の拙き一書になった。その過程で鷗外・森林太郎の姿がクローズアップしてきた。元老・山県有朋が事件を背後で操ったのはすでに自明のことだが、その人物と濃密な関係にあった陸軍軍医高官にして、文学史上とりわけ高名なこの作家を正面から描けたら…という、おこがましき野望である。

文明開化の西洋讃仰の気分のなかで、留学地ベルリンの娘と結んだ縁《えにし》の『舞姫』は、国民心理的に受容されるベースがあったと思われる。いまも文豪の名における第一作としてあり続ける。だが、もう一つのエリート軍高官としての姿が、「二つの顔」を持つ人間との評も生んで来た。どうやらそれはこの国の近代化（成功として語られる）そのものに関わる命題のようでもある。今年二〇二二年は没後百年（そして生誕百六十年）、なにかのめぐり合わせのときに、自身の心情に即して考えてみたいと思う。

わたしは「大逆事件」ではなく幸徳事件と使う。外骨がいみじくも喝破したように、それを使った瞬間に権力の術中に陥るプロパガンダ表現だからだ。言い換えではない。最初から不当に言い換えられていた。この点、鷗外は数点の事件に直接関連する作品を含め、この語を使わなかった。事件経過に沈黙を通したということもあるが、考証学者としての筋目があったとわたしは考える。ただ百年の現実は重く、資料引用など原文重視から本書でも用いざるをえないことを、忸怩感をもってお断りしておきたい。

念のため付記する。不正な権力造語を許さないということであって、人々の間から生まれた言い得て妙な表言には、寛容でありたいと思っている。規準は尊厳にある。

木村　勲

鷗外を考える——幸徳事件と文豪の実像

目次

第一章　公判の高官傍聴席にいた

第二章　コッホ来日歓迎会の屈辱

第三章　背信の旋律と新聞との葛藤

終章　小説家から考証史家へ

▽本文・引用文とも難字には適宜ルビ及び句読点を付し、旧字の現代表記化もした。〔　〕内は著者の補足注記。

第一章　公判の高官傍聴席にいた

（第三種郵便物認可）　明治四十三年十二月十一日

●特別裁判《とくべつさいばん》
無政府主義者《むせいふしゆぎしや》の第一回公判開廷《だいいくわいこうはんかいてい》
▽直《たゞ》に傍聴禁止《ばうちやうきんし》さる

奇怪なる大陰謀として傳へられし幸徳傳次郎、管野すが、奥宮健之等二十六名の無政府主義者にかゝる被告事件の特別裁判は再三報道したる如く愈昨十日午前十時四十五分より大審院第一號大法廷に於て開廷されたり

▲拂曉の法衙　時正に午前六時、天晴れて星光物凄し鷄鳴あり狗吠あり電車既に運轉を始めたれど天未だ暗く大路に人なし大審院に到る途中各署の應援巡査の三々伍々隊を成して大審院さして行くに逢ふ、遠く大審院、司法省を望

公判開始の東京朝日記事（部分）と法廷のイラスト画。「大逆罪」の語はまだ使われていない
＝明治43年（1910）12月11日

第一節　「軍服姿で」と書いた新聞記者

明治四四年（一九一一）一月一九日、新聞は幸徳秋水ら二四名の死刑判決を「大逆罪」の名で大々的に報じた（図1）。前日、大審院（今の最高裁）で刑法七三条適用が宣せられたもので、「天皇、太皇太后、皇太后、皇后、皇太子又ハ皇太孫ニ対シ危害ヲ加ヘ又ハ加ヘントシタル者ハ死刑ニ処ス」がその全文である。ここに大逆なる語はない。次条の七四条は①同者に対する不敬行為②神宮・皇陵への同行為は共に最高懲役五年。七五条は皇族に危害加えた者は死刑。七六条は皇族に対する不敬行為は最高四年以下の懲役を定め、七三条から七六条までの全四条に「皇室ニ対スル罪」の名が冠されていた。大逆罪とはもともと古代の大宝律で山稜・宗廟・宮城など造営物への破壊行為であり、この明治刑法では七四条の②に相当するものだ（ここにも大逆の語はない）。

つまり幸徳らの事案に使うなら皇室罪を以てすべきであったのだが、大審院の判決文自体が「大逆事件判決書（大審院特別刑事部裁判）」を表題に謳い、この語を散りばめた本文となっていた。それまでの報道でもこの語は使われておらず、同院が極めて意図的に使ったことが分かる。情緒的、むしろ扇情的なその響きは法理を離れた大審院〝文学〟というにふさわしく、周知の如く世上に深く浸透していくことになる。宮武外骨が「おそろしいやうな言葉、これは支配階級者及びその支持者、迎合者の側で云つた名目……官撰の語」（一九四六年）と本質を衝いた事態である。

幸徳ら全二六人の被告の公判は前年一二月一〇日に始まった。早朝から傍聴希望者や見物人が詰めかけいったん一五〇人に傍聴券が配られた。一〇時四〇分開廷、被告の住所・氏名の確認尋問が終わって、検事の公訴陳述に入ろうとした時、裁判長の鶴丈一郎が「本件は安寧秩序に害あるを以て公開を停止する、今後も公開せず」を宣し、司法省高官と傍聴願いを出していた弁護士の一〇人ほどを除き全員退廷させられた。開廷から二八分のこと、司法記者室の新聞記者も退去処置――一一日紙面は幸徳を先頭にした深編笠姿の被告入廷の様子と氏名応答までは書いたが、

大逆罪の判決
▽幸徳秋水等廿四名は死刑
▽有期懲役は僅に二名のみ
▲傍聴人の群集
▲森厳なる法廷
▲判決書の朗読

図１　「大逆罪」の名で報じられた死刑判決
＝東京朝日（明治44年1月19日）

後は裁判官・担当弁護士名などのデータ類及び法廷外の野次馬的風景で埋める。以後、特別裁判の名で開く法廷も何時に始まり何時閉廷という中身のない短行ものとなる（以上、東京朝日）。それが年明け一月一八日の判決審では記者の氏名再確認のもと、傍聴が許可となり「大逆」の大宣伝を担うことになった。

公判初日の傍聴席に森鷗外がいたという説がある。「毎日電報」記者でそのとき二五歳だった猪股達也（電火）が、事件判決

から一二年経った大正一二年（一九二三）八月号の「新小説」誌に書いた回想記「出来事中心の世間縦横記」（以下「縦横記」と略す）に起源をもつ。長文の記、一七の小見出しを立てたうち八番目の「大逆事件と森鷗外」の項にこうある（傍線は引用者＝以後も）。

その日は非常に寒かつた、道には五寸ほどの霜柱が立つてゐた。……その霜を踏んで傍聴人が裁判所へ殺到したときは、裁判所の周囲は恰度《ちょうど》戒厳令でも敷かれたやうに、制私服の警官や憲兵に依つて厳重に警戒されてゐた。（中略）

九時となつた。開廷遅しと構内をぶらぶらしてゐた傍聴人やつとの事で入廷を許されたが、記者団も一般傍聴人と相前後してその席についた。恰度私が入廷しやうとする時であつた、（傍聴弁護士の）澤田薫は突然私に言葉をかけた、『今日の高等官席に不思議な人が傍聴に来てゐると思ふよ、君はそれが誰だと思ふ』と、謎見たやうな事をいつた。

『さア、誰だらう、わからないね』

『さうかな、僕は屹度来てゐなくつちやならないと思ふのだがね、たゞ僕も想像だけだからしつかとしたことはわからないけれども、必ず来てゐると思ふ』

『それは一体誰だい』

『文学博士の森林太郎だ』

『正可《まさか》、彼は軍医総監の肩書きを持つた国家万能の徒じやないか』

『さういう見解をもつてゐから想像がつかないのだ――僕は彼が最近書いた或る著述を読んだが、――国家そのものゝ○○《ママ》は人類共存の上に大して○○《ママ》のあるものではない――といつたやうな、軍人らしくない意見を吐いてゐたよ……』〔伏字○○は天皇と意義か、鷗外作品に直接この表現は見えないが、彼が直前の一二月一日刊「スバル」に掲載した『食堂』中の表現から澤田が意訳した可能性は後述〕。

『鷗外のいひさうなことだが、君はそれで彼が被告に同情して傍聴に来てゐるといふのか……』

『同情してゐるかどうかはわからないが、兎に角あゝした考へを持つてゐるから傍聴に来るに違いないと思ふのだ』

『じや賭けやうか』

『賭けしたところで仕様がないが、賭けても可い』

斯うした問答が二人の間に交換されて、二人は相前後して入廷したのだつた（以上傍線A）。

一般傍聴席には、二十名許りの警官が厳重に警戒し、粛として水を打つたやうに静けさであつた。高等官席にはまだ誰も着席していなかつた。

九時三十分となつた。被告のはいる扉が開かれたと思ふと、そこから深編笠を冠つた被告がはいつて来た。被告の手には黒鉄の手錠が固くはめられてゐた、そして特に此日に限つて、ピストルを腰につけた二人の看守が被告の両手を両方から自分等の手に組んでゐた。一番先頭の被告は着席する数歩前のところで網笠を取り除かうとしたが、縛られたその手は網笠に届く筈がなかつた。それを看守が衛《エイ》と取つてやると、被告は莞爾笑《にっこり》つて廷内を見廻した。それは実に本件の巨魁幸徳であつたのだ。

傍聴人の視線は期せずして幸徳の上に集つた。豊富でない八字髭を蓄へた容貌はいさゝか病に蒼褪《あおざ》めてゐるが、悪怯《わるび》れた様子は少しもなかつた。（黒七子の橘の五紋附の羽織の）その下には莫大小《メリヤス》の白の褪衣《シャツ》を腕長に着てるがその手は蒼黒く細かつた。それから森近、宮下、新村、古河、奥宮、大石、といつたやうな順で入廷したが、一番最後を承つたのは管野すが子であつた。彼女は、「自由思想」の公判の時よりも寧ろ血色がよくなつて、薄化粧でもしたやうに見受けられた。襟に第一号の番号をつけた彼女は、髪は銀杏返へしに結んで、お納戸色の紋羽二重の羽織を着てゐたが、その紋は幸徳と同じ橘であつたのが傍聴人の注意を曳いた。彼女は着席すると幸徳と視線を合せて寂しく笑つた。（略）

斯《か》くて、法廷正面の扉が颯《サツ》と開くと、粗髯を垂れた鶴裁判長は、いさゝか前かゞみになつて、陪席判事を従へて着席した。その後につゞいた検事の松室致、平沼騏一郎両名も威容厳たるものがあつた、當時松室は検事総長で平沼は司法省の民刑局長であつたが、此日は特に検事として立會つた（その後は大審院検事板倉松太郎も時々立會つた）。弁護人は何れも在野法曹の錚々《そうそう》たるものが網羅されてゐたが、事件が事件とて至つて謹厳な態度で控へ、被告の為めに熱弁を揮《ふる》はんとする気勢が見へてゐた。裁判官が着席すると、つゞいてその後方の高等官傍聴席には現検事総長で時の東京地方裁判所長鈴木喜三郎を始め幾多の高官達が着席したが、その中に果して、澤田が想像した通り軍服姿の森鷗外を発見した。すると、澤田は、「それみたことか」といはん許りの顔付で私を見て笑つた。（傍線B）

鶴裁判長は一わたり、被告席を見廻した、この時、満廷粛として水を打つたやう、たゞ看守と警官の剣の音が、四方の壁に響き、高い天井に応え、一種いひやうのない響きを発して傍聴人に冷たい感じを与へた。裁判長は幸徳に起立を命じた。すると幸徳は莞爾として起ち上り……。（以下略）

鷗外が在席したという猪股電火のこの叙述は、リアリティがあるが研究史的には認知されていないようである。最大の理由は彼自身がこの七か月後、「電光石火」の筆名で書いた同裁判についての第二稿の叙述で、肝心な上記傍線A・B部を消去していたからだ。この稿は大正一三年三月刊の「日本弁護士協会録事　第二九三号」（以下「録事」と略す）に掲載された「反逆者の裁き――幸徳事件の思い出」で、これは「新小説」掲載の「縦横記」中の「大逆事件と森鷗外」の項（これだけで四百字原稿で三五枚程）をそのまま下敷きにした改稿（同一五枚）であり、第一稿のサマライズ版であることが分かる。

縦横記では「記者団も一般傍聴人と相前後してその席についた。」と切ってA部に入ったが、七か月後の「録事」の「反逆者の裁き」では「記者団も……席についたが、」と読点にして、以下A部を全て削除し、「一般傍聴席には、二十名ばかりの警官が厳重に警戒し、粛として水を打つた……」へ直接繋げる。B部へは縦横記は「弁護人は何れも在野法曹の錚々《そうそう》たるものが網羅されてゐたが、」に続けて「事件が事件とて……」と入ったが、録事では「網羅されてゐた。」と切り、B部を全欠落させて、改行で「鶴裁判長は一わたり被告席を見廻し……」に繋げる。つまり森鷗外の名は完全に消えたのだ。弁護士の澤田薫の名も一緒に。削除の仕方としては極めて単純明快で、預りになったその部分を元の該当部に戻せば第一稿に戻る――はめ込み細工のような構造になっている。

両稿の間の大正一二年一二月、難波大助による摂政宮（後の昭和天皇）狙撃未遂事件があったことに留意したい――それと三か月前の九月一日の関東大震災も。この第二稿「録事」では書き出しが「虎の門事件――と云へば、これを具体的に説明するまでもなく、国民の頭にピーンと響いてくる国家の大不詳事件である」とあるように、この事件を踏まえて幸徳事件に進む構成をとっている。上述に続き「それにつけても思ひ出されるのは、いまは過去の物語となつて、次第に国民の記憶からうすらいで行きつ、ある彼の幸徳一派の大逆事件」となり、緊張した世相下に幸徳らのことが大助の大逆事件を契機に、改めて想起された情況を窺わせる。

とはいえジャーナリストとして上述改作は重大な問題には違いない。「新小説」への執筆は十数年の記者生活をやめた頃のこと。彼の「毎日電報」入社は明治四一年初夏で同紙の女性記者・管野須賀子の退社（同六月二二日の「赤旗事件」で検挙）と入れ替わりで、いわば後任だ。彼女について、「鉄のやうな意志と火のやうな情熱で同僚からも敬意を表されていた」と「縦横記」及び「録事」でも書く。毎日電報社は幸徳ら事件のすぐ後に「東京日日新聞」（後に大阪毎日新聞に併合される）に合併されたが、猪股は引き続き勤務した。大正一二年には病気で退社しているので、両稿ともフリーになっての仕事となる。はめ込めばそれと分かる明瞭さは、今は万やむを得ないながら…の思いを込めた、後の世にこの件につき関心をもつ者へのメッセージともとれる。善意に解釈すればだが。

猪股記事への強い疑念を表したのが森長英三郎だ。鷗外のこの事件に関連した作品「沈黙の塔」及び山県有朋との微妙な関係（後述）を踏まえた上で、「……第一師団長でもなく憲兵司令官でもない、陸軍軍医総監鷗外の傍聴は、前記特別傍聴人の顔ぶれからみるも、場ちがいであり、あまりにも異様である。私は大審院の特別傍聴人名簿のようなものがでてきて、それに鷗外の氏名を見つけるまでは、鷗外の特別傍聴を疑問としておきたい」とし、さらに鷗外の日記に「十二月十日、晴、鈴木本次郎筆受に来ぬ」としかないことをあげる（『幸徳秋水全集 別巻二』刊末の森長「解説」、一九七二年）。この前段でその論拠とした以下も引用しておこう。

私〔森長〕は本稿（の解説）のために東京市で発行する十種の新聞記事をみたが、鷗外の傍聴を報じたものはひとつもない。『東京朝日』は、「柏原秘書官小山監獄局長を始め司法省高等官数名並《ならび》に該事件の検挙に従ひし武富、小原の各検事等も居列《ゐなら》び」と書き、『国民新聞』は「特別傍聴人の格で長谷川控訴院長〔今の高裁〕鈴木東京地方裁判所長　小山監獄局長豊島・谷田両司法省参事官　柏原司法大臣秘書官　磯谷横浜地方裁判所長　飯島判事　武富小原両検事等がズラリと判官席後方に腰掛を並べ」と書いていて、軍服姿の陸軍軍医総監兼陸軍省医務局長鷗外のはいりこむ所はなさそうである。そして猪股が報じた『毎日電報』では、「判官席の後に控訴院地方裁判所等の判検事及司法省の豊島博士柏原秘書官等が傍聴すべく」とあるだけである。鷗外の傍聴を秘密にしなければならない理由は考えられない。反対にビッグニュースであるはずである。

いわゆる「大逆事件」を軸とした近代法曹史研究の泰斗であり、自身が権力犯罪・労働問題を担った弁護士である森長のこの言は、かなり影響力をもったようだ。これに対する疑義を呈したのが鷗外研究の篠原義彦で『森鷗外の構図』（一九九三年）の中で以下のように展開した。

「縦横記」のコピーとでも呼ぶべき（録事の）「反逆者の裁き」の中で、最大の「ビッグニュースであるはず」の鷗外臨席のくだりが消滅してしまったこと自体が異様ではなかろうか。「出来事中心の世間縦横記」の発表が大正十二年の八月のこと、一か月後の関東大震災をはさんで七か月後の大正十三年三月の「反逆者の裁き」の中でもののみごとに欠落したことの中にこそ、問題の本質が潜んでいるのではなかろうか。九月一日午前十一時五十八分の

> 関東大震災、それに続く無政府主義者大杉栄、伊藤野枝らを殺害した甘粕事件、何が生起しても不自然でないような暗雲が帝都をおおっていたはずである。前年七月九日に鬼籍に入ったとはいえ、陸軍軍医総監陸軍省医務局長が大逆事件に並々ならぬ関心を抱いていたという絵柄自体が陸軍上層部の快しとせざるところである。鷗外森林太郎の傍聴の事実は、大逆事件公判継続中の明治四十三年十二月から四十四年一月にかけても隠蔽しておきたい事実であったし、十三年後の大正十二年においても隠蔽のままで歳月の経過に委ねるべき問題だったはずである。陸軍上層部にとって猪股電火の掘り起こしは見すごしえない案件であった。「縦横記」における電火と沢田薫《ママ》の会話は刺激的でありすぎる。「正可《まさか》、彼は軍医総監の肩書きを持つた国家万能の徒じやないか」「国家そのもの、〇〇は人類共存の上に大して〇〇のあるものではない——といつたやうな、軍人らしくない意見を吐いてゐたよ」という二人のやりとりは剣呑である。「縦横記」公表後の猪股達也に何らかの指示、圧力があったとしてもさほど不思議な状況ではない。（中略）「場ちがいであり、あまりにも異様である」がゆえに二人の注視するところとなり、そして、同時に在京各紙の報道するところとならなかったのであり、十三年後「新小説」で一たび日の目を見たものの、再び葬り去られねばならなかったのが大審院高等官傍聴席の「軍服姿の森鷗外」であった。

「陸軍上層部の快しとせざる」部分は後述のようにわたしは少し違う見方をしているが、この篠原分析には基本的に同意する。ここで森長のいう「大審院の特別傍聴人名簿のようなもの」に注目したい。公判開始前に報道陣に配られた資料は当然あった（広報という表現はなかっただろうが）。当日の一〇日朝刊に朝日では裁判長の鶴丈一郎以下六人の判事名、検事の松室・平沼・板倉の三人、そして花井卓蔵・磯部四郎・今村力三郎・平出修ら一一人の弁護士名が担当被告名と合わせて載っている（全被告の氏名・年齢・住所はだいぶ前から既報で周知のこと）。

四二歳の花井が実質の弁護団長で、足尾鉱毒事件などの人権派弁護士として知られ既に衆議院議員であった（大逆事件を造作した大審院検事の平沼騏一郎とは足尾事件で対して旧知、さらに明治四〇年二月からの刑法改正の第二三回衆議院特別委員会でも論客の彼と政府委員の平沼が対峙するなど気心を知る関係にあった）。平出は「明星」の論客で知られそのときは「昴《スバル》」誌の主宰者、法廷における唯一の弁護陳述を残し、『畜生道』などの文芸作品でも事件を書いた。今村も被告の信頼を得た人で事件資料を現在に伝えることになる。

朝日の上の記事の冒頭に「今《こん》十日午前九時より（略）開廷するはずなれば大審院は昨日来之《これ》が準備に忙殺され」とある。昨日の「忙殺」のうちにはこの広報資料の準備も入っている。この場合、掲載は翌朝紙面という縛りがかかる。解禁といわれこの資料があってこの朝の紙面がきっちりと展開できるのだ。裁判官・担当弁護士名の全公表もこのときに違いない。できるだけギリギリにしないと特ダネ意識の抜け駆け記事を誘発し、権力にとって何かと不都合が生じる。氏名・肩書きに誤記などあってはならない。傍聴高官名もあり、それには「他に軍関係者ある場合は書くを許さず」の付記があったと考えられる。もっとも口頭の一喝厳命で済むことではある〔記者への〝教育〟は六年前、日露開戦からほどなく軍令部参謀の小笠原長生が海軍省新聞記者集会室で系統だった講義をしていた。規制と御用宣伝の心得を説き、小笠原は翌年の日本海海戦の敵前回頭神話を創っていく＝拙著『「坂の上の雲」の幻影』一二六頁〕。

その傍聴の高官が森長が上に書く翌一一日紙面、朝日では柏原・小山・武富・小原の四人、国民新聞ではこの四人を含む九人、それと毎日電報が書く司法省の豊島〔直道〕博士で、恐らく計十数人ほどだろう。むろん林太郎はない、そのための付記か一喝である（背後の存在あり…）。これらは必須データではないから各社・記者の判断で取捨して載せている。国民新聞は律儀に多く書き（サービスである）、朝日は明らかに四人を選択した。柏原は山県直系の司法大臣・岡部長職《ながもと》の秘書官であり、監獄局長の小山は収監被告の実況を把握（東京監獄典獄からの報がすぐ入る）、武富・小原の両検事は事件本体を直接知る立場（松室・平沼への直取材は困難だっただろう）、いずれも取材上のツボなのである。秋波という語は適切でないにしろ、万《ばん》ご配慮よろしく…の仁義だ（監獄の元締めの小山には明らかに得るところがあった）。

さて、凍りつくような緊迫感の開廷法廷、三面（社会ネタ）記者たちの視線は異様な雰囲気の編笠姿の被告たち、とりわけ幸徳と管野に収斂していた。翌日の各紙面でそれが分かる。筆のヨリのかけどころなのだ。判事席の後ろ側の高官席はこの場では暗幕調に沈んだ背後のその他大勢組で、なかでも俯き顔であったはずの軍服姿にあえて注目する者はなかっただろう——猪股を除いて。彼にしても弁護士の澤田に促されてその存在を認識した。

文人でもあった弁護士・澤田の眼差しは報道陣とは全く異なっていた（鷗外は公判開廷の一〇日前に刊行のスバル一二月号に『青年』第一五節、「三田文学」同月号では『食堂』を発表した直後）。なお鷗外日記に裁判傍聴の記述がないという森長の指摘について言えば、書かないところに意味があるのが鷗外日記である。また「鷗外の傍聴を秘密にしなければならない理由は考えられない。反対にビッグニュースであるはず」には、鷗外という人間とメディアへの認識にかなり疎漏がある。

鷗外・林太郎は前年から小説雌伏を終えて、ミニコミ誌に小品・短編を書き出したばかりであり（総じて屈折した不満・不機嫌が滲む）、このときは初の長編『青年』の進行中であった。『雁』は翌年九月の開始、『興津弥五右衛門の遺書』に始まる歴史小説は二年後、話題作『阿部一族』『堺事件』『大塩平八郎』などはその先、さらに『澀江抽斎《しぶえちゅうさい》』『伊沢蘭軒』など史伝の大作は先の先（事実上、漱石没後の仕事）…つまりまだ文豪は成立していない。一方、五年前の『吾輩は猫である』で衝撃的デビューを果たした漱石は、三年前に鳴り物入りで朝日に入社して『虞美人草』『三四郎』『それから』と話題作を連発、この年は『門』の進行中で、すでに一世を風靡する大作家だった。この時点で、敗戦後に学問ジャンルとして成立した「日本近代文学」における漱鷗時代認識を繰り込んで見てはいけない。

林太郎はむろん有名であったが、軍医トップとしてであり（『舞姫』の残影はあったにしろ）、筆では専門誌に医学論文・同随筆、及び「文」でも美学・哲学論に立つ批評に多筆だったが、総じて専門家及び文学青年向きで高踏的であった。それも軍高官殿という意外感――もの珍しさへの注目といえる見られ方が常にあり（逆に軍内部では売文に専念する者との冷視…）、本人の屈折となっていた。三面記者の視界には森林太郎は希薄だったといえる。朝日の主担当者は入社二年目、三二歳の松崎天民で全く別種のビッグニュースを書き出して敏腕記者の名を得ることになる。

第二節　愚童の弟、棺の蓋を金槌で砕く

一二月一〇日に始まった公判の二六人の審理は厳戒下で連日続き、一七・一八日を休んだだけで二九日に結審した。二三日の日には弁護側は被告のための証人喚問を申請したが、翌日すべて却下され、二五日に平沼騏一郎が絞首刑求刑の検事論告、二七日から三日間が一一人の弁護人弁論となり、平出は二八日で午後二時間の熱弁だった。年が明けた一月一八日二四名に死刑判決（二人は有期懲役）、翌一九日朝刊の新聞見出しに上述の「大逆罪」が躍った。この一九日、一二名は無期に特赦減刑。判決からわずか六日後の二四日に一一名を執行、管野一人は翌日だった。

二五日夕より東京監獄で死骸引渡し開始。朝日は翌二六日紙面に「逆徒一二名の死骸引取りに就て死刑執行當日にも増したる混雑を極めたり……方二尺角もあらん四角の竪棺（座棺である）……幸徳、奥宮、内山の三棺は堺（利彦）、大杉（栄）、石川（三四郎）その他の人々二十余名に取り巻かれつ、氷の如き星月夜を（監獄のある）大久保より順路落合に向ふ」と。先頭は正門から

大石の棺で人力車に乗る実兄ら近親六名に伴われ六時半に出発。次の内山は「堤防の彼方の不浄門」からで、奥宮・幸徳の順で続き同五〇分発と読める。つまり大石と内山の間には距離があった。朝日記事を主に見ていくと——。

門を出たところで、内山愚童の実弟・正次が充血した目で、「斯《こ》う釘付にしては何者の死体が入つて居るか判らぬ。棺の蓋を開いて一目で宜い 実兄の死顔が見たい」と言出した。が、「場所柄なりとて人々押止め」た。大石の棺は「七時落合火葬場に着」。後続の幸徳の棺にトラブルが起こる。大久保の踏み切りで二〇人の制服巡査が現れ、死体引取り人以外は一歩も進んではならぬ……と。堺・大杉・石川ら一〇数人の随行者は懐中物・携帯物の捜査を受けて通るが、「報知記者と朝日記者（自分天民）の二名のみは身体検査を受くるの難場に逢はずして七時二十分火葬場に着せり」と書き、堺らの着は七時三〇分とする（彼らは新宿署への出頭命令を受け一〇時には署へ行った）。警察が幸徳の棺を特にマークしていたのだ。因みに報知記事では大石の棺は七時二五分着、幸徳らのそれ（堺ら随行）が七時五〇分着で、同記事にも「朝日記者松崎天民及び我社の記者だけは直ちに棺と共に落合に往けり 其他の者は皆茲《こ》処《こ》より去る」とある。報知は毛呂記者だ。両紙とも他社がいないことを念押し、独自ネタの強調である。

なお天民の後年の回顧録『人間秘話』では、監獄からの発が午後九時過ぎとなった。彼の時制記述に不審をもったのが森長で、前掲書で記者（天民）は本当に現場を見て書いたのかと強い疑問を呈した。「松崎はこれを午前二時しめきりで記事にした（後年の松崎著『恋と名と金と』中の記述〕。東京監獄から火葬場へは人力車で先回りしていったのに葬列をみたように書き、愚童の弟が棺の蓋をあけてからすぐ竈《かまど》に入れたのではないのにそのように書き、火葬場からすぐ社にかえった〔中に入らずの意〕のであって、新宿署には行っていないのに、新宿署の出来事を見たように書いた」と。新宿署のことでは、記事をよく読むと同署に行ったとは明記しておらず〔曖昧記述ではある〕、ここは森長に読み込みすぎがある。

なぜ目撃してもいないそれを、天民が書けたかに森長は言及していない。ことを伝え得る者は、報知の毛呂記者しかない。天民の時制が前後する記述より、毛呂の時系列記述の方が分かり易く〔明らかに幸徳の棺に密着している〕、警官隊との軋轢場面も「制服私服の警官二十八九名猛然と暗中より現れ……堺枯川等は奮然として何故に我等を止むるぞと詰《なじ》れるも多勢の警官に擁せられ」とビビッドであり、天民記事にはないものだ〔取調べを受けたという説明的記述だけ〕。

人力車で焼場に先着していた天民は、やってきた毛呂からこのことを聞いた。逆に天民の記事は不浄門を出る所から愚童に具体的であり、そこで起こった正次の言動を目撃し、交換にそれを毛呂に教えたのだ。錯綜する現場で他社との情報交換が行われることはままある…現場記者の連帯感ともいえようか。天民が書いた監獄出口での正次の言動にはリアリティがある。そして、その破壊の実行が竈口でだったことにしようとの合意がなされ〔「字になる」という業界用語があり、「これでは字にならないから角度をつけよう」などと使う〕、啄木も感動させた有名な記事が出来たと推察できる。

以下の記事になる――。火葬場行のあと、「凄愴たる火葬場」の見出しのもと、「火葬場内仏壇の前に列《なら》べたる三個の棺……竈に納めんとする間一髪の所へ」、また実弟・内山正次が立ちふさがり「この棺の中の仏が兄に違ひないか、弟として一目見たい、死んだ者に罪はない、この蓋を開けてくれ、誰が止めても俺は見る」と、「キッとなり火葬場の係りに大金槌を持って来」させた。そして「棺を破る」の小見出しのもと、次の鬼気迫る描写となる。

人間の死体を焼く一種の臭気漲《みなぎ》り渡りて夜気陰森《やきいんしん》、凄愴の気場《じょう》の内外を襲う、立会の巡査も黙視するの他《ほか》なき この時《とき》内山正次と人夫とは大金槌と大鑿《おほのみ》を振つて棺の蓋を砕き、その半ば開きたる刹那の光景を見よ、逆徒内山愚堂《ママ》は三分刈りの頭髪短く嘗《かつ》ては法廷に於て微笑みし面影はたづねるによしも無し、蒼白の顔、瞑せし眼、堅く結びし唇など真に善人の相貌あり、棺の一隅に白布もて造れる枕やうの物を入れたる上に頭をのせたる様最早《もはや》悪人でも何でも無し、正次は一分、二分、三分がほど無言の儘《まま》で見つめ居りしが「あ、兄だ、苦しまずに往生して居ます、これで私も得心しました、立派な死に顔だ」と云ひ終わるや急いで蓋に釘付けし棺車の上に載せて竈に送りしが轍《わだち》の音ゴロゴロと高く夜陰に響いて物凄き名状すべからず 空には星一つ飛べり

朝日校正係り二四歳の啄木は一月二五日の日記に以下を書いた。重要なので全文引用する。

「昨日の死刑囚〔執行は二四日のこと〕死骸引渡し、それから落合の火葬場の事が新聞に載った。内山愚童の弟が火葬場で金槌を以て棺を叩き割つた——その事が劇しく心を衝いた。／昨日十二人共にやられたといふのはウソで、管野は今朝やられたのだ。／社でお歌所を根本的に攻撃する事について渋川氏から話があつた。夜その事について与謝野氏を訪ねたが、旅行で不在、奥さんに逢つて九時過ぎ迄話した。与謝野氏は年内に仏蘭西へ行くことを企てゝゐるといふ。かへりに平出君へよつて幸徳、菅野、大石等の獄中の手紙を借りた。平出君は民権圧迫について大いに憤慨してゐた。明日裁判所へかへすといふ一件書類を一日延期して、明晩行つて見る約束をして帰つた」。

　同時に天民あて感動の葉書を出す。「近頃の雑報の中で、今朝の愚童の火葬場の記事ほど、私の神経を強く刺激したものはありません。あれは大兄がお書きになつたものと思ひますが、私は彼の事実に就いて、いろいろ考へさせられます。一月二十五日　石川一」と——天民は大正四年の回顧の著書『恋と名と金と』の中でこの啄木書簡のことを得意気に書いた。

　念のため報知新聞の同じ棺砕きの場面を見ておく。「正治《ママ》兄の棺を破る」の小見出しのもとに以下だ。朝日では「実兄の顔を見たい」が監獄を出た所だが、ここでは火葬場の竈前になっている（毛呂は監獄出口では先頭の幸徳の棺についていた）。

　内山愚童の弟正治は突然「私はここまで来て兄に会わずに帰るには忍びません　私は今此

棺の蓋を破つて兄が兄でないかを見届けて帰りたい」と云ひだせり 時しも巡査二十余名は既に来たりて警戒を厳にして錚々《そうそう》たる佩剣《はいけん》の響き物々し 正治は忽《たちま》ち駆出して何処よりか鉄《かな》挺《てこ》と大鉄鎚とを持来りて狭き堂中に突立ち上りつ「我れ今棺を開いて我兄の顔を一目見るべし」云ひも了らず彼正治は双手を棺の蓋に掛くるや突嗟 大鉄槌《だいてっつゐ》を一撃 棺蓋《かんがい》を打ちぬ 正治の顔は優しけれども此時の形相は凄じかりき 打ち下ろす大鉄槌は撃一撃茫々《ぼうぼう》たる広野原に轟々と響き渡りて鬼気堂に満つ 何処とも無く腥《なまぐさ》き風は颯《さつ》と吹き来たる 佩剣《はいけん》の鞘陰《さやいん》に光るも警官は四周を取巻ける儘黙々として一語も発せず 大鉄槌の音は一撃一撃に高まりて最後の一撃に遂に棺の蓋は見事に破られぬ……死せる愚童は、立膝して頭を棺の隅に凭《もた》せ、頭には丁寧に白き新しき枕をなし、身にも新しき白衣を着て、いとも手厚く収められあり。五分刈の頭髪塵も止めず、頭も眼《まなこ》も白く見えたり

筆のドラスティックさでは天民の上を行く。どちらも視覚効果もあるが、音響が凄みをきかせている。なお報知新聞は明治五年に駅逓頭《えきていのかみ》の前島密により郵便報知新聞として創刊され、政論を本位とした大《おお》新聞で、福沢諭吉も加わり自由民権期には一方の雄であった。この明治末において最大部数を誇る大《だい》新聞で（スポーツ紙になったのは敗戦後の事）、同一二年に花柳情話や社会ネタが売りの小《こ》新聞として大阪から出た朝日より格上の存在であった（漱石を招聘する理由ともなる）。念のため現場にいた別人の記述も見ておく。後年の回顧ながら、幸徳の棺に付き添っていた石

川三四郎は『自叙伝』（一九五六年）でこう書いた。「われわれが遺骸を守って火葬場に着き、多くの棺を受付のところに並べたとき死刑者内山愚童の弟がずかずかと兄の棺の側に進み、縄を切り棺の蓋を除き、死者の顔にじっと見入り、「ヨシー間違いなし！」と言いはなった」。棺は縄（紐）で縛られていたのであり、釘付けされていたわけではないのだ。ケレンはったりとは無縁の三四郎である。すでに流布していた朝日の天民記述を、目撃者として正しておきたいという意志表示にも読める。調べた限り現場に居た堺・大杉も棺砕きの記述を残していない。

なお三四郎は上記の前段で、無期減刑になった坂本清馬の所持品を自分が引き受けるために、監獄に行って手続きに没頭しているとき、減刑言渡書が紛失した際のことをこう書いた。「驚いて諸方を探していると、松崎天民という新聞記者が風呂敷包の中からそっと引きぬいて書き写しているのです。おそろしい奴だと思いましたが、怒りもされず、写真に撮るなら貸してあげるから用のすみ次第すぐ返しなさい、というと喜んで持って行きました」。

天民は明らかにハイアーの人力車をもっており、監獄口から火葬場へ直行して待ちうけ、毛呂と情報交換（八時ころか）したあと社にトンボ返りしたと考えられる。九時には着いていただろう。ここから執筆にかかってもゲラは早くても一〇時過ぎにはなり、仕事が夕には終わったはずの啄木はこの日の内に社内でそれを見ることは出来ない。当紙面は「四個の死体は昨夜十一時より火を入れて焼尽し今朝遺骨を引渡す事なりしがこれ又多人数の火葬場行きは厳禁なりと、世を騒がせし大事件も殆どこれにて段落を告げたり」で締める。火葬のつつがない進捗の確認は必須で、トラブルがあればまたニュースになる。ことの情報は小山監獄局長に即届いている。電話で済む（例の記事で仁義を切っていた）。天民がすべて一人で書いているわけでもない。社のデスク周りに何人も控えている。

降版刷りができるのは一時ころになる。天民が後年、「午前二時しめきりで記事にした」と書いたのは、完成した翌朝紙面を見てホッとする、「記事にした」記者としての心境を表現したものと思えば、分からなくはない。ただ、時間をすべて後ろ倒しにして、監獄出口から火葬場の正治の言動から棺の火入れまで、及び新宿署出頭の件と全てを自分が目撃したこととしたい記者心理も窺える。確かに読ませるのだ。この棺桶砕き記事は少なからぬ影響を後世に残し、それ故に不審をもった森長を煩わすことになった

啄木は二六日紙面（むろん朝刊）に出た件をなぜ二五日の日記に書けたかに、従来も疑問が呈されている。これは当夜、社内で刷り上ったゲラ刷り段階の翌日記事を見ていた可能性は一応考えられる（彼は文芸面の担当で社会面より早く作業が終わる）。ただ職場で天民及び社会部記者と話す機会は普段からなかっただろう。一校正員で勤務形態が違い、相手は花形記者である。漱石とも業務上のことでも話すことがあったかどうか。四か月前の九月から「朝日歌壇」の選者になってはいたが――漱石招聘に功のあった社会部長・渋川玄耳による配置だ。日記を二五日の記としているが、実際に書いたのは翌二六日朝、その日の朝刊を読んで、前日の編集局の緊張感を思いつ

つ記したと考えるのが至当である。日記を書き、続けて感動の葉書に移ったのだ。

啄木の二五日日記は退社後の与謝野宅訪問と（寛のフランス渡航計画を聞く）、翌日の平出事務所一件書類を見せてもらうことも書いていた。これは大審院が日限を切って担当弁護士に貸出した予審調書のことで、二六日の刻限の日を平出が翌二七日まで延期して院に返すという意であった。だから啄木は二六日夜にこれを読むことが出来た。ここから二五日日記の信憑性が担保される。平出事務所はスバルの発行所でもあり、二月一日刊の二月号作業も大詰めで徹夜態勢だったと思われる（鷗外の『青年』一七節を掲載の号）。スバルは前年一月の創刊でその一年間は啄木が一応編集主任の位置にあり、遠慮はなかった。この前後の平出との交流が彼の早い晩年の社会認識に大きな影響を及ぼすことになった。


鷗外とも接触をもった松崎天民についてやや詳しく見ておく。本名は市郎で明治一一年（一八七八）、岡山県美作国落合町に生まれた。大正一三年（一九二四）刊の自著『記者懺悔 人間秘話』によると、生家は多くの田地・山をもつ分限者で「市ちやま」と呼ばれる乳母日傘《おんばひがさ》だった。しかし、八歳で父が米相場と株に失敗、全てを手放して近くで時計屋を始め、幼くして苦難の歩みとなる。小学校中退、大阪に出て丁稚奉公、一旦帰郷して高小を中退、このころから新聞小説に親しみ「貸本行商」などをした。

日清戦争（一八九四年）ころ京都に出て、村役場の書記兼小使・牛乳配達そしてタバコ工場勤務等々。憧れの東京に飛び出し人力車夫などをしたが、不如意が多く関西に戻り新聞社回りなどしながら諸業に就く。明治三三年、大阪の出版社・金尾文淵堂との縁を作りその文芸誌「小天地」を編集する詩人・薄田泣菫と交わる。同誌の三四年五月号に「人力車夫」でデビュー。この前後に押しかけた大阪朝日から紹介を引き出し、「大阪新報」の記者となる。二三歳だった。三六年に大阪朝日入り、日露戦争記事で三面記者の手腕を発揮する（坪内祐三『探訪記者 松崎天民』二〇一一年など）。

三九年秋、記者として再上京、徳富蘇峰の「国民新聞」に入る。探訪記者で名をあげるが内紛に嫌気をさし四二年（一九〇九）一月、東京朝日に入る（国民も格上の時代である）。啄木は二か月後の三月入社。前々年四月には夏目漱石が入っており、もともと三面ネタの小新聞だった朝日が知的読者を狙った新たな紙面展開に踏み出していたときだ。その四〇年六月、社会部は初の大学卒として東大と早大の各二人計四人を採用。従来の三面の探訪記者路線の転換だが、現実には大卒者に夜討ち朝駆けのサツまわりは無理との判断があり、従来タイプの者も通報員として存続させた。天民は後者の枠だが、社会部長・渋川玄耳の引きで当初から別格であったようだ（『朝日新聞社史 明治編』一九九〇年）。

入社半年ほどの八月から「天民生」の署名で「東京の女」を連載する（同二九日からほぼ毎日の一〇月二二日まで計五〇回）。一回目が「監獄を出た女」で東京監獄や各警察署からの出獄者の保護事業をする女性へのインタビューだった。大抵は窃盗と売春婦で嬰児殺しの謀殺犯――「黒い影の多い女こんな女も有意味に記憶して置きたく思ふ」の口上で。そして九月一二日の第一五回が「女罪囚の教誨」と題した東京監獄の教務所長、教誨師トップの本願寺派僧侶・田中一雄だ。「死刑囚の女などは愈々刑の執行期が迫ると、大抵改心して善人の心に復るが、稀には悔悟せず懺悔せず、其儘《そのまま》絞首台上の露と消える女も有る」などの言を書き、地の文で「未だ面白い事があるけれど、法律の禁止、止むをえぬ」（書きたいことがあるが発禁になるからやめる…の意）と結ぶ。通常の世とは違う監獄、その内情を知る人間との密な関係を作るところに三面記者の面目が窺える。

その翌日の第一六回が「社会主義の女▽管野須賀子女史訪問記」だ。新宿停車場から二丁足《た》らずの平民社で、「昨年、土木請負師が自殺したとかで、久しく借家人が無かつたを、秋水氏は知らずに借りて住んだが、人が噂する様に別に幽霊も出ないと云ふ」住まいに、両氏は病躯を横たへながら、「無政府共産主義のために奮闘して居る」。秋水は予想に反して「小柄の痩せた温良な人……話は新聞の事やら社会主義の事に及んだが、穏かで然《しか》も力ある話の調子、実は初対面で惚れて了《しま》つた」。

血色のよくない須賀子は「監獄に入りましてから、こんなに痩せたんですよ」と寂しげに微笑んだ。七月一五日から九月一日まで四七日間、東京監獄の未決監で過ごした体験を、「雑房では四畳半に一四、五人も一所で、八六の蚊帳に重なり合つて寝るのですから、随分種々の喧嘩なども有りました。気の毒な（の）は女監の取締りをして居た女で、朝八時から翌日の八時まで働き詰め、夫《そ》れで薄給なんですから立瀬はありません」。そして「最少《もすこ》し婦人の社会主義者が出ますと……面白い運動が出来やうと存じます、社会主義の方は今の良妻賢母主義とは、全然正反対なんですから」と。

波模様の帷子《かたびら》に白地に濃紺の絞りの帯、廂髪《ひさしかみ》に結った姿は二四、五位にしか見えないが巳《み》年生まれの二九歳と描写し、大阪の大阪朝報、紀州田辺の牟婁《むろ》新報、三九年に上京して毎日電報で婦人記者として活躍した経歴を書く。三歳年下の女、同じような苦難の道で同じころに新聞記者になった共感もあるのか――「肺を病んでも、巡査に尾行されても、社会主義のためには、死んでも宜《よ》いと云ふのが須賀子女史」と締める。その場で書いてもらったのだろう、けれんのない細字の筆で一首「虫すくふ胸を抱きて三尺の鉄窓に見る初夏の雲」が大きな写真で載る。いつもの天民調とは違う、どこか敬意もにじむ筆致だ。

ただし天民記事に二か月先立つ六月七〜八日に、先輩・杉村楚人冠の「幸徳秋水を襲う」上・下があり、住居訪問記がすでに精しく載っていた。心情社会主義者としていわば誼を通ずる文であり、天民はこの上司の紹介を得ての取材で、安心して記事化した。杉村の記事が一人での散歩に何人もの警官が付いてくる過剰警備を揶揄調に書いていた。実はこの描写は天民記事の前日の一二日、連載中の漱石『それから』七八回でも使われた。代助を訪ねてきた平岡がその過剰警備ぶりを「やはり現代的滑稽の標本ぢやないか」と皮肉る科白で――社内資材の有効活用である。

また先立つ九月六日の第九回が「双子を生《うん》だ母▼新歌人与謝野晶子女史」で神田のニコライ堂近くの訪問記。八歳の長男を始め次男、三歳の双子娘、今年生まれた三女の五人を抱えた晶子の姿を、「母親の手一つで育てる苦労は実際子をもった人、双子を生んだ人でないと判らない、と語り行く晶子女史にも生の疲れた様が読める」と。鉄幹はちょうど紀州熊野路の旅から帰ったときで、「旧知の記者を引て旅行談、新聞談、関西の風光談を」なしている。それでも妻は月に一度の短歌会に出、週二回の文学講演会、源氏物語講義、新聞雑誌より依嘱されて毎月一万首以上の歌の選――痩せ衰える自らの運命を詠うか一首、「先に恋先におどろへ先に死ぬ女の道にたがはじとする」。三度この歌を誦すると、こんな自分でも「涙自ら流る（天民生）」と。

鉄幹の紀州熊野路の旅とは八月二一日に新宮で行った講演会のことだ。地元の文化人の医師・大石誠之助（死刑）に招かれ、生田長江と石井伯亭も同道した。その三年前の明治三九年一一月に続く二回目の講演である。そのときも北原白秋、吉井勇ら若者三人を伴い、熊野川舟遊び、料亭の宴など歓待を受けた。地元文化人も一〇人ほど参加、その中に中学生だった佐藤春夫の父がおり、春夫自身の鉄幹との縁ともなる。この中間の明治四一年七月末、幸徳が病気静養していた郷里の土佐から航路の帰路、新宮で降りて大石を訪ね、勧めで二週間ほど同宅に滞在した。やはり一日舟遊びするが、これが「爆裂弾と暗殺の大逆謀議」となる。事件で数百人もが調べられるが、大石に親しかった鉄幹にはなかった……ようである。

須賀子は『みだれ髪』以来、素朴な晶子ファンで、収監中に平出を介して近作の歌集『佐保姫』を望んだとき晶子は拒否した。「平民新聞の人たちには身震いする」女だった（六年前「君死に給ふことなかれ」が非難されたときの弁明書「ひらきふみ」中の言）。平出が自誌スバルとともに差し入れた。須賀子はその礼状に「晶子女史は、鳳を名乗られ候頃より、私の大すきな人にて候、紫式部より（樋口）一葉よりも日本の女性中一番すきな人に候……」と書いた。処刑二週間前のこと（拙『幸徳・大石ら冤罪に死す』六三頁）。

このスバルは第三年（明治四四）の一月一日号に違いない。巻頭が高村光太郎の「失はれたるモナ、リザ」などの詩五作。「モナ、リザは歩み去れり。／かの不思議なる微笑《びせう》に、銀の如き顫音《おん》を加へて、／『よき人になれかし』と、／とほく〔遠く〕、はかなく、かなしげに……」に始まり、五作目「根付の国」の「……猿の様な、狐の様な、ももんぐわあの様な、小杜父魚の様な、／鬼瓦の様な、茶碗の破片《かけら》の様な日本人。（四三年、十二月十四日）」で終わる。一年半前に三年半の欧米留学から帰り、彼我の文化の落差に打ちひしがれていたときだった。

同号に晶子の小説『ある日の朝』もある――。朝ふろ好き美貌の道子はまだ三〇歳にならぬ身で、すでに某銀行の頭取未亡人。寄宿舎に入れている小学生の養子〔先妻の子〕があるが、「思い出す度に身震ひが出る程、嫌で嫌でならない」。今日は日曜なので帰って来る日だ。ふろを上がると、遠縁で二歳下の謙吉（初恋が自分であるのを知っている）が来訪。銀時計なのに今はぶらぶらしており近く××銀行に入る。彼に三越に買い物に行きたいので、「二百円程お金持たない〔持っていらっしゃらない〕こと」と。莫大な遺産はあるが相続人会が金の出入りを抑え、自由にならない。「家にある」「じゃ後で三越で」……さり気なく姑に外出を告げる――という小品。晶子が作家への転身を期していたときである。ブルジョア階級の退廃を衝いた…つもりか。

巻末の「消息」欄にこうある。「琅《ろう》玕《う》堂には高村光太郎氏の画が陳列してある。与謝野寛氏、同晶子の短冊も、あのごちゃごちゃした町の角に近い所に冷たい火のやうに清んだガラス戸の中の青いくらい光線と明るい光線とが静まッてゐる所で得られる」「晶子の春泥集が出た。表紙と箱とは藤島武二氏、挿画は中澤弘光氏、序文は上田敏氏」。傍線部（引用者）は短冊を「買えます」の意で寛の洋行費用だ。珍しくこの号に鷗外署名の作はない。

この「消息」が須賀子が鉄窓から文字面《づら》ながら垣間見た巷《ちまた》の最後の風景だっただろう。

創作の可能性が高い天民の棺蓋砕きの記事に戻る。森長英三郎は先述の疑問に続けてこう書いた。「松崎は『恋と名と金と』（一九一五年一月）、『ペン尖《さき》と足あと』（同年一〇月）、前出『人間秘話』（一九二四）でも、この火葬場のことをくりかえして書いているが、最初の新聞記事にあらわれたような迫力はなく、あとになるほどボケている」と。

まず四年後刊の『恋と……』を見ると確かに既に微妙に違う。まず兄の顔を確認したいと正次が言うのは焼場の竈前の一度だけで報知記事と同じになっている（松崎自身の最初の記事では監獄所の出口でまず言い、かなわず竈前で再度言う）。そして「件の男（正次）は有合《ありあ》ふ金槌の柄で、蓋の側面を上の方へたゝきましたが、激しい音が響くのみで、何うしても蓋が取れません。この時火葬場の人夫が来て、「こいつは堅いや」と独語しながら、蓋の一方の隅を打ちますと、一方が一寸ほど開いたので、そこへ手を突込《つっこん》で、メリメリと半分ほど壊した蓋を持上げました。件の男は

「それで宜しい」といひながら……ハラハラと落涙しました」。記事では「正次と人夫が（二人で）大金槌と大鑿を振るい」砕いていたが、ここでは正次自らは手を出していない。

九か月後の第二著『ペン尖……』でも同発言は焼場の竈前の一回きりだ。「一度、顔を見て置かねば、親族や皆へ申し訳ない。棺の蓋を取る、蓋を取つて中を見ねば、気がすまない……」。そして「人夫へ金槌か何かを持つて来いと命ずる。警官もこれを差止める事が出来ないのか、黙つて立つて見て居るばかり。……私は新聞記者たる職業を忘れて、胸轟かせながら、事の成行如何《いかん》を見て居た。棺の蓋は其の半を開かれた。棺に両手を突いて、中を窮き込んだ後、『うむ、兄の顔です……』」。ここも本人が道具を振るったことは書かれていない。擬声音入りクライマックス場面、記事の「轍の音ゴロゴロと高く夜陰に」、『ペン尖……』の「メリメリ」もなく、核心の瞬間の描写は傍線部だけで済んでしまっている。

一三年後の第三著『人間秘話――記者懺悔』。まず棺が監獄から火葬場に向かうのが「九時を過ぎた頃」になった。弟の言は竈口の前だけで以下のようにトーンがまるで違う。


「これが内山ですか……。若し間違つて居ると困るから、君、一寸、この蓋を開けてくれませんか。兄の最後の姿に対面します……」

内山愚童の弟は、一つの棺の両端に両手をかけて、少し前屈みになりながら、思い余つたと云ふ風で、斯う云ふのであつた。

「さうだ、さうだ、それが宜い……」

と堺（利彦）氏も其の棺の傍に立寄つた。

巡査はそれを制しやうともせず、ただ黙つて立つて居た。人夫は一寸、躊躇する風に見えたが、やがて大きな金槌で棺の蓋の一方をた、いて、釘付になつた蓋をメリメリ開けて見せるのであつた。

火葬場の陰にこもつた建物の中で、その蓋を壊す音は、物凄く四辺に響き渡つた。

「うむ、兄です、兄です。内山愚童に相違ありません」

弟なる人は斯う云つて、如何にも感慨に堪えぬ面持で、じツと蒼い五分刈頭の死顔を凝て居た。


記事ではアウトロー風の弟が、ここではジェントルマンである。この三著目の『人間秘話』（一九二四年）にして事件後十数年、三六歳だから記憶がぼけるということはない。正次側からの抗議もあったか。大正三年（一九一四）一一月に朝日を辞めており三著とも同紙記者としての著ではない。六年ほどでやめた理由ははっきりしないが、嫌気がさしていたのは間違いない（就職には困らずすぐ他社入り）。渋川玄耳が二年前に辞めていたのも一因か。彼も社内の勢力争いに嫌気がさしたらしい。ともかく三番目の著でことを整叙している感がある。記事での「午後一一時に新宿署」に居たような書き方、及び第一著『恋と……』での「午前二時しめきりで記事に」には時制を後ろ押しするアリバイ臭が漂う。『人間秘話』ではダメ押しのように「火葬場着が午後九時過ぎ」だ。竈前のパフォーマンスを現実とするために（報知に足並みをそろえ）、監獄所出口での事実の消去を図ったのか。内心の忸怩感は窺われるところである。

神崎清が『革命伝説4 十二個の棺桶』で書くところにも触れておくと（一八二頁及び三〇九頁～）、基本的に天民の『人間秘話』及び新聞記事とくに東京朝日に拠り書かれている。『人間秘話』での火葬場着が「午後九時過ぎ」を前提に、啄木が例の一月二六日の朝日記事をなぜ二五日に読んでいたかについて――もし彼が夜勤で市内の最終版（今の縮刷版はこの版である）の校正をしていたとすると、それができる可能性があるが、「現実の啄木は、定刻の午後六時ごろに退社し、社用をおびて与謝野家を訪問、午後九時過ぎまで晶子夫人と話をしている。さらに平出修の家をたずねて話し込み、夜がふけて家にかえったのだから、市内版の校正刷を読む機会がなかった」。だから二六日の紙面を読んだとしか考えられず、数日間の日記がたまり、ふと錯覚も働いて二六日に記すべきものが、二五日の項になってしまったのだろう――とする。

わたしの見解は既述の通りだが、要は神崎記には森長が指摘した資料批判を欠くところがある。このとき朝日新聞が鉄幹・晶子に社として用があったとは考えられず、それも入社満二年に満たない一校正係員の啄木に託すこともあり得ない。子規の写生文と共に歩んだ文芸編集長・漱石は鉄幹には揶揄的だった（子規・鉄幹の争論も一時あった）。『猫である』の六に旅先で腹痛になった老梅君が「天地玄黄とかいふ千字文を盗んだ様な名前のドクトルを」呼ぶという描写がある。

『天地玄黄』はそれなり話題になった八年前の鉄幹の第二詩歌集で、それにかけた冷やかしだ。

　啄木が与謝野宅へ行った理由は、社用なぞ呑気なことでは全くなく、彼のそのときの立場を考えれば自明のこと。寛が親交し世話にもなっていた大石が、瞬時に命を絶たれ無残な遺骸となって露天に突き出されたのだ。職場では様々な（天民からの確報はまだにしろ）リアルな情報が飛び交っており、仕事を終えはやる気持ちで寛の元に駆け付けたのだ。だから「旅行で不在、奥さんに逢つて九時過ぎ迄話した。与謝野氏は年内に仏蘭西へ行くことを企て、ゐるといふ」の記述には、「なぜ今この時に」のア然の感覚、連動する不満感が自ずと滲む…わたしにはそう読める。寛のこのときの不在はその個人遊学のための資金集め行と解されているようだが、どうか。事態を既に知っていて（啄木の来るのも予想して）座を外した可能性がある。

　神崎著は、先述天民の「凄愴たる火葬場」の記事、「人間の死体を焼く一種の臭気漲《みなぎ》り渡りて夜気陰森《やきいんしん》……最早《もはや》悪人でも何でも無し」を引用した後、自らの天民賛歌――「棺箱にねむる革命僧内山愚童の死顔をジーッとのぞきこんだ新聞記者の松崎天民は（このような）人間味にあふれる印象記を書いて、死後にまでおよぶ天皇制警察国家の迫害に抵抗していた」のだそうだ。

　興味深いのはこの後で報知の毛呂の記事、「死せる愚童は、立膝して頭を棺の隅に凭《もた》せ、頭には丁寧に白き新しき枕をなし、身にも新しき白衣を着て、いとも手厚く収められあり。五分刈の頭髪塵も止めず、頭も眼《まなこ》も白く見えたり」を示し、これは「死体の清浄感」の強調による「東京監獄の厚遇に力点」を置く権力礼賛記事だとする。つまり天皇制国家への抵抗者・英雄的な天民に比べて、毛呂を体制の御用記者めと言っているのだ。二人とも棺の中は実際に見たのだろう。縄でのくくりなら、ほどくなり切断なりすぐできる。待ちかねていた正次はそうしただろう。天民はすぐ会社に飛んで帰ったにしても。

両記事は確かに迫力がある。触れたように音響効果が大きい。天民の「轍の音ゴロゴロと高く夜陰に響いて」、毛呂の「打ち下ろす大鉄槌は撃一撃茫々たる広野原に轟々と」である。焼場の竈口での事がフィクションとすると、東京監獄の方に鍵がありそうだ。遺体は安置室から出されトロッコで敷地北側の不浄門に運ばれた。柏木隆法によると「このトロッコは、本来、処刑者を運ぶものとはきまっていない。平常は収容者の排泄物、病死体、ゴミなどの汚いものを運ぶ運搬車である。六個の棺は、排泄物同様に運ばれてきて、人間の遺体とは扱われなかったのである」（『大逆事件と内山愚童』一九七九年）。

すでに夜陰のとばりがおりるころ、ゴロゴロと凄まじい音が、しばしば金属が軋る音を引きながら（時に火花も発したか）継続したことだろう。小説なら迫真の効果をもつ決めどころだ。天民はもともと作家志望だったようだ。実際、小説としてなら棺を叩き壊す言動は、胸打つ迫真の描写であろう。ただ、ジャーナリズムの現場から即ノーベルとして送り出すのは、不都合を生む。フェイク・ニュースなのだ。天民記事に疑念を抱いた森長は、不正義を許さぬことに人生をかけた人で、不誠実にも敏感だったのだろう。

手にするのもやや気が引ける品を欠く題名の『恋と名と金と』（大正四年一月、弘学館書店）を、わたしは中之島図書館蔵で手にした。背表紙の裏側にペンで、「こんな本が図書館にあるとは実になさけない事である。何の価値もないぞ この様な馬鹿げた本を見るな」とあった。古く滲む筆跡は刊行ほどなくなされたことを物語り、力強い筆致は事情を知る確信犯を思わせる。内容の当否はともかく、確かなのは館を利用する資格のないたわけ者であることだ。

第三節　出歯亀事件とヰタ・セクスアリス

森長が前掲「解説」で主張した鷗外の法廷不在論に戻る。猪股電火には録事で書いた第二稿に続いて、その三年後の第三稿といえる稿がある。親友であった澤田の死去に際して書いた『五猫庵例外を憶ふ』である。「例外」は澤田の号。「日本弁護士協会録事」の後継誌「法曹公論」の昭和二年（一九二七）一一月号に載った追悼文で、「二十年の久しきに亘つて、親しき交りをつゞけて来た」と書き出す。森長は先の「解説」で「ここでもこれ（鷗外在廷）については一言もふれておらず、（自分が）猪股と沢田《ママ》と双方に親密であった古老に聞いても、そんなことは初耳だといわれ、沢田の公判傍聴さえも疑われる」と。

澤田は川柳や諧謔的随筆など戯作調に長けた文人として知られていた。「例外」には法曹・文学とも枠から外れた者という自嘲と自負が込められており、猫好きに絡めた反骨の号だ。幸徳事件の時まだ若手弁護士だったが、すでになかなか著名な存在であった。猪股が「彼が弁護士としてその手腕を認められるに至ったのが」として書くのが、幸徳事件の二年前に起こったいわゆる出歯亀事件であった。明治四一年（一九〇八）三月二二日夜、新宿・大久保で風呂帰りの近所の若い人妻が、湯屋の筋向いの空き地の梧桐《あをぎり》の下で死体で発見された。口に手ぬぐいを押し込まれた窒息死で、四月四日に亀太郎という三五歳の植木職が自白により逮捕された。六月に地裁で開廷し八月に無期徒刑判決、翌年四月二九日の公訴院（高裁）でも同、同六月二九日の大審院でそのまま結審。弁護士二年目の澤田が担当し、控訴審では花井卓蔵も弁じたらしい。

事件初報は三月二四日で朝日は社会面のトップに「●美人の絞殺」の大見出し、副題に「容貌端麗……円満なる主婦妊娠……丁度結婚の一周年　戀の怨みか—狂人の戯れか」の見出し。現場イラスト地図及び「薄明の美人」と説明をつけた和服で座す被害者の全身写真を配置し、本文二百数十行の紙面の七割を占める大展開をした。翌日もトップで続報、一〇分ほど遅れて風呂屋を出た隣家の主婦の談や、被害者の先夫のことどもを興味深々に。同記事に続き「自然主義の高潮」と題し平塚春子（雷鳥）と情夫の文学士・森田米松（草平）の情死未遂が載る（図2）。翌日も続報、「浪漫的の森田」「男を翻弄する明子」の小見出し、「夏目漱石氏談」も添えた紙面全部の大々展開だった。

亀太郎逮捕を伝える四月六日は——「●大久保美人殺人　出歯亀の自白——▽妻も子もある分別盛《さかり》▽畜生に劣る色餓鬼」の見出し、紙面の九割のさらなる大展開。事件名は元の雇用者、植木屋の親分の談「奴は前歯が出てゐるので仲間がその綽名をつけた」からと分かる。そう見える

明治四十一年三月二十五日　東京朝日新聞

美人の絞殺後報

異装して大捜査に着手隣家の妻女と一足違ひ詩人と間違へられし先夫

去る廿二日の夜府下豊多摩郡大久保村大字西大久保三〇九番地(下谷電話局長)幸田恭(三十)氏の妻女ゑん子(二十)が同所五四番地湯屋前なる空地に於て何者にか殺害されたることは昨紙既報の如くなるが爾後聞き得たる所を左に記さん

▲犯人捜査の方針　佐藤新宿署長は廿二日の當夜より警視廳武東第一課長及同廳宮内警部等と共に犯人捜索上の協議を凝らし本廳刑事を始め署員の大部分に命じて各方面に向ひ徹宵の大捜索を續行せしが昨正午過より更に捜査方針を一變し佐藤署長は宮内警部と共に數名の角袖を引率し事件の主任者たる森田警部は官服を脱し異裝して他方面に向ひ相應じて犯人の捜査に着手したり

▲異裝隊の活動　佐藤署長等一隊は昨今無宿無頼の徒の集合する戸山學校の原頭より附近の山野を實地に視察し又一方には昨年來今回の事件と殆ど同視すべき行爲に出逢ひし婦人等の家に就き被害當時

(以下略)

自然主義の高潮

▽紳士淑女の情死未遂
▽情夫は文學士、小説家
▽情婦は女子大學卒業生

既報の如く本郷區曙町十三番地會計檢査院第四課長平塚定二郎氏二女春子(二十)は去二十一日夜九時頃突然平素着の儘にて家出し行方知れずとなりしより家族の心配一方

(中略)

▲春子の性質　春子は生來非常に怜悧の性質にて容貌も美はしく又幼時より學校の成績も人に優れ一昨年女子大學家政科卒業後は津田梅子女史の英學塾にて專ら英文學を研究し居り又家人に秘して竊に禪學をも修め居たりき平素より結婚問題には更に耳を傾けず自分は生涯獨身にて文學上の

平塚春子

図2　2週間後に出歯亀事件となる婦人殺人事件と森田・平塚の情死未遂を伝える東京朝日（第6面部分）　＝明治41年（1908）3月25日

顔写真がつき、以後この見出しでの報道となる。被疑者を連れた現場検証は「▲美人惨殺の実演――▽近隣婦女の見物恐怖と歓喜」の小見出しのもと、「細密なる臨検を要する」として「入浴せる湯屋の外塀に存する節穴と地上との長さ等を測り一々書記をして書取《かきとら》しめ……」。そして「付近の奥様令嬢達の誰彼《だれかれ》は怖々《こわごわ》乍《なが》らも何時《いつ》しか集《つど》い寄り翳《かざ》せる雨傘の中《うち》より打覗きつ、互いに目曳き袖曳きちょいと那《あ》れがまア犯人ですとさ……見てゐる許《ばか》りでも気がわくわくしますわ」。かくして

「節穴」から覗き見する変体男の意でその語は定着する――大衆迎合報道のモデル紙面である。

地裁公判開始の六月一四日紙面は「▽意外の陳述犯罪の覚なし▽是迄の自白は拷問の結果」の見出しのもと、「一事満都の婦人をして心胆を寒からしめた……強姦致死事件は昨日午前九時より東京地方裁判所……深田《ママ》（澤田の誤記）、井本両弁護士の弁護にて開廷せられたり」と書き出す。裁判官の審問に対して、亀太郎は「最も明晰なる言語音調」を以てこう述べる。「先に拘留せられし当時警官の手厳しき拷問に怺《こら》へ兼ね毫《ごう》も身に覚江《おぼえ》なき大罪を引受け悉《ことごと》く虚偽を申立てしが、一旦申立てたる事は変更するも無益とのみ信じ居《ゐ》たりし為め、予審に於ても其儘問はる、に任せ陳述し置きたり、然るに其後弁護士より公判廷に於て前申立ての虚偽なるを表明し得るを聴き得たれば、茲《ここ》に自分は始めて真実を吐くなり。強姦云々の事抔《ことなど》自分は秋毫《すこし》も知らぬ處《ところ》なり」。

記者が整理して書いていることは窺われるが、そうする心理は生じていたのだろう（咎めの忸怩感）。そして「▼澤田弁護士起つ」の小見出しで――「現場の事物と被告の陳述を照合するとその間に多くの矛盾転倒がある……被告が申立てをさらに自由にできる（状態を）保障して十分公明な審理を望む」旨を述べる。次の記事は控訴審判決で無期徒刑宣告。翌年の大審院結審では、「鶴裁判長係にて上告は棄却すとの判決あり……無期徒刑と確定す」と五行だけ。メディア的に過去ネタですでに熱意はなく、その「語」だけを歴史に残した。天民入社の二年前だから、彼の筆ではない。

森長英三郎は控訴審での花井卓蔵の弁護の可能性に触れる。亀太郎が花井宛に四二年四月三〇日付けで出した「色々お世話になりありがとうございます、今日〔大審院へ即時〕上告いたしますのでこの上トモお救い下さい」との趣旨の葉書だ（森長『新編 史談裁判（二）』一五五頁）。わたしの調べる限り澤田ら上告弁護人数人の中に花井の名は確認できず、新聞記事にもない。とはいえ澤田が花井と事件を通じ面識はあったことは十分考えられる。花井も回顧を含めた多くの著作を残したが、亀太郎事件に触れることはなかった。ただ意欲に燃えた新進弁護士のアプローチに、斯界の花形の花井が好感を持った可能性はある。幸徳ら法廷の傍聴許可も花井の配慮だろう。

猪股電火の「五猫庵例外を憶ふ」は、二〇年に渡る親交と一〇年前からの病を得た澤田の四五年の生涯を、弁護士にして江戸趣味の文人であったと讃えている。前者としての仕事は亀太郎事件であり、幸徳事件にへの直接言及は確かにない――当然、鷗外在席のこともない。その担当弁論では、法廷で被告を指すのに自らその語を連発し、「亀太郎は勿論、これを裁く判検事を微苦笑せしめた」などとした後、「真面目な法廷に於いてすら、斯うした語源を生み出す程の皮肉な彼であるから、足跡至るところに何物かを遺してゐる」と。そして「非常に真面目な一面をもつて居つて、徒《いたずら》に興味本意で悪ふざけするのとはちがつてゐた」と書き添える。葬儀は今村力三郎が発起人代表となり、宮武外骨ら文人と法曹人の多数参列となった。

「非常な真面目さ」には既述傍線Ａ・Ｂで引用した森林太郎の法廷傍聴についての「賭け」も含意されていると考えられる。「果して、澤田が想像した通り軍服姿の森鷗外を発見した。すると、澤田は「それみたことか」といはんばかりの顔付で私を見て笑った」（七頁傍線B）。ただの悪ふざけの人でない姿が生き生きと刻まれた描写に読める。彼は単に想像したのではなく、この情報を花井から得ていた可能性が高い（耳打ちしてくれるのは花井しかない）。猪股が第一稿の「縦横記」で鷗外在席を書いた後、二稿、三稿とそれを滅却した事情は、篠原義彦が「縦横記の公表後に猪股に何らかの指示、圧力があったとしても不思議ではない」と書く通りだろう。

むろん第一稿の後、それがあったことになる。もともと「書くこと罷りならず」の指令破りだが、猪股電火としては一二年も前のことで時効の意識があったに違いない。甘かったのだ。B部について篠原のいう「場ちがいであり、あまりにも異様であるがゆえに二人（猪股・澤田）の注視するところとなり、そして、同時に在京各紙の報道するところとならなかった」のとは違い、他の記者の目は幸徳・管野に収斂していたのであり、仮に鷗外を認めた者がいたにしても「許さず」に抵触することになる火中の栗を拾う気はなかったのだ。

ここで「指示・圧力」の後、猪股があえて問題箇所消去の第二稿をいち早く書いたことが気になる。むしろダンマリを通した方が無難と考えられるからだ。社会情勢がそれを許さなかったのか。この場合、権力から直接その指示があったのか、恭順の意からの自発的消去か。前者の動きはあったにしても（体面を潰されたという受け取りをした層はまだ存在しただろう）、後者の自発の方がよりあり得ることだ。忖度である。さらにその場合、猪股自身からか、あるいは書かれてしまった存命の澤田からかは…やや微妙なところがある。

そのとき澤田は型破りの法曹人ではあったにしろ、現職の弁護士である。第二稿が日本弁護士協会の機関誌であったことが示唆的といえる。訂正稿（改竄稿）はこの組織的要請で生じた可能性がある。明言ではなくても例の気分の圧力のようなものとして…。澤田が反骨の人であったにしろ、反権力とか反体制ということではない（猪股にしてもそう）。澤田から猪股に〝直し〟の求めがあったか、あるいは猪股が事態をいち早く察したか――ともかく阿吽の呼吸の仲である。第一稿から二稿への削除が極めて簡明な切り取り方であったのは、後世へ期すところがあったのかもしれない。ことは特ダネに違いないのだ。

出歯亀事件は確かにネーミングでヒットしたが、所詮メディアと読み手の飽きも早く、途中から「雷小僧」「蜥蜴《とかげ》小僧」「暁小僧」をうたった窃盗・詐欺記事が次々登場する。低次元の柳の下……意識がさもしい。実は亀太郎の事件は翌明治四二年、いち早く鷗外の小説に登場する。自らの幼児よりの性感の育ちを書いた『ヰタ・セクスアリス』（ヰタはヴィタである）で同年七月一日刊のスバル誌上だ。その冒頭部に――「出歯亀といふ職人が不断女湯を覗く癖があつて、あると き湯から帰る女の跡を附けて行つて、暴行を加へたのである。どこの国にも沢山ある、極て普通の出来事である。西洋の新聞ならば、紙面の隅の方の二三行の記事になる位の事である。それが一時世間の大問題に膨張する。所謂自然主義と聯絡を附けられる。出歯亀主義といふ自然主義の別名が出来る。出歯るといふ動詞が出来て流行する」と。亀太郎の大審院の無期徒刑の確定判決が六月二九日だから、数日後の誌面登場だ。結審前の稿にしろ一連の動きを踏まえており（もとより有罪は想定）、ここでの真意は新聞批判だ。むろん漱石批判も含意されている。

鷗外のこの作の意図は流行の自然主義批判にあった。島崎藤村や田山花袋を意識、特にセンセーショナルな話題を呼んだ後者の『蒲団』（同四〇年）が照準だったと思われる。性を不自然に突出した形で人間の本質として普遍化しようとする、時の自然主義への反発である。本質ではあるにしろ人間の在りようの一部であり、何ならその程度のものは自分も書いてお見せましょう――と提示した作に違いない。表現上はそれら自然主義作品と同傾向となり、やはりセンセーショナルな（発禁も呼び込む）注目作となったが、作の主意は違う。自ら入り込んで演じて見せた皮肉作、底に冷笑がある。世上の自然主義なるものは社会秩序の破壊とされ、社会主義と同列ないしは混同されて意識されていた。出歯亀も森田草平・雷鳥の駆落ち行も、同じ自然主義者のなせる業として報道された。こういう世の自然主義へのアンチとして漱石とは確かに立場を同じくしていた。ただ漱石はその報道の内部の人間であることで微妙な位置関係を生じた。

他方、亀太郎の弁護を担当しメディアにも登場し意気揚々の若い澤田が、文壇及び軍の権威者による自ら扱った件への言及に晴れがましさを感じたのは間違いない。一年後の幸徳ら事件の開廷で、猪股が書いたやりとり、「果して、澤田が想像した通り軍服姿の森林太郎を発見した。すると、澤田は、「それみたことか」といはん許りの顔付で私を見て笑つた」はそのことを物語っている。鷗外・森林太郎は確かにそこに居た。

第四節　西園寺の宴、首座の林太郎

「国民新聞」時代の松崎天民は明治四〇年（一九〇七）六月、つまり幸徳ら事件の三年前、首相・西園寺が私邸で開いた小説家との宴の場で、鷗外に会ったと読める記事を書いている。「雨声会」と名づけ三夜にわたり計二〇人の作家を招いたもので、同一九日・二〇日・二一日の同紙第四面にいずれも長行で載った（開催日はその前々日）。最初の一九日紙面の記事――一七日夕に神田駿河台の総理大臣・西園寺侯爵の私邸で小説家招待会がある……取材すべしの命が編集長から下る。三面の探訪記者の身には寝耳に水の命で驚愕・狼狽する（ここにすでに虚《フリ》がある＝後述のように一五日の朝日紙面に「首相の文士招待と漱石氏の虞美人草」の見出しで「現今知名の小説家二十名を私邸に招く」が載り、執筆多忙中の漱石の辞退の弁と一句、「杜鵑厠《ほととぎすかはや》なかばに出かねたり」も添えられていた――「拙者、トイレの中座は致しかねますな」の意。人を食っている、首相相手に）。

天民ともかく突撃取材――。昼過ぎ同私邸へ押し掛け（官邸に行った同僚は相手にされず）、意外にも応対に出てくれた夫人から大略を聞き出す。三夜に渉るものでこの日は広津柳浪・川上眉山・田山花袋ら五人――坪内逍遥・夏目漱石は所用を理由に断り。二夜目が鷗外・泉鏡花・小杉天外・巌谷小波《いわやさざなみ》・徳田秋声ら、三夜が幸田露伴・国木田独歩・島崎藤村・大町桂月だった。ここも聞き出すという特ダネ意識を強調しているが、朝日には上記一五日の予告記事が出ており、一八日紙面には五人出席の第一夜記事がすでに出ているのだ。ともかく天民記事――玄関を入って左側の「八畳の室二つを通し、幽邃《ゆうすい》なる庭、木立を望むところ涼し気」な日本間が会場。以下鷗外出席の二夜目（六月一八日）を主に天民の二〇日紙面の記事で示す。

五時前にまず幹事役の三叉《さんさ》・竹越与三郎（歴史家・立憲政友会議員、この宴時は読売新聞所属）が現れ、続いてカーキ色の軍医総監服の森鷗外……。床の間を背にして鷗外が座り、右に天外・竹越・西園寺。鷗外の左に後藤宙外・鏡花・小波・秋声の順。首相はもてなし役だから末座だ（竹越は国民新聞記者だった八年前に文相・西園寺の秘書官を勤めた）。最上座の鷗外だが、実は小説家として本格始動するのは二年後の昴《すばる》誌上である。同誌での魔睡、ヴィタ・セクスアリス、青年、雁、それに山椒大夫、堺事件などの話題作はまだない時で、当然長編の史伝作もずっと先のこと。確かに『舞姫』他の初期三作はあったが、二〇年も昔のことだ。いま現在は医学論文と文芸評・翻訳の人だった。それが小説家の首座ということに文壇での微妙な位置を表わしていた。

支那の小説談に花が咲き首相の精通は驚くばかりで泉鏡花が頻りに相手をし、詩・俳諧では小杉天外が応じたが、「鷗外氏は多く云わず、秋声氏又黙し、宙外氏も気焔あがらず」。客の多くは「イケる口なれど鷗外氏のみは平に御免……」、小波・秋声・鏡花・宙外らは酔い、如才なき侯爵のお話と（芸者）のお酌には「お客様一同陶然として他愛もなし」。やがて竹越三叉が六尺ほどの絖《ぬの》を持ち出し、記念のために執筆をとまず鷗外の前に展べた。鷗外は一応断ったが、侯爵が「是非に」と迫ったので「森林太郎」とだけ書いた（鷗外と書かなかったことに着目しておきた

▲紀念すべき寄合書

雨は小歇みなく降れど興趣なかく盡きず やがて三叉氏六尺ばかりの紙を持出し「紀念のため御執筆を」と鷗外氏の前にのべ阿嬌に墨摺らせたり「我々は皆拙ですが……」と鷗外氏一應は斷られしも侯爵「是非に」と迫られしかば鷗外氏先ず筆を執り「森林太郎」と記されたり次に天外氏「困りました

（中略）

の一句を詠む偖主人側の番となるや三叉氏は「歌も句も有りません」とて

　昨少年　今白頭

と記されたり最後に主人侯爵は「御立派に出來ました」と賞めたゝへつゝ

　待つ甲斐の姿も見たり杜鵑

と記し不讀と署名されたり當夜の話柄は乏しくとも此の紀念の寄合書は後の思ひ出となりぬべし

図３　首相邸宴での鷗外の署名と西園寺の漱石への返句部分
＝「国民新聞」明治40年6月20日

い）。天外も習う。宙外は短歌を一首、鏡花も一句スラスラと――用意してきたのだろう。秋声は旧作の句。

最後に亭主・西園寺が「御立派に出来ました」と賞めたたえつつ、「待つ甲斐の姿も見たり杜鵑」と書き、「不読」と署名した（図３）。不勉強なまけ者の意だろう。杜鵑（音はトケン）はホトトギスである。実はこれは上述した漱石辞退の朝日記事中の彼の句、「杜鵑厠《ほとゝぎすかわや》なかばに出かねたり」に掛けたもので、返句なのだ。当然、出席者は分かっており、微妙な空気があっただろう。トイレの用で首相にお断り…とは大胆にして不遜である。漱石の面目躍如だが、西園寺もさすがであった。「甲斐」は宴会と（ひょとしていらして下さるかもしれない）ホトトギスの漱石先生をお待ち申した甲斐があった…の掛けだろう。何らかの漱石の話題があったか。漱石はこの四月に朝日入り、五月三日紙面に「入社の辞」宣言、翌日から「文芸の哲学的基礎」を六月四日まで二七回も大展開し、途中『虞美人草』の予告が何度も出るなど（六月二三日開始）、漱石の姿がマスコミに巨大に浮上している真最中のときであった。あるいは全く逆に、その名を忌避したひそやかな緊張感が流れる…座の空気であったか。

ホトトギスは漱石の親友、正岡子規が始めた雑誌であり、ミニコミ同人誌ながら一昨年の漱石『我輩は猫である』で一気に評判となった。前年の『坊っちゃん』、そしてこの元旦からの『野分』も同誌だ。東京大学講師から朝日新聞入りはそれだけで世の話題であり、文壇人もショックであった。西園寺の宴も話題沸騰の漱石を招待することを主眼にしていた可能性がある――それが「待つ甲斐の……」の句になった。「当夜の話柄《わへい》（はなしのたね）は乏しくとも、此の紀念の寄合書は後の思ひ出となりぬべし」と天民は書く。どこか盛り上がりに欠いた宴の空気を窺わせ、沈黙勝ちの白けた鷗外の姿も浮かぶ。それなりによく書けた記事だ。

まだ文豪ではなかった鷗外がなぜ首座についたのか。陸軍トップの軍医であった現実は大きい。とくに二年前、奉天などでロシア軍主力と戦った第三軍の軍医部長であったことが無言の威圧となる。文士の位置《ステイタス》は高くなく、世の偏見もあり、無頼イメージさえあった（だから漱石の転身が話題になった）――そんな文士連は自ずと身を辞すのだ。公の世で会える人とは思っていない。実は、いくつもの関門を経るのを覚悟で敢えて会い行けば、案外気楽に応ずる林太郎であったことも確かだ。自邸に迎えるための観潮楼歌会をつくったのも直前の三月。平出修はもとより与謝野寛や啄木も出入りするなど、漱石山房より明らかにオープンであった。こちらは帝大生と一高を主とする高校生という閾《しきい》が自ずとあり、その外の者は出入りに憚りがあった（同じ会社員の啄木も入っていない）。ときの自然主義にはアンチであったのは共通していたのだが。

むろん名作となっていた『舞姫』と、辛口評論で文壇の大先輩という認識も当然ある。野《や》の者はつい襟を正して身を引く。これが林太郎の屈折となる。すでに役所の中では文学の人間と目されていた。そこで「木村（森を分解）は官吏である……木村は文学者である……（秩序的生活と芸術的生活は調和できないだろうという同僚の知ったかぶりの評に）作りたいとき作る。まあ、食ひたいときに食ふやうなものだ」（「あそび」明治四三年）とうそぶく。他方、「私は田山君のやうに旨くないと云はれても、実際どうでもない。田山君も正宗君も、島崎君も私より旨くて一向差支がないやうに感じてゐます。それは私の方が旨くても困りはしません。併しまずくても構ひません。ちつとも不平がない。諸君と私を一緒に集めて、小学校のクラスの席順のやうに並ばせて、私に下座にすわつてお辞儀しろと云ふこ

森鷗外＝ドイツ留学時の写真（1862〜1922）

となら、私は平気でお辞儀をするでせふ」（「予が立場」明治四二年）と慇懃《いんぎん》に。これは明らかに数年前の西園寺の宴を頭に書いている。傍観主義を標榜し resignation という語を使った。身を引く…であり韜晦《とうかい》の語が適切だろう。だが、文学活動は表わし出《いだ》すことだから絶対矛盾が生ずる。

上座にしなければならない理由は何より亭主の西園寺の方にあった。林太郎の後ろに光背のように山県有朋がある（幹事の竹越は心得ている）。山県とは緊張関係にあり、翌年には総選挙に大勝しながら政権を投げ出すことになる（赤旗事件への対応が甘いと天皇に直訴され詰め腹を切らされた）。戊辰の北越攻防戦で、三〇歳山県狂介は奇兵隊を率いて長岡城攻めにてこずった。萩の中間《ちゅうげん》から出て「参謀」の肩書きを得ていた時――そこへ北国鎮撫使として督軍にきたのが徳大寺右大臣家の一九歳の公望であった。山県は負け戦《いくさ》下、青年鎮撫使のもとに部下を赴かせこう申し上げさせた。「錦旗と卿を擁護いたします、速やかに退却されますよう」（回顧録『越《こし》の山風（三）』。いま力関係は逆転――山県はすでに二回組閣し公爵、西園寺は第一次内閣で侯爵だった。林太郎が山県に近侍する文化人であることは十二分に承知している。

前年の明治三九年六月、林太郎は山県の意を受けて大学時代からの友人・賀古鶴所《かこつるど》と伴に歌の会「常盤《ときわ》会」を立ち上げた。両者および佐佐木信綱・井上通泰・小出粲《つばら》ら五人ほどが選者となり、各人が門人の作など三〇首を持ち寄り毎月一回、山県の椿山荘（目白）・古稀庵（小田原）などで選評会をもつもの。山県の和歌への好みは確かにあり、長州時代から師をもち、明治三〇年ころから小出に、小出死後の四一年からは井上通泰（眼科医で国文学者、柳田国男の次兄）に師事した。

林太郎は山県の御意に叶うところがあったが（『舞姫』の天方伯爵として以来）、井上の場合は彼の方から山県に望むところが大で、仲介を林太郎に期すところがあった。

西園寺の会は対抗とまでは言えないにしろそれを意識していたのは間違いなく、体制文化人に対して在野性の濃い文士（危険視もあった自然主義を含め）で独自色を出したのだろう。山県のそれと摩擦を生みかねないところはあり、だからクッション役に林太郎を取り込む必要があった。ときの人である漱石は第一夜の主賓を外せず（もくろみは外れたが）、いずれにしろ林太郎と鉢合わせるわけにはいかず、こちらは第二夜の首座としたのだ。当人もその気配が分かっているから、どうも面白くない。加えてもう一つ、新聞記者が一人チラチラしていた――根っからの新聞記者嫌いである。それが松崎の姿…不機嫌にならざるを得ない。なお第一夜を伝えた朝日は、坪内逍遥・夏目漱石・長谷川（二葉亭）四迷の三人の欠席について「首相は太く之を遺憾に思ひ居られた」と書いた。首相の眼目は就中、漱石だったに違いない。

天民は宴を見たものとして書いているが、本当にそうなのか――例の筆法が思われ、疑念は生じる。確かに「此の夜も邸の内外に新聞記者十余名詰め掛けたれどもお屋敷にては頓着給はざりし」と書くから、記者連中は第一夜から相手にされなかった（家に入れてもらえなかった）のだろう。しかし、これは自分だけが「内」にいたという自慢にも読める。首相夫人への突撃攻撃の成果で、「内」入りした可能性はある。西園寺は辞す一同に玄関で、「昨夜は皆様が新聞記者の包囲攻撃にお逢ひなされたさうで」と詫びている。門外に待ち受けたいわゆるブラ下がり取材であることが分かる。

天民が「内」にいたとしたら（多分いた）、会席者からは見えるか見えずで、他社の記者からは絶対に見られない位置だ。つまり座席の鷗外らは、ちらちらとその姿をとらえていただろう。そういう位置だから一言一句まで聞き取れたとは思えない。が、そこは国民新聞の大先輩である竹越から聞き出すことはできた。朝日は宴会の翌日紙面だが、国民は翌々日紙面で時間はあった。国民の出遅れ（即応力の欠如）がここに表れているようでもあるが、この場合は後出しジャンケン勝ちの感がする。明治四四年段階で東京では東京朝日が一〇万部、国民が一五、六万部（『朝日社史』五五八頁）だが、蘇峰の国民新聞の退潮が加速していたのは確かだった（なお東京では報知が二〇万を称し一位、大阪朝日は二〇万部でトータルでは朝日が断トツ一位になっていた）。

では首相に返句を書かせた漱石だったが、当の朝日の記事はどうだったか。天民記事より一日早い一九日付け紙面の宴二夜目の記事は、出席者の巌谷小波《いわやさざなみ》の寄稿で済ませている。内容はほぼ国民新聞と同じだから、天民が会場に居たことの傍証にはなる。朝日を写しただけとは思えない（参照はしただろう）。小波はあの西園寺の「待つ甲斐の……」も記すが、他の出席者の作と併記していくだけで特に留意はない。埋没している。天民が自紙に「当夜の話柄《わへい》は乏しくとも、此の紀念の寄合書は後の思ひ出となりぬべし」と書いたとき、彼は確かに漱石と首相とのことを意識している。当事者としての小波の記事はどこか遠慮・配慮の自重気配があり、天民記事はいわば外野席の野次馬性がきいて確かに読ませるのだ。

漱石の出席断りの「厠」句は小洒落《こじゃれ》をきかせたプライドが鮮烈で、それ自体が特ダネなのだ。他社の追いようもない。ところこが朝日は自前のそれに首相が粋《いき》に応じて返した、大いなる特ダネたるべきものを、それと認識することなくパスしてしまった。外部（小波）寄稿に頼りすぎたのだ。名のある参加者が直接書いている安心感、そこに小さな特ダネ意識があったか。

その小波稿のなかに西園寺・鷗外の以下のやりとりがあった。前夜の宴に新聞記者が押し寄せたのに関し、西園寺が「今日の新聞記事には大分誤聞があるようだ」と言ったのに対して、鷗外が「イヤ、新聞には時々誤聞が伝へられる、たとへば僕の二時間睡眠主義だの、一菜満足論などは全く誤解にすぎない」と応じた。

確かに座にあった者しか捉え得ない証言であった。しかし国民新聞の翌日報に、飛び切りの特落ちを証明されることになった。突貫小僧・天民が鼻を明かしたのだ。大なる功を彼にもたらした可能性がある。顔色なしとなった現場に対し、経営陣が瞠目しただろう。

彼はこの二年後の明治四二年一月に東京朝日に入った。社史は明治末年の各紙しのぎを削るなかで多くの優れた人材を採ったとして、四一年に美土路昌一、四二年に丸山幹治・松崎天民・中野正剛・石川啄木等をあげる（五六八頁）。天民については「国民新聞の社会部記者としてすでに名が売れており」（五四二頁）と解説付き。あの宴で特落ちさせた突貫小僧ぶりを評価した、ヘッドハンティングだったのか。実際、「東京の女」や幸徳ら刑死者記事などの活躍となる。社二年目の四三年五月に早々『新聞記者修行』（有楽社）を出す。あの三日間の西園寺宴の国民新聞記事も「駿河台の夜色」と題して丸ごと収録した。その前文に「当時私は国民新聞の探訪記者として、多少の探訪的手腕を揮つて……第一日の記事は特に新参初心の記者らしく扮して書いたのは、唯面白く読んで貰はうとした、私の狡猾手段たるに過ぎない」と。隆々たる自己顕示欲、ただし在社五年で去った。早々から居辛い職場となったはずである。

第二章　コッホ来日歓迎会の屈辱

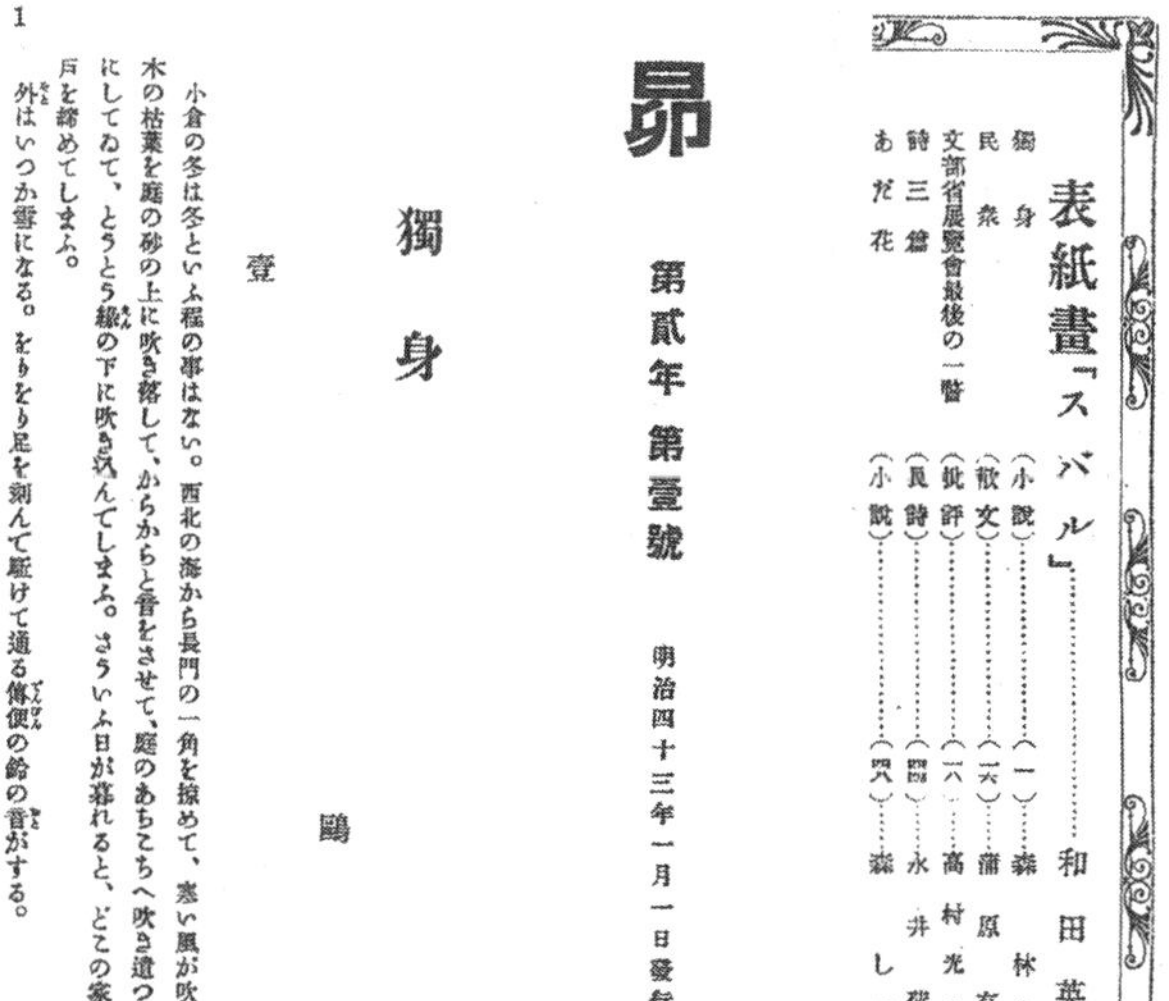

表紙畫「スバル」……和田英作

昴

第貳年第壹號

明治四十三年一月一日發行

獨身

鷗外

壹

小倉の冬は冬といふ程の事はない。西北の海から長門の一角を掠めて、寒い風が吹いて來て、蜜柑の木の枯葉を庭の砂の上に吹き落して、からからと音をさせて、庭のあちこちへ吹き遣つて、暫くおもちやにしてゐて、とうとう縁《えん》の下に吹き込んでしまふ。さういふ日が暮れると、どこの家でも宵のうちから戸を締めてしまふ。

外《そと》はいつか雪になる。をりをり足を刻んで駆けて通る傳便《でんびん》の鈴の音《おと》がする。

1

明治43年（1910）1月号の昴――目次（右）の森林太郎が本文（左）では鷗外となる。密かな小説家「鷗外」宣言

第一節　林太郎、ミニコミ作家で復活

林太郎が小説としては『舞姫』『うたかたの記』などの数作以来、ほぼ二〇年の沈黙を終えて復活したのは、四七歳の明治四二年（一九〇九）三月、雑誌スバルの『半日』であった。

実際、「予が書いたもの、中に小説といふやうなものは、僅に四つほどあつて、それが皆極《ごく》の短編で、三四枚のものから二十枚許りのものに過ぎない」（『鷗外漁史とは誰ぞ』明治三三年）と本人が自認していた。スバル誌は同年一月号が創刊で、弁護士で「明星」同人だった三一歳の平出修が出した。表紙の名称は「スバル」で奥付に「東京市神田区北神保町二番地、昴発行所」となっており、法的には「昴」が正式名と思われる（本書では双方を使う）。

この番地は平出の自宅・事務所で、編集兼発行人は「石川一」、つまり啄木だ。前年一一月、鉄幹の明星が百号で廃刊した。後継誌の意図をもって平出が中心になり啄木・高村光太郎・吉井勇・平野万里・木下杢太郎・北原白秋らの賛同のもとにスタートした。出稿において林太郎が全面協力を約した。一月号に『プルムウラ』、二月にも『ユリウス・バッブの戯曲論』があるが、前者も戯曲で小説ではない。

『半日』は妻志げと母峰子の嫁姑関係を凄まじいリアリズムで描いた作品だ。母君は「食ふ筈の肴《さかな》を食はず、着る筈の着ものを着ずに」博士を育て上げ今日をあらしめた。今も毎朝自ら起きて

朝餉を準備する。母君が玉ちゃんと博士とのお給仕をして一緒にいただく。奥さんは皆の食事が済んでから別間で食べる。食事ばかりでなく、奥さんは母君と少しも同席しない。この家に来てから、博士の母君をあの人としか言わない。自分の嫌なことはなさらぬ。己に克つということが微塵もない。大審院長であったお父さまの甘やかしの記念で、何らかの義務らしい気配が立つと、美しい長い眉の間に、竪に三本の皺が寄る——博士も不都合なことと思っているが、それを咎めれば波風が起こるので……。

むろん波風は生じた。同誌一一月号に埋め合わせをするように妻・森しげ女の『写真（小説）』が登場する。二九歳のわたくし——「厭でございますわねえ、わたくしには皆さんのやうな初恋だなんていふものはないのですもの」で始まる、お社交仲間の初恋談義。ふだんの鷗外先生の漢語調の難解な格調高さに比べて、滑らかな口語文だ。翌年一二月号まで毎号の計一三作が載る。添削入りと解されている。与謝野晶子・茅野雅子・小金井きみ子（喜美子）らより頻度が高い登場。その一二月号以後、同誌での麗筆は絶えるが女流作家・森しげの名は残った。

六月号の『魔睡』、七月の『ヰタ・セクスアリス』はともに衝撃的な話題作となる。後者はある意味では鷗外の最も有名で実際に読まれることの多い作品かもしれない。ラテン語で性的生活を意味し、幼児以来の「欲求」の記憶録である。同じ七月末に発禁になったことが、翌八月号でわかる。消息欄の末尾に「前号の本誌は七月二十八日内務大臣平田東助氏の名を以て発売禁止を命ぜられ候」とあるように、スバル七月号としての発禁で、ヰタ・セクスアリスが名指されたわけではない。発禁ながら、誌面からは緊迫感が感じられない。七月一日に刊行されたもので（当時の雑誌は奥付の刊行日と実際の一致にこだわった）、月末までには明らかによく売れて全てさばけており、実際の影響はなかったのだ。ただし鷗外には陸軍次官の石本新六から「戒飭《かいちょく》」、つまり戒告があった（八月六日の日記）。石本は姫路出身、長州支配の陸軍のなかでは強い立場ではなかった。彼なりの信念からだろうが、実質影響の無いような戒の出し方だった。大臣・平田による発禁自体がそうであった。

平田東助は山県派官僚の最有力の一人。二年前の田山花袋の『蒲団』が、妻子ある倦怠期の中年作家が家に置いた若い女弟子を心ならず去らせたあと、移り香の残る彼女の蒲団に顔を埋めて泣く描写で世上にショックを与えた（西園寺の会の三か月後の発表、発禁にはなっていない）。同傾向の自然主義が増えており、鷗外氏が高位の人とはいえよろしからざるにつき職務上一応出し置く……の意図が透けて見えるのだ。平田の方が背後の山県を意識している。ときの文壇人が林太郎に一目おく所以でもある。

とはいえ表現者として林太郎が不快感をもったのも確かで、翌年九月号「三田文学」に頭の固い官吏（判事）をヘロヘロ文士が皮肉る対話劇『ファスチエス』を発表。fasces のことで古代ローマで高官行列の先頭に掲げた権威誇示の道具、鉄斧を細い棒の束（ファシズムの語源）で包んだトーチ状のもので、罪人捕縛のときも掲げられたよう。虚飾の権威を慇懃無礼な表現で揶揄した作だ。

発禁は何より経営者にして法律家の平出には捨て置けぬ事であり、すぐに文芸の自主独立を主張する「発売禁止論」を法律新聞に書いた（『遺稿』所収）。直接には警視庁の担当者・岡田主事あてで、森林太郎氏がことさら猥雑なことを書いて人気を博すると見たのだろうか、描写のどの点が不真面目で、どこが人気受けを主としていると指摘できるかと問い、反自然主義の保守論客の大町桂月氏でさえ「ひろく天下の少年青年に読ましめたきもの也……われ謹んで告ぐ、翁の人格抱負の非凡なることを洞察せよ」と評したことを引用した（五年前、大町が与謝野晶子の「君死に給ふこと勿れ」を激しく非難したとき、これに反論して彼に「晶子女史に申し訳なし」と言わしめたのが平出であった＝後述）。

その前号の『魔睡』は長く尾を引くモデル問題を引き起こした――。法科大学の大川教授は政府の内意を受けて関西のある大会社の事件の調べに旅行準備をしていた。そこにベルリン留学を共にした医科大学の杉村教授が来訪、夫人の近況を問う。細君の里は実業界で名高い家で、小石川には大きい別邸がある。その実家の母が工合悪いので、付き添って磯貝嶒《きよし》医師のところへいっていると大川は話す。ベルリン留学で入れ違いのようになった男で、神経系を専門とする。なかなか優秀な噂を聞くなかに、杉村は「交際してるか」と問う。

大川はよく知らないといい、「交際は万事如才なくて、少し丁寧過ぎるやうな処がある。色の白い小男で、動作が敏捷なせいでもあるだろうが、何処か滑《なめら》か過ぎるやうな感じがする。極端に言へば、鰻のやうに滑かで抑へどころのないという趣がある」と続けた。杉村は「細君だけは遣り給ふな」とアドバイス。次の間でことこと音がした、細君が帰ったのだ。奥さんはしっかりしているから大丈夫、と言って杉村は帰る。

細君は珍しいほどの美人である。ふと、お話が耳に入りまして……とこう語る。母は結果の説明がよく分からないから、お前が聞いておくれと先に帰った。磯貝医師は診察室でない方の戸を開け、仕事部屋と思える処に導き、ソファに掛けて…と。いかがでございますかと問うと、マッサアジュをしなければいけないといい、「マッサアジュと申すとおつくうなやうですが、ついかういふ風にと仰やつて、いきなりわたしの手を掴まへて、肩の処から下へすうとおさすりになるのでございます。わたくしは嫌な心持が致しましたが、あんな立派な先生がなさる事ではございますし……あわてて手を引くのもいかがかと存じますので、どう致さうかと存じてゐましたのでございます。さう致すと、肩から下へ何遍も何遍もおさすりなさるのです」。

さすりながら先生は顔をじっと見る。何だかひどく光って恐ろしい目のように感じ、少しの間気が遠くなるような気持ちになり、その前後がはっきりしない。はっと気づくと先生はデスクに肘をもたせて何か書いておられる。お母様のことは心配に及びませんと送って出られた。妻の心配な様子に博士は「磯貝は実にへんな事をしたのだ。お前に魔睡術を施さうとしたのだ」。「体がどうか致されたのではございますまいか」に、「何も心附いた事はあるまいな。変つた事はあるまいな」。「いいえ気づきません」、「そんなら何事もあるまい、併しこれからはもう決してあの男の内へ往つてはならない」と。

博士は細君の白い肌を想像しひどく不愉快になる。だが、また「磯貝嚻《きよし》君の目が心に浮かぶ。若いやうな年寄つたやうな、蒼白い皺のある顔から、細い鋭い目が、何か物を覘《ねら》ふやうな表情を以て、爛《らん》々としてかがやく」。この想像が博士の胸に針で刺すような痛みを覚えさせる。そして「ええ、糞を」とでもいいたいのをじっとこらえた――。

この作も発禁になったという説もあるが確認されていない（この程度のものが世を乱す猥褻と当局に認識されていたのも確かだった）。林太郎自身は自信作だったようで、鈴木三重吉が選集を作ろうと訪ねた大正三年（一九一四）のことをこう書いている。発表から五年目、この年初に話題作『大塩平八郎』『堺事件』を書いていたときだ。

私が現代名作集中に先生のお作を一冊入れて頂くに就て、先生の一ばんお好きな作を自選して頂かうとする際、先生は「魔睡」を出さうと仰り、「君、知つてゐるだらう、○○（某氏の姓）一件のあの話さ。あれについては桂（太郎＝第二次内閣時）公の前へも呼び出されたよ。」と言はれた。桂さんが呼びつけたと云ふ意味はあの作品が風俗を壊乱するといふ点で、（桂が）上官として懲戒したものかと私は考へた。私は、世間へ伝へられてゐる、あの作についての或事実が、本当かうそかはともかく、先生自身から、さういふ問題にお触れになるのを聞くのが何だか苦痛の気がすると同時に、一方では私ごとき者に向つても、そんなことを話して下さるのが過分のやうな感情も交つて、言ふに云はれない心持で頭を下げてゐた。そしてもじもじしながら、「でもあれだけはおよしになつた方がよくはありませんか。」と言つた。「又人が、わるく実際と結びつけて問題にすると、先生のためにいやですから。」といふ意味で言つたことは先生にもお解りになつて下さつたのは勿論である。（表題をラテン語にしようとか別の筆名にしようとかもいわれたが）併し私は先生のために飽くまで渋つた。「それぢや堺事件にしよう。」と最後に仰つた。（第二次「明星」大正一一年九月号：「森先生の追憶」）

桂からの呼び出しとは、三重吉の考えた「陸軍の上官からの懲戒」ということではなく、磯貝なる医師が「かつて有栖川宮威仁《たけひと》親王の随員として外国に旅したこともある東大内科の教授であり、したがって宮中や官界にも関係の深い顧慮の点から」とする長谷川泉の指摘通りだろう（『著作選③鷗外「ヰタ・セクスアリス」考』一八頁）。桂はニコポン調の冗談口だったに違いない。ただ、石本陸軍次官からは八月の「戒飭《かいちょく》」に続き、年末に「新聞紙に署名すべからず」の警告を受けた（一二月二九日日記）。この「紙」はむろん「誌」を含んでいる。一定の影響を及ぼしたのは確かで、それまで「林太郎」だった著書名が翌年からの「鷗外」になった一因と考えられる。また東大総長・浜尾新の机の上にも当該スバル誌が置かれていたことが、三重吉への鷗外書簡で分かっている（長谷川著二三頁）。

関係者からの熱視線で話題になっていた。ただしそれは文学青年を中心とした知識層、および一部軍人の間のことであり、世上に広まったというわけではない。小島政二郎がいうように「日本では「スバル」を読む（人の数）は幾何《いくばく》もない」（「新小説」大正一一年九月臨時号：直接にはキタ・セクスアリスについての言）ミニコミ誌だ。実数は数百部ほどだろう。作家・林太郎はミニコミ誌で復活したのであり、その環境下で質的に確かな反響を引き起こしたのだ。それでも魔睡でモデルとされた側が傷ついたことは十分考えられる。

ことは敗戦後に大きくなる。松原純一は「魔睡（明治四二年）にでてくる魔睡術を使う医者磯貝嶝とは三浦謹之助である」と明記した（「鷗外現代小説の一側面」：「明治大正文学研究22号」所収、一九五七年七月）。「鷗外の現代小説における人名のつけ方には一定の法則がある」という視点からの論稿で、例えば『雁』の岡田は実在の緒方収二郎がオガタからオカダになり、『舞姫』の天方伯は「天を山に、方を県にすればそのまま山県伯ではないか」などをあげた。法則性の明示化には成功していないが、「あまり生々しくモデルを想定せしめることを意識的に避けた場合もある」とも書く。鷗外の作中命名にはそれとない暗示が多用されているのは確かだ。天方伯のように、相手にしっかり分かってもらう例もある。小説中の名前は、多かれ少なかれそういうものではあるのだろう。松原の三浦についての言及は上の記述だけだったが、ともかくも三浦の名が明記したことでモデル論が波紋を生ずることになる。

昭和二四年（一九四九）の文化勲章は歴史学の津田左右吉、仏教学の鈴木大拙、気象学の岡田武松（日本海海戦の朝、天気晴朗なるも波高かるべしの予想電文を打ち、旗艦・三笠で若干変えた戦闘開始指令が作られた」、文学で志賀直哉・谷崎潤一郎とそうそうたるメンバーである。そして医学が三浦謹之助だった。この翌年に八六歳で死去しており、その七年後に現れた松原論文は関係者には晴天の霹靂だったと思われる。

昭和三九年（一九六四）、生誕百年を記念した『三浦謹之助先生』（生誕百年記念会準備委員会刊）が教え子によって出された。そうそうたる何十人もの門人が、人間味豊かな師への想いを綴る五百ページ余の大著だ。先生の履歴は明治二二年二月、有栖川宮威仁親王に随いて米国から仏・英・独・伊などを歴訪し、同二三年二月より引き続き自費留学でベルリンでゲルハルト教授に内科学、オッペンハイム博士に神経学を学んだ。さらにマールブルグで神経学・病理学・生理学、ハイデルベルグで神経学を修め、二五年一月にパリに移り「名声さくさくたるシャルコー教授に師事」、神経学を深め同年秋に帰朝（同地滞在は半年余だったよう）、すぐ帝国大学講師となった。二八年秋、教授に。シャルコーはヒステリー研究を大きく進展させた人という。――林太郎のドイツ留学は明治一七年夏発、二一年九月帰国だから、二年後にドイツに着いた三浦とはその地で会いようがない。

謹之助の息子の千葉大名誉教授・三浦義彰は一九九六年にこう書いた。「父は小説家という人種が嫌いでした。嘘を書くというのです。だから文学畑の人たちとはおつきあいがありません。何で嫌いになったかというと、どうもその元は森鷗外のある小説らしいのです。そこに誰が読んでもあのモデルは父に似ているというタチの悪い医者が登場するのです。父と森さんはとは大学のクラスも別ですし、その後の歩いた道も異なりますが、森さんから見れば、父は留学から帰国後トントン拍子に教授になり、一方の森さんは小倉の師団で鬱屈した生活を送っていたため、父のことをあまり快くは思っていなかったのでしょう。父がもし、のちの鷗外の史伝などを読んだら、小説家は嘘ばかり書くとはいわなかったでしょう。しかし、父は何しろ陸軍の軍人さんを根っから嫌いでしたから、森さんとは水と油の関係に終わりました」(『医学者たちの一五〇年——名門医家四代の記』平凡社)。

第二節 『魔睡』で生じたモデル問題

実は水と油になった所以は、魔睡の前年、あるドラスティックな事態があった。鷗外の心理かたすると恐らく最も重大な一件である。明治四一年(一九〇八)六月、ローベルト・コッホが来日した。コレラ菌の発見などで一九〇五年にノーベル生理学・医学賞受賞、多くの病気が細菌によるという近代医学の基礎を作っていた。官民あげての大歓迎となる(当時の日本人には絶対的な威厳と重量感をもつ羨望の賞だったと考えられる)。夫人同伴で同一二日、予定より遅れたサイベリア号で横浜着。一三日、東京朝日は「コッホ博士を迎ふ▽医界の名流悉く集る」のトップ記事で展開。「一昨日の正午から夜迄待ちぼけを喰わされた」北里柴三郎・志賀潔博士らは早速小雨の降る中を小蒸気に乗って沖合いに停泊の船へ。

当年六五歳、老人臭さなどは見られぬ。まず嬉しそうに北里博士と握手し、「モウお前と別れては十五年になる、今日此処でお前に会うのは実に嬉しい」。新橋までの列車の席は諸方から贈られた花束に囲まれ、さらにその周囲を北里・長与〔弥吉〕以下の諸博士がとりまく。——歓迎記事に続く下段は、病死した法学博士・弁護士の渋谷某の妻四二歳が、生活苦から子供三人とともに三度も自殺を図った記事が載り、援助に立ち上がった江木衷博士と共感する花井卓蔵弁護士の談話が載る。

一四日の紙面は華族会館で北里による恩師紹介の晩餐会。林外相・原内相・牧野文相、浜尾大学総長、そして小池〔正直〕・石黒〔忠悳〕・森〔林太郎〕の陸軍医、高木〔兼寛〕海軍医、尾崎〔行雄〕東京市長、それに三浦〔謹之助〕・志賀ら総勢一一六名だ。北里が「余は往年独逸国に遊学し恩師の懇切なる指導の下に余の研究を遂げ得たる幸せ」と始め、本席は世界の大研究者たる閣下を我邦知名の士及び学術界の知友に紹介するために設けた宴と口上を述べた。コッホは締めに立ち、日本政府が欧米の文明を輸入しようとして幾多の青年を吾国に送ったが「其中の一人は北里君にして君は余の許に来りし第一の学生なり……終に臨んで前の門弟 今は余の最も親愛なる友人北里君の為に万歳を唱へんとす」と、万歳三唱となる。

北里主導のもと歓迎準備は春先から始まっていた。三月二八日、日本橋の偕楽園に医学を中心に二六名が集る。石黒・森・三浦・志賀・北里ら。ここで軍医界トップの石黒忠悳《ただのり》を委員長に森・北里を含む一一人の準備委員会ができる。鷗外日記の同日、「夕に北里柴三郎 余等偕楽園に招きてRobert Kochの歓迎する方法を議す」。五月二八日、歓迎会を六月一六日、講演会は同午後二時に東京音楽学校で、午後六時から歌舞伎観劇――演目は夜討曽我一幕、二人道成寺一幕などを決めた。

六月一〇日の委員会で、招待状を公爵山県有朋・侯爵井上馨と同夫人・侯爵松方正義・侯爵桂太郎と同夫人・伯爵大隈重信同夫人・伯爵板垣退助同夫人・子爵榎本武揚・伯爵山本権兵衛同夫人・伯爵奥保鞏《やすかた》同夫人・公爵大山巌同夫人・伯爵東郷平八郎同夫人・総理大臣侯爵西園寺公望・前帝大総長男爵加藤弘之同夫人ら百人（ペアを含む）、それと海外を含めた新聞社五〇ほどと決めた。来日までに一〇回もの会を開いている（以上、川俣昭男「ローベルト・コッホ博士 日本紀行点描」に拠る）。老いた元勲連は実際にはほとんど来なかったのだが、リストが山県をトップとしたときのランク付けを示していて興味深い。伊藤博文はこのとき韓国統監だった。

林太郎は明治二〇年（一八八七）四月、ベルリン大学のコッホの衛生試験所入りしたから直接の弟子である。北里は年齢は林太郎より一〇歳上だが、東大卒業は林太郎が二年早かった。ドイツ留学も林太郎が一八八四年発でライプチッヒ・ミュンヘンなどを経てベルリン入り（一八八八年帰国）。北里の留学は一年後の一八八五年だが最初からベルリンのコッホ研で、ここでは彼が林太郎を迎えた。師のもと北里は破傷風菌の純粋培養に成功、同病とジフテリアの血清療法（免疫療法）も共同研究で完成――一八九二年（明治二五）の帰国時には世界に知られる著名な医学者だった。しかし、母校・東大には迎えられず、福沢諭吉らの支援もあって伝染病研究所を創り、官学とは距離をおく道を歩んでいた。

　林太郎は帰国から三年の夏、「ロオベルト、コッホが伝」と題した師伝の訳を専門誌に発表した（明治二四年「衛生療病志」第一九号と二〇号＝岩波『全集』三〇巻所収）。巻末の参考文献からするとドイツ語で書かれた師についての一八の書を、業績に即し再構成しつつ訳出したものと分かる。ゲッチンゲン大学医学部で神経系の解剖に取組んだ二一歳から始め、一八八五年のベルリン大の衛生学及び細菌学の教授となり、現在まで欧米・アジアから二百人に及ぶ門人を集めた歩みを書く。力のこもったかなり長文の論稿だ。結論部に七、八人の高足弟子としてあげる末尾に、「破傷風の免除性等を研究せるフレンケル、ベエリング、北里柴三郎など其おもなるべし」と。北里の俊英ぶりは早々に伝わっており、エールを送るゆとりがあった時期と思われる。

　明治四一年六月一六日の歓迎会風景を各紙は翌日面で大々的に伝えた。東京朝日によると午後二時から上野の東京音楽学校の楽堂で千三百人が参加、石黒・小池・森の陸軍医トップ以下、杏林《きょうりん》〔医学界〕において多少知られた人はみな集る。別紙面には六七百人しか入れぬ会場に、その倍を詰込み、さらに廊下から屋根まで溢れたと書く。来賓の主なるは西園寺首相・牧野文相・桂公・ドイツ大使ムム男爵等。陸軍軍楽隊のドイツ国家奏楽のなかコッホ博士が夫人とともに着席。石黒男爵が立ち、かつてドイツで博士を訪問した思い出を語り、「斯学《しがく》の泰斗《たいと》北里博士を始めこの学問従事する輩は大抵博士の教示を受けた者……いま我国で伝染病惨毒を免れているのは殆ど博士の賜物」と挨拶。次に各学会を代表して歓迎の辞を述べたのが、三浦博士なのである。

朝日記事──。（三浦博士は）独逸語で先ず博士の外科学に強実なる基礎を与えた事、及びコレラ病、肺結核等に関する博士の研究を賞揚し「斯《かく》く如き偉大なる研究家が我国に来遊されたのは余等の最も光栄とする処──と。先述門人の著『三浦謹之助先生』のなかでは本人がこう語っている。「その時に私は日本の医学会と生物学会の代表とし歓迎の辞を述べたわけです……音楽学校の大講堂はなにしろ当時は東京中で一番大きかったのですからね。あの時、コッホ歓迎会をどういうふうにやるかということを、みんなで相談したのです。そのときなんということなしに私にやれということで選ばれたのです。その発言をしたのは長与弥吉君（専斎の子）だったかな」（一六二頁）。

朝日記事にはないが、三浦の次に海軍の男爵・高木兼寛《かねひろ》がコッホが進める結核撲滅の基金に賛同を語り満場の支持を得た。鹿児島で英人医師ウィリアム・ウィリス（戊辰戦争で薩摩の陣で治療）に学びロンドンに五年留学、長身巨躯の人だった。すでに二四年前の明治一七年（一八八四）、日本軍を悩ました脚気病につき麦飯導入の実験をしていた。同年二月、軍艦「筑波」の全乗員三三三人に一日一人、米一八〇匁（六七五グラム＝またはパン一六〇匁とビスケット一三〇匁）・肉類八〇匁（三〇〇グラム）・魚類四〇匁（一五〇グラム）・野菜一二〇匁（四五〇グラム）・牛乳一二匁（四五グラム）等の洋食基調で、ニュージーランド─チリ─ハワイを経て一一月中旬に品川に帰る航海をさせた。脚気患者は延べ一六名（実数は一四名）、死者なし（海軍中央衛生会議刊『海軍脚気予防事暦』明治二三年のデータ）。

実はその前年、軍艦「龍驤《りゅうじょう》」が同じコースを白米中心の通常和食で航海していた。三七六人中の一六九人が重症の脚気を発症、二五人が死んだ。とくにチリからの太平洋横断では船員がバタバタ倒れ、艦長以下の士官による辛うじての操船となる。ハワイで一か月停泊、残りの日本食を棄ててホノルルで積んだ肉・野菜を与えたところ回復顕著で、品川には元気な姿で戻ってきた。「麦パン食の欧米にはない病気で、龍驤《りゅうじょう》の惨状を見た高木の提案による「筑波」の実験だった。「麦食に効あり」は経験論的に明らかとなり、高木は欧米で有名になる。天皇・皇后にも何度も呼ばれその効を伏奏、コッホ来日の二年前に男爵を与えられた。最上位にあるリアリズムである。

これがドイツ医学基調に転じていた陸軍に衝撃を与え、リアクションを生む。中心人物が林太郎の上司・石黒忠悳《ただのり》であり、当の林太郎であった。東大の医科大学には根強い伝染病、つまり病原菌論があった。中心教授の緒方正規は脚気菌の培養成功を主張していた。林太郎は海軍の成果が喧伝される中の翌一八年、『日本兵食論大意』（ドイツでの講演を訳し郵送、五月の『東京医事新誌』四二五号掲載）の中で「陸軍に西洋食（肉・パン食）を採用することは、兵員数、屠牛数、パン焼き炉の運搬などはなはだ困難であること。米飯はどこでも炊け、魚と豆腐を利用すればカロリー、たんぱく質ともに近代栄養学の要求に適する兵食になる。麦飯の消化ははなはだ悪く米飯に劣る」と展開した。「ロウスピーフ（ローストビーフ）に飽くことを知らぬ英国流の偏屈学者の非日本食論」と高木批判も交えて。

同稿のなかで「米食ト脚気ノ関係有無ハ余敢テ説カズ」との断りもした。ビタミンが未知の段階で学問的には踏み出しのない論には違いなかった。麦食導入は長い論争となり、日清戦争・日露戦争でも陸軍は相変わらず脚気で夥しい死者を出した。とくに日清戦直後、明治二八年の台湾は厳しい戦場で、林太郎が医務・衛生、つまり健康に責を負う位置にあった。明治三二年から三年間、いわゆる小倉左遷となるが、これは上部からの配慮だろう。無言にしろ現場には担当の高官（超エリート）の責を問う空気はあったに違いなく、小倉行きは左遷のように見せつつなされた、今後の昇進の担保なのだ。古来いうところの隠《しの》び流しである。「隠流」の号も使っていたから自覚はしている。だが『小倉日記』の冒頭で、田舎の師団軍医部長の地位ごときは、通過地の侘しき明石の浦「舞子駅長の方がましだ」と、青白き炎を吐き出していた。

脚気問題は一九二九年、ビタミンB1を発見したオランダ人エイクマンのノーベル賞受賞で最終決着する。半世紀に渡る日本での体面をかけた公組織の葛藤だった。最大の武力組織の体面をつぶさないことも、最上位のリアリズムであり、なくもがなの兵卒死多数のリアルとなった。コッホ来日の以降、林太郎の医学の論稿は消えていく。

歓迎会は三浦演説に次いでコッホの睡眠病の講演に移る。以下朝日記事で——「由来日本人はよく学術を咀嚼する人種……伝染病予防の成績及び近くは日露戦争の結果でも（それを）見ることができる」と「お世辞を云つて」、講演「睡眠病に就いて」に入る。アフリカでツエツエ蝿がもたらす風土病であり北里が通訳した（本来、脚気が期待されていたに違いないが、北里らが日本での複雑な事情を説いたのだろう）。閉会の辞は青山胤通《たねみち》。そして場所を歌舞伎座に移して歓迎観劇会となる。ここは千人に限り全部イス席の予定が、参加者が余りに多いためイスを外して蒲団で詰めることになった。正装の燕尾服・フロックコート・羽織袴だから焦熱地獄となる。むろん来賓はイスでコッホ夫妻は正面桟敷席（図4）ながら「暑いことはやはり暑い」。

そんななか博士は「傍の三浦博士を顧みて私の居る処《ところ》はセントラルアフリカだと遣つたので、三浦博士はモウ少し経つたら亜熱帯（休憩室の意）へ御案内致しませふなど、と濁して居た」。――三浦はいくつかの言語を使えたようだ。先述『三浦謹之助先生』のなかにこうある。「ドイツ語、フランス語に御得意なばかりでなく各国の語に通じていられた、独逸人と独逸語で、仏国人とフランス語で会話されるのをそばで伺つたことがあるが御上手だと思つたし、外国語の書物雑誌を読まれるのが非常に速いのを知つて居た」（三二一頁）。林太郎もドイツ語は読み書き・聞き話すは十分だが、フランス語は本格的には小倉赴任時代（四〇歳近く）で、基本的に読み・書きだったと思われる。

海軍の高木が（舞台に）立って、「この劇は本邦独自の妙趣があり、一夕の歓を尽くされれば光栄」と始め、コッホの結核予防撲滅基金に賛同し日本で会を設立する意向を述べた。観劇記のなかでいよいよ林太郎が登場する――「曽我の討入で博士は既に森鷗外の独逸訳でその筋書きも読んで居るし大体の説明も聞いて居るから十郎五郎兄弟の心事もよく分つて居る、武士道の本体も解して非常に興味をもち（とくに夫人は）……傍に居た北里、長与、森博士等に時々質問しては

図４　歌舞伎座でのコッホ夫妻観劇会。Ａ＝コッホと夫人（左の横）、Ｂ＝長与、Ｃ＝北里、Ｄ＝石黒、Ｅ＝鷗外

（東京日日新聞　明治41年6月17日より）

熱心に耳を傾けて居た」。師コッホ夫妻の林太郎への言及は朝日記事ではここしか確認できない。文士と見て夫人が語りかけたのだ。

二一日紙面には前夜、陸相の寺内正毅の官邸での歓迎宴が載る。次官・石元、浜尾東大総長、そして石黒・高木・小池・森ら軍医、北里と同夫人。「黄昏《ゆうこく》に至るや石黒男を先頭に二三の来賓見江初《そ》むる」――むろん林太郎は二三のなか。「博士は夫人と共に北里博士同乗馬車」にて来着、午後九時五〇分ころ「博士及び夫人は今夕の好意を深謝しつ、北里博士同乗にて官邸を辞し」、各来賓も「夫々《それぞれ》退散せり」。

夫妻は翌二一日の鎌倉の北里別邸を皮切りに浅草・隅田川見物、天皇皇后拝謁、相撲見物し二七日から八月二〇日ころまで全国各地を訪問、各地の官民名士の熱烈歓迎を受けた。同二四日、横浜出港。翌日紙面も大活字の「コッホ博士の落涙▽横浜埠頭の離別」でトップ記事。東京から「態々《わざわざ》出懸た石黒男、森軍医総監以下数十人（大学の連中は一人も来てい居ない）」との注釈つき。甲板で北里博士の紹介で原敬氏と握手、午後三時半出帆。――確かに大興行とも映る、二か月半に渡る列島フィーバーであった。

『魔睡』に戻る。スバル掲載はこの翌年の六月号で、コッホ歓迎会から一周年である。その作品で、法科大学教授・大川博士の細君に不適切な行為をしたとされた医学博士・磯貝嚼《きよし》なる人物は、スバル発表時も戦後も三浦謹之助と目された。長らく忘却されていただろうその事が、世に定着したのは戦後の松原論文の「魔睡術を使う医者磯貝皭《きよし》は三浦謹之助である」の断定による。以後、この作に言及する論者はこの事を前提にした。わたしは上述からこれに納得できない。モデル（擬すという語の方が適切か）としては確かに見事なはまりようである。ただ、なぜ林太郎が作家としてそういう書き方をしたかを考えたい。ここにはまず大川渉とは森林太郎なりとの無前提《アプリオリ》の認識があった。従って被害者は妻・志げとなった――そうだろうか。わたしは著者・林太郎の resignation 韜晦、あるいは pretension ズラシを強く感じるところだ。

先にも触れたが松原は「鷗外現代小説における人名のつけ方という点に問題をしぼって」論じていた。これ自体は共感できる視点である。法学博士・大川渉と細君について実は想定可能なモデルがある。まず法律家であること（著名な存在でなければならない）、美貌の妻の存在。該当するのは、ときの最も著名な弁護士の一人、江木衷《ちゅう》（マコトとも）だ。林太郎より四歳上の安政五年、長州（岩国）生まれ。帝大法科を出て司法省参事官など経て一八九三年（明治二六）、弁護士に転じた。彼の主張は現行刑法・民法には仏ボアソナードの影響があり、帝国日本にはふさわしくないという批判にあった。とくに刑法の皇室罪（やがて大逆罪と表現される）で、未遂の「加ヘントシタ」から死刑適用すべきと強く主張した。在野の国権的法理論家だった。

明治二五年刊の『現行刑法原論』は版を重ねたようで、随筆家としても『冷灰漫筆』『山窓夜話』の二著を同四二年に出した（『魔睡』と同年）。後者『夜話』所収の「自然主義の小説と法律」には、「近年自然主義なる小説益々盛んで醜を極め、新聞雑誌にあふれておる。直景・直写・直情・直露は解剖室の標本を見るが如くで、その趣味の浅薄さで読み手のレベルが分かる。問題は法律の世界も道徳観念を度外視して、自然主義小説と同様になってきた」との趣旨を展開した。二著ともこの年後半の刊のようで、以前に法学誌に書いていたものを集成したらしい。『魔睡』は六月号、何ものをも咀嚼する林太郎がこの雑誌の段階で江木稿を読んでいた可能性が高い。

　妻えい子は愛媛県令の次女で美貌と才気を知られたが、何かの理由で生家が没落し新橋で左褄《ひだりづま》をとり〔芸者になるの意〕、一八歳で江木の妻となった。後のことだが夫が大正一四年に没すると怏怏と楽しまず、昭和五年に五三歳で自殺した〔潮見俊隆編『日本の弁護士』一〇五頁〕。『魔睡』の「細君」はこんな出自だ。「〔小石川に住む〕お母様は、黒人〔くろうと＝玄人〕ではないが、身分の低いものの娘であつたのを、博士の外舅《しゅうと》〔細君の父親〕が器量望で、支度金を遣つて娶つたのだそうだ」。つまり「細君の母親」が玄人筋であることを暗示しつつ、一代ずらしたのだ。江木夫妻がこのようであったかはむろん分からない。ただ明治四〇年ころから世上に催眠術なるものが大流行していた。

　あの松崎天民の朝日「東京の女」の第一九回、四二年九月一七日紙面に「催眠術中の女」がある――『魔睡』の三か月後。大略こんな記事だ。下谷区龍泉寺町〔一葉の『たけくらべ』の舞台〕に心理療法所を開いている森下辰之助〔三浦謹之助を思わせる〕という先生がおる。近来とくに女の患者が多く特に芸者連中だ。螺旋階段を二階に通ると二〇畳余もある西洋室、安楽椅子が五脚に長椅子が三脚、折柄の夕立を水色のカーテンに避けて、室の隅々は黄昏《たそがれ》ており〔三人の女が

「気分が清々致しました」と辞儀して帰る）……先生は色の白い眼鏡をかけた三〇前後で、眼鏡越しに人を見る眼の兎《と》もすればギロギロと底光る。

香水を匂わせてやって来た美人は二四歳の粂次《くめじ》姉さん。「もう肩の凝りは直りましたわ、唯左の方が変だから、もう一度やって頂戴な」。先生、黙って長椅子の上に寝かせ、耳元に口を付けて極めて小声に「さあだんだん眠くなりますよ、心持よく寝られますよ」、左手で額を軽く擦り、右手を目の前で上下に動かすと、粂次はものの二分もたたずに催眠状態に落ちてしまった。今度は両手の脈を調べた後、左の肩を擦りながら「もう肩の凝りは直ります、目覚めても決して凝ることはありません、気持ちよく愉快になります」。

小さいが力ある声で繰返し繰返し暗示を与える。先生曰く、とくにきくのは神経衰弱、ヒステリー、生殖器障害で施術一〇回くらいでケロリと直る人が多い……と。そして「私は婦人方の施術は、その保護者たる男に術を移したい、痛くない腹を探られるのは、困りますからな」。天民の方が三か月前の『魔睡』に触発されて、虚実混交のこんな記事を作った気配がある（すでに三浦モデル論が一部に生じていたとき）。読者を楽しませること、つまり売れる紙づくりの意図が露骨だ。

朝日はこの後の一一月一八日から一二月一四日まで計一八回に渡り、「催眠術の流行」を連載するという力のいれようだ。最終回は福来文学博士の「術の危険と弊害」の講釈。すなわち施術により（一）他人に犯罪せしめ（二）婦人を犯し（三）詐術をなす（四）無意識的過失をなし得る、たとえば甲の人に乙の人の人格を与え、乙の人格に命じて甲の人に犯罪をなさしめるのは容易で、強姦詐欺などは殆ど自由にできる。いい効果もあるが現今のままでは剣呑である、とのご託宣で終わる。無署名だが天民、あるいは彼をキャップとした取材班の作業だろう。

実際の被害は江木家のことと考えられる。常盤会が三年前に発足して以来、林太郎と頻繁に会っていた井上通泰にこの一文がある。「余は明治三十五年十一月から大正元年三月まで内幸町にある江木某の家を借りて住んでゐた」（井上編『現代短歌全集 第二巻』後記）。そして江木自身が自邸からの道沿いの風景を書いた随筆中に「予途《みち》に日比谷公園を過ぐ」の表現もある（『山窓夜話』中の「日比谷公園の月桂樹」）。内幸町は同公園の南側に接する地区。林太郎も通泰とは「しがらみ草紙」以来の縁で彼を「内幸町」と呼び慣らしていた。

通泰記はさらに、自分がこの家を借りる前には近衛篤麿公が仲間と共にこの家を借りて、同志のクラブとして城南荘と名づけ、城南荘歌話と題した歌集を出していたこと（江戸城の南側であり城南に叶う）を記す。その歌集は近世の名家のなかからいい作を選び忌憚のない批評をしたもので、山県有朋公も気に入られた。明治三八年一二月にはお招きにあい、目白の本邸（椿山荘）は遠いので小石川区水道町のかかへ屋（愛妾を置いた邸）に伺った……など。この集りが山県の意向のもと、林太郎と賀古鶴所の幹事役で翌年六月の常盤会になっていく（通泰自身は佐佐木信綱ら四人の選者の内の一人で不満だったようだ）。

家主の江木自身は会に入らなかったが、国家主義で共鳴する面々だ。彼は「日本の語音は万国に優勝……如何なる斬新奇抜の形容も、日本時文は容易に之を表顕し得べく」とし、西洋語では独逸語が比較的自由活動の余地があるが、その独語でも（表現を完全にするために）英・仏・ラテン語を混用せざる得ないとの主張をしていた（『山窓夜話』中の「万国無比の日本時文」）。これは留学から帰国した林太郎が周囲の期待に反して、西洋かぶれより「本の杢阿弥説」の日本回帰論を唱えたことと一致する。どちらからの影響というより、共振関係にあったと思われる。ともかく江木家のことは容易に林太郎の耳に入り得た。

そもそも林太郎家が被害にあったなら、軍トップの医家が簡単に引っかかるというのは不面目至極な話である。警告を発すべき立場なのだ——医科大学の杉村教授が法科大学の大川教授にそうしたように。つまり、林太郎が自身を擬したのはこの杉村教授なのだ。「杉村」の名に注目したい——しばしば行った「森」からの暗示的ずらしで、そう読み取られることを意識している。「木村」もよく使った（松原論文はこういう点への着目であった）。人を食った「あそび」でもある。林太郎が江木と直接交流があったかどうかは分からないが、情報は十分に入る位置にあった。杉村が辞去し、細君が改めて博士（江木？）に居ずまいを直すとき、「派手な鶉《うずら》のお召の二枚襲《かさね》の下から、長襦袢の紋縮緬《もんちりめん》の、薄い鴇色《ときいろ》のちらついたのが、いつになく博士の目を刺激した」。花柳界が示唆されている。

一方、江木の先述随筆中の傍線部の言、「法律の世界も……自然主義小説と同様になってきた」

には、被害にあった法律家として、世間のそのような道徳的堕落に対応できない法の現状への嘆きと批判があると読めそうだ。フランス法下の刑法では生ぬるく取り締まれないとの思いがあったか。ともかく『魔睡』の大川博士が江木衷がモデルであったなら、江木と三浦謹之助の関係などないわけだ。三浦と関係があるのは林太郎だからだ。江木夫人にあやしげなマッサアジュを施した磯貝嚼《きよし》医師とは、朝日記事が詳述したような巷間流行のセンセイだったと思われる。

では江木衷《ちゅう》が法学の大川渉博士に通ずるところは実際にあるのか。ある――江木は法機構のエリートとして大河に棹さして出世できる舟中にいた。だがなぜかやめて、流れを横切り渡って、向こうの陸に上がって（野に下って）しまった。音のチュウ（衷）とショウ（渉）も近い――ここもあそびの精神がある。上記のように折りしも江木の名が、コッホ夫妻来日の大々的な紙面（朝日六月一三日）の下段に、子を連れて三度も心中を図った病死法学士の未亡人の救済に立つ大物弁護士として載った。林太郎に強い印象を与えただろう。コッホ報道が苦々しく続く過程で、一年後に結実する作の想が熟していき、三浦と関係づけた構想となる――文を扱う者の怖さである。

先述、謹之助の息子、三浦義彰の言「父は小説家という人種が嫌いでした。嘘を書くというのです」となる。なお江木自身はその翌年の幸徳らの事件で、依頼されて引き受けた弁護を直前になり断ったことから、別の難にあうことになる。

三浦義彰著にこういう趣旨も書かれていた。父・謹之助は東大教授時代、公務の時間と自分の時間を厳重に区別していた。明治天皇の病気のときでも最初のうちは大学で授業をすませてからうかがっていたほど。あるとき医務局員の学位論文を差し向かいで指導している最中、台湾総督の秘書官が突然あらわれ、すぐ総督のところに往診してほしいと執拗に依頼した。父はついに怒り出し、いまは公務中だからと追い返した。当の局員さんから聞いた話で、後で調べたら当時の台湾総督は大嫌いな陸軍の軍人さんだった（前掲書、一四八頁）。台湾総督一九人の内、陸海軍出が一〇人（うち陸が七人）、明治末に該当するのは佐久間某である。

第三節　医師「磯貝嚼《きよし》」と『妄想』の諦念

ここまで来て改めて医師・磯貝嚼《きよし》とは何者か、である。その名前自体に三浦謹之助と連動するものは窺えない。まず嚼の字のキヨシさんは珍しい。林太郎の思考からすると含むところがありそうだ。手元の大修館現代漢和辞典によると嚼は①白い②きよらか・潔癖とある。白川静『字通』によると、旁《つくり》の爵はスズメの形をした杯であり、鞍《くら》の意もあるという。いかにも馬上にスマートな威厳を込めたイメージがあり、爵位の語が生じたのだろう。これに白の偏がつき、強められて「きよらか・正しい」となり「きよし」に違いない。ただしごく似た口偏の「嚼」がある。音は同じシャクで、かむ・かみくだす・かみしめ味わうの意で、咀嚼でよく使われる。『魔睡』の磯貝医師の名は初出のスバル六月号以来、間違いなく白偏の嚼である。

ここで、かむ・かみしめ味わうの口偏の「嚼」に何やら暗示がありそうだ。口に爵位をくわえてしゃぶり悦に入る男、あるいは噛みしめてニタニタ「どうだ」の誇示。両字はふと間違え、スライドしやすい関係にある。むしろそれを期した…林太郎用字か。

　では磯貝とはなにか。似た響きの「片貝」という地名が（磯のアワビ……からも「片」へ連動する）、戊辰戦争の北越戦で一応知られた戦場としてあった。有名な長岡城攻防の周辺の戦いで、長岡と南の小千谷の中間地点だ。林太郎の恩人で常時上役、あの石黒忠悳《ただのり》の出身地なのだ（ズラし命名法で嗤う林太郎の顔が浮かぶ）。一七歳上の弘化二年（一八四五）生まれ、生地は父の勤務地の陸奥国伊達郡だったが、もともと越後で謙信の上杉家に仕えた家といい（『石黒忠悳　懐旧九十年』一九三六年）、一五歳のとき越後の祖家に戻る。新政府の軍医制度を作りあげていく人生となる。

　一八歳で松代に佐久間象山を訪ね、翌一九歳で江戸に出て蘭医学を学ぶ。尊王の思想には燃えていたらしい。明治二年に医学所（東大の前身）入りして教官に。四年から兵部省軍医寮に移り軍医制度に取組む。二〇年、独カールスルーエでの第四回万国赤十字国際会議に政府委員として出席、ひき続きドイツの軍医制度を留学中の林太郎の案内で視察、帰国の船も同じくした。この途上で林太郎からエリスのことを申告されて、「断じてならぬ」と一喝。自身もいち早くドイツ現地の愛人をもち金銭決着していた。「なぜ処置しなかったか」と。同二八年（一八九五）に男爵に叙せられ翌年職場を退いた。同三五年に貴族院議員、大正九年（一九二〇）枢密院顧問官となり子爵に昇った。

　片貝村の戦記を伝えたのが慶応四年（一八六八）春刊の週刊「内外新聞」だ（『明治文化全集　第

四巻』所収）。大阪心斎橋の河内屋忠七と同久太郎町のやはり河内屋清七、及び京都四条河原町の山城屋勘助という三商人の経営で、明記はされてはいないが記述内容から土佐藩の立場からの新聞と分かる。閏四月一七日に第一号、戊辰八月の一七号までの半年弱の発行。その「第十号」（戊辰八月刊）に「片貝村戦争ノ記事」として「五月二日夜、賊兵脇ノ町ヨリ関原路ヲ経テ片貝ニ来ルトノ報……」で始まる千二百字もの詳報が載る。われは「官軍」であり、相手は「賊軍」であった。

〝官軍〟はすでに幕府軍から寝返った高田藩が先陣、二陣が御三家の尾張藩、後陣が松代の陣立てだ。片貝村にあった〝賊〟軍は大砲を発し、われ官軍も大砲を以て応戦した。巳《み》の刻（朝一〇時）から申《さる》（夕四時）までの一進一退の攻防で、官軍が村を取り賊軍は逃走。同紙の次号「第十一」も賊軍が村奪回に来る続報。賊兵は地理宜《よろ》しきを得、我兵は大砲を欠き大いに苦戦するが奮闘、挟み撃ちとし賊軍を敗走させるが、深追いせず小千谷に凱旋云々。長岡攻めは信濃川渡河が戦局のポイントだったが、以上の戦いの前段を伝える「第八号」では次の書き方だ（図5）。

「信濃川ヲ打渡シ、一番ニハ、船二艘ニテ昨夜本藩（土佐藩である）御人数中之島へ相渡リ、夜ニ入向《いりむこう》へ渡リ込《こむ》、二番ニハ薩長之人数打渡リ候。（それから一〇日間ほど川を挟んで大砲を打ち合った）……今十八日四ツ時頃長岡城焼払ニ相成リ、官軍不残《のこらず》川ヲ渡リ、長岡城下所々大砲ニテ焼払ニ相成、味方大勝利ニ御座候」。土佐が先陣に働いたのであり、その後に加賀・高田・尾張など元々佐幕の諸藩が続き、山県狂介はもとより奇兵隊の姿もない。

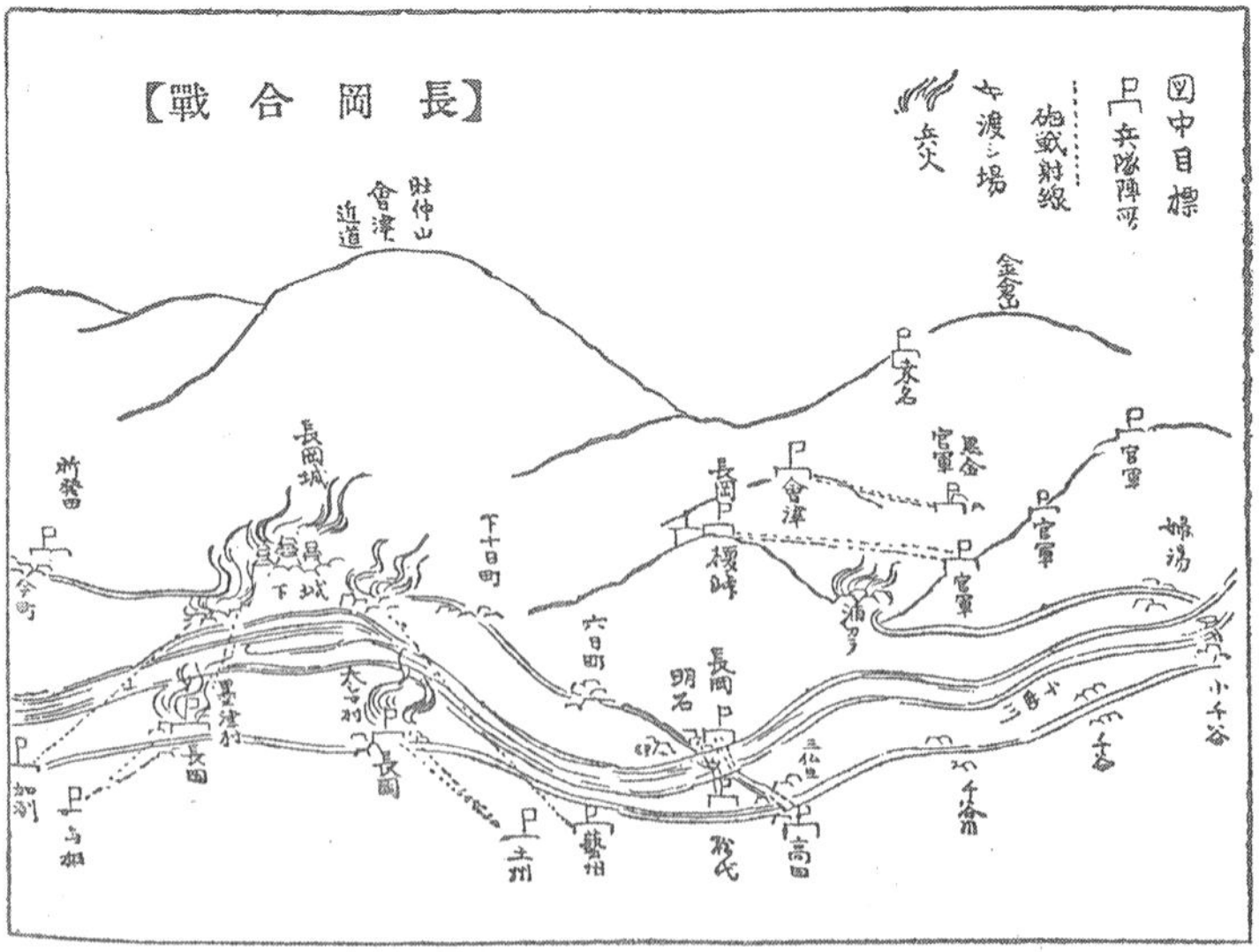

図５　長岡合戦を伝える「内外新聞」第八号（慶応四年戊辰八月）。川手前の土州の陣が正面線から盛んな砲撃　＝『明治文化全集　第四巻』より

ところで後年、山県が伝えるところはこうだ。三好軍太郎の奇兵隊が増水した川を中の之島まで渡った。敵の砲撃猛烈で（味方の）諸藩、なかでも薩摩軍は三好の行為は無謀だと不平が甚だしかった。後方の自分（狂介）は一八日夜、三好に強行に及ばずとの伝令を送り出したが、伝令は三好が出陣するところで出会い、彼の「論議していても始まらない、決行するので応援よろしく」との書を受け取って戻ってきた。自分は薩藩の陣に行き熟談、（その間に）官軍は未明に川を渡り激戦して昼前に長岡を陥落させた。三好の軍功偉大にして元亀・天正のときなら即日に五万石ないし一〇万石に値する……と。戦国戦記談のようなこの話を山県の回顧録『越《こし》の山風』（没後の刊）が

記す。苦戦下で詠んだとする「あたまもる砦のかゝり影ふけて夏も身にしむ越の山風」が録の題名となり、何よりその歌才の証とされることになる。戦国ぶりというより雅な王朝風である。

この題名は江戸後期の国学者・伴信友の『長等《ながら》の山風』を想起させる。大友皇子サイドからの壬申の乱記で、自裁の地とされる志賀の長等山にちなむ。上記「名歌」を載せた回顧録の登場は昭和五年（一九三〇）で軍内頒布であった。宮内庁御歌所寄人《おうたどころよりうど》でもあった師の小出粲《こいでつばら》が撰述する姿が浮かんでくる（明治四一年に没し井上通泰に代るが、先師の段階でできていただろう）。一般向け刊は昭和一四年（一九三九）、ともかく『越の山風』が北越戦争の正史となる。土佐藩史観に立つ「内外新聞」が半年で消えた事情もしのばせる。

内外新聞では土佐藩が核となり川の中州に橋頭堡を維持していたように読める。長岡側は落とされた城を一旦とり戻すが、数日で再奪還された。「第十五号」はこう伝えた。「老小男女差別なく切殺され候。……死骸山をなし血は恰《あたか》も淵を染むるがごとし。其さま目も當《あて》がたき程に有之《これある》由《よし》」。――このとき二三歳の石黒忠悳はどうしていたか。自伝は「北越戦争の間、私は郷里池津に潜伏して居りました」だけ。池津とは「片貝の枝郷」と添え書きする。洞《ほら》ケ峠の潜伏を経て洋々たる道を歩む。九七歳の昭和一六年（一九四一）まで生きた（林太郎は大正一一年＝一九二二没）。

その死を大阪毎日が四月二七日に大活字の「石黒子（爵）」没で伝えた。「一五歳の時発奮、史籍を渉猟、武芸を磨き、尊攘の説を唱へて諸所に奔走し、一方蘭医の講本を得て苦学云々」、そして「医界の元老で声望高く高潔円満な人格者……子爵は今日まで一本の義歯もなく、長寿法の話なら何時でも気軽に大いに語った」と。現役は明治三〇年（一八九七）に退いた――しぶしぶだったようだが辞任の形をとることで、元職場への隠然たる力を温存させた（コッホ来日時もそうで林太郎の上で仕切った）。兵糧米飯論者でこの面では林太郎が引き継いだ。

化け物もどきのこの人物を林太郎は終生、頭に冠して歩むことになる。縁は学生時代からだ。明治一四年七月卒業、銀時計をとり留学して大学に残る学究生活が本心だったが、同級生二八人中の八番目で叶わなかった。少し肺の患があり進路が決まらないとき、陸軍入りしていた同級生の小池正直が軍入りを勧め、すでに実力者の石黒あてに熱誠の推薦状を書いてくれた。同年末、軍入り、満二〇歳直前でのことだ。俊才のため二歳早くから教育を受け、常に同級生より二歳は年若で、これが年齢上の逆コンプレックスを生んだ。文久二年（一八六二）一月一二日生まれだが、公の文書には「万延元年正月生」と署名した。動乱期でもあり小池は実際には八歳上、生涯盟友の賀古鶴所《かこつるど》も七歳上だった。賀古の誕生日の正月二日に頼むところもあったか。

陸軍からの留学生として明治一七年八月、ドイツへ。むろん石黒の認定と推しがあってのこと。小池も常に林太郎の直の上役としてあり、地方勤務はなく同四〇年九月に男爵を与えられ、華族として貴族院議員になった（コッホ来日時にはすでにこの位置）。林太郎は同一一月の小池引退の後任として陸軍軍医総監・陸軍省医務局長となった。頭上の重石は石黒と小池の二階建て（あるいは一・五階建て）構造であった。その序列はコッホ来日の新聞報道のなかでたびたび満天下に披露された。自ずともの言いが屈折する。就職での恩人、年長の同級生の小池とも微妙——そして林太郎に爵位はついに来なかった。

なお石黒の名、忠悳《ただのり》の「悳」は『字通』によると「徳」と同字で「ただしい・めぐむ」で、嚼と同じになる。つまり磯貝嚼とは、磯（片）貝村の忠ある真に正しき人の意なのだ——激烈な揶揄である。考証学者でもあった林太郎自身が、ずっと後の大正九年（一九二〇）一一月七日付け賀古鶴所あて書簡でこう書いた。「枢密院ニ石黒忠悳ト云フオヂイサンガヰル。直ハ徳ノ古文デアル。固有名詞ハ他物トマギレヌガヨイノダカラ古来往々ワザト古文ヲ用ヰル」。この前後の書簡にも貴族院や枢密院で対首相演説をする石黒の名が現れる。死の二年前、すでに体調を崩しているときであり、そんななかでもオヂイサンの幻影がとり憑き枕頭を去らなかったのだ。

『魔睡』を読んで、ことを悟ったのは石黒本人だけだったただろう。他の人間には絶対に分かられてはならない（石黒もここは弁《わきま》えざるを得ない）。だから筆者は積極的に別の人物に読者の関心を誘導する——それが三浦謹之助だ。己の職位は小池の後任として二年前に行き着いていた。石黒が自分を小池と同じ扱い（爵位推薦）をしないこともともとより承知。いわば一寸の虫…の意で石黒に対したのだ。石里の片貝村の出自をどう見つけたか——あの史伝『渋江抽斎』『伊沢蘭軒』の考証力を以ってすれば雑作もないこと。あるいは石黒自身が出藍の回顧談の中で生地を語っていたか。ならばますます…。

石黒の『懐旧九十年』も五百頁に及ぶ大著で、多くの人物が登場する。下関で銃撃された清国全権の李鴻章の責任治療にあたったことが自慢げにあり、一度しか会わなかった中江兆民にも行数を割くが、青年期から死までの四〇年余も近接、間近の視界下においた林太郎については、「ザクセンのロートという人は豪傑肌で、独身で巨犬一頭が家族だと笑っていたが、当時衛生学の共著を出した高名の人で、森林太郎君をこの人の下で学ばせたことがある」と二行だけ。すでに隆々たる文豪・鷗外になっていたときである。

『魔睡』を読んだとき、石黒の表情は「若いやうな年寄つたやうな、蒼白い皺のある顔から、細い鋭い目が、何か物を覗《ねら》ふやうな表情を以て、爛々としてかがや」いたか。いくつか残る石黒の精力的な顔写真には、なるほどと思わせる所がないではない。林太郎にすれば二〇年前の『舞姫』で浴びせられて以来、なじみの眼差しだっただろう。その性向について薄田泣菫が大阪毎日に連載した『茶話』中の「石黒男と女中」に、「夫人に子種がないからといつて、頑丈な田舎娘を女中に傭《やと》い入れて、立派な男の子を拵《こしら》へた程」とある。

軍医セクションからの爵位は御大・石黒の承認（上申へのお墨付き）による。コッホ来日で明示化された林太郎の屈辱だが、鬱憤を史上の偉人である師に向けようもなし。その厚き保護下にある北里に対しても…。深奥の沸騰点は石黒にあった。とはいえ世人に気づかれては絶対ならない。そのとき、晴れ舞台に〝差し出がましくも〟登場した後輩、反撃をそう心配しなくいい三浦に標的をずらせた。魔睡はそんなスケープゴート作である。人として恥ずかしいことであり、そこから生じる負い目が逆に作品への自信あり気な言動となる。あの選集作りに来た鈴木三重吉に対し、執拗に『魔睡』にこだわった態度だ。三重吉が飽くまで渋ったことで「それぢや堺事件にしよう」となった。このこだわりにもパフォーマンス性がある（三重吉もそれを読み込んでいる）。作品の迫力として『堺事件』とは比較にならない、作者自身がよく分かっていることだ。

魔睡から二年後、「三田文学」四月号に発表したのが『妄想』だ。引退した学者らしき男が房総の浜辺の一軒屋で来し方を回顧する――白髪の老人だが、むろん林太郎自身であり現実には四九歳の身だ（小説家三年目でまだ文豪になっていない）。なのに作の締めは「かくして最早幾何《いくばく》もなくなつてゐる生涯の残余を、見果てぬ夢の心持で、死を怖れず、死にあこがれずに、主人の翁は送つてゐる」である。洋行から帰ったものの、周囲から期待されるような新規の文明品を取り出しても見せず、日本のものが悪かろうはずがないとの「本の杢阿弥説」を唱え、まことに不器用・不調法な人生になったことを託《かこ》つ話である。

読み手としてどこか不自然で作品に同一化できないところがある。無理した pretension 老境の感があるのだ。従来の評を見てもうまく捕らえられていないように思う。留学時代からの思想的煩悶をハルトマン、ショウペンハウエル、ニーチェなどに絡めて書くところを、律儀に辿る高踏的な評が目立つが、小堀桂一郎によるとハルトマン以下は帰国後の勉強によるといい、実は抄訳・引用し易いネタ本ともいえる原書があったという（『鷗外選集 第三巻』解説）。

わたしには小堀が書く「この『妄想』にこめられた、異様な不満と遺恨の情はいったい何に発し、また何ゆえに生じ、どこへ向けられているのだろうか」(「『妄想』小論」:「国語科通信第一一号」一九六八年)に注目する。小堀はこの解答を書いていないが、わたしはまさに『魔睡』が齎した〝成果〟と思う。石黒からの何らかの強いリアクションがあったに違いなく、そこから生じた最終的な挫折の心境、つまり爵位よサラバである。

確認しておくが『妄想』が三田文学に出た明治四四年四月には、スバル誌に『青年』の一八〜一九節を出している。県人会の忘年会に出席した小泉純一が、便所の出掛けに芸者おちゃらから「こん度はお一人で入らっしゃいな」と名刺を手渡される。一人住まいの借家の部屋に帰り、その名刺をとみこうみしながら寝込み、起きて今日はあの妖艶な阪井未亡人が箱根へ行く日だと気づき(メタ・レベルではとっくに承知)、誘いの suggestion があったことを思う回。諦念の老翁の心境とどう関係するのか。小説づくりとはそういう世界ではあるにしろ。

現実の林太郎は純一と老翁の中間地点にいま居る。わたしの偏った視点からは『妄想』は枯淡には遠く、どこかイキム感があり、一方で思考がまとまる前に蠢動してやまない筆先が、著名なカタカナの名の思想家を手繰りこむように始動してしまったように見える。漂う断念の自己再点検の気分――妄想と題した所以か。一方に青年・純一の性的衝動描写がある。ここにもこれはこれ、それはそれの百科事典的併存がある。漱石では考えにくいところではある。

鷗外作品には高位・爵位の人が以後もよく登場する。これまた漱石作との差異の一つ。大正二年(一九一三)の『鎚一下《ついいっか》』には、主人公(秀麿)が高貴な人(梨本の宮)を見送りに新橋駅に行ったとき二、三歩進み出たところを見知らぬ男から、今日は一般人の謁見なしと、肩先を衝いて押しとめられる。見知らぬ…とするが実は石黒のことだ。この屈辱に秀麿の頭に「決闘」の語が浮かぶ。山県への親近からもすでに石黒本人は怖れに足りぬ存在だったが、憤りの深さが図らずも露呈した描写ととれる。晩年の書簡にも貴族院のことが散見され、関心のあり様を物語る。

第四節 「鷗外」宣言、「花子」とロダン

少し触れたが、林太郎は明治四二年、一月のスバル創刊号から一二月号まで毎号に作品を出したが、全て森林太郎名であった。それまでの医学論文でもそうだ。林太郎から作家「鷗外」への意志的切替えは、翌明治四三年（つまり幸徳事件が起こるその年）、「スバル」第二年の一月号においてであった。この号に発表した『独身』で周到な作家「鷗外」宣言をした。目次は「森林太郎」であるのに対し、一頁めくったの巻頭作品『独身』の署名は「鷗外」だけなのだ（本章扉絵）。――なお本書はこれまで林太郎を基本にしてきたが一九一〇年一月のこの宣言以後は鷗外を基本表記とする。

二月号の『里芋の芽と不動の目』はもう目次・本文とも鷗外だ。三月号は「青年」の第一回（翌年八月号まで続く初の長編）、もとより目次・本文とも「鷗外」、以後すべてそう。この年五月に創刊された「三田文学」では同号の『桟橋』から鷗外だ。これは前年一一月の石本陸軍次官から

の「新聞紙に署名すべからず」の警告への対応に違いないが、一方で全面屈服はせぬの意でもあろう。本名を譲る代わりに筆名（虚名）を「鷗外」だけにした。森も外したことで「森林太郎」は完全に消去した。以前もオウガイは確かに使ったが「鷗外漁史」であり、それも小倉時代に「鷗外漁史はこ、に死んだ」と福岡日日新聞（明治三三年元旦）で宣言していた。外地へ渡るカモメに文化導入者の意と、それ故に生ずる未開の生地での疎外の心情を込めたか。波間に漂う逸《はぐ》れ鳥の自己陶酔感も醸す。四八歳での名実ともの作家出発であり、開き直った鷗外がいる。『魔睡』で石黒と前年に決着済みの前提があった。

　孤高を込めた「鷗」の名乗りに対し、彼が対概念的に使ったもう一つの名前が椋鳥《むくどり》だ。「むく鳥」とも。椋鳥は群れて騒がしく鳴く鳥で、江戸文学で江戸に上った田舎者を意味した。「昴」誌のほぼ全号に「椋鳥通信」と題して欧米の文化・社会情報を載せた。知名人の死、自殺・殺人などいわゆる三面ネタもあまたあり。自宅でとっていたドイツ紙の文化蘭からの要約だが、読むと同時に筆が動き出したのだろう。『青年』『雁』など長期の連載中も休まない。その詳細さと何よりアップデイト性を考えると、パリ・ロンドン・ニューヨーク紙も直接読んでいた可能性がある。職場（軍医学校）での必要紙たり得るもので、一概に役得と非難されるべきものでもないだろう。そこから小説も作り出していた。

　椋鳥について「昴」創刊の明治四二年一月、在東京津和野小学校同窓会での講演「混沌」でこんな趣旨を語った——。西洋にひょっこり出て来て、非常にぼんやりと椋鳥のような風をした人がいるが、こういう人は一見てきぱきしていて何か器の中にものがきっちり入っていて出来上がっているような人に比べ、成功することが多い。出来上がり組はいわば小才で案外大きくならない。椋鳥君の方はどんな新思想が出ても驚かない。面白いとぼんやり見ているうちに、自身のなかにその説に反応するところが生じ、混沌のなかから萌芽が出てくる。でも、そう簡単に整理はつかない、つかないところがいい。今、新聞記者諸君が私のお喋りを速記しているが、「書かうと思つても、余程お困りなさるだらうと思ひますね。実は其辺が私の得意とする所であるかも知れません」。

騒々しくぼんやりでもある椋鳥を登場させておいて（大衆性の誇示である）、一年後の「鷗外」の登場となった。とはいえ鷗《カモメ》を孤高の文化性だけで賛美したわけでもない。同四四年の『灰燼』のなかでこうも書いた。「鷗が一羽飛び起つて、銀のやうに赫《かがや》いて、遠くへは行かずに、すぐに又降りたのが……近寄つて見れば、よごれた灰色をしてゐる……なんでも世間で美しいとか、善いとか云ふ事は刹那の赫きである。近寄つて見ると、灰色にきたない」（「三田文学」一〇月号～）と冷めていた。自己自身への傍観の強調か。二種の鳥はスバル終刊までの四年間、並存する。

スバル誌での活動を量的に測ると、有無をいわせずほどに「椋鳥」筆が圧倒的だ。弥次馬の自認であり、しかし本当の名はついに一度も明かさなかった。すでにこう合理化していた。自分をただ隠そうとする間は匿名も罪はないが、「我を我ならぬ人に見せむとするに至りては、匿名の罪容《ゆる》すべからず」（「自評についての異議」明治二五年）。とはいえわたしの視線からすれば、ぼんやり組にはとても見えない。器の中にすべてがきっちり整理された人である。器の基準が世のそれとは少しずれていたにしても。

『独身』は左遷とされる一〇年前の小倉での独身生活の回顧作。主人公はバツイチ——つまり帰国して半年後に赤松登志子と結婚して一年半後に離婚した林太郎——で来客の友二人が、かいがいしく働く女中・竹を意識しつつ、そういう女を嫁にしてうまくいった最近の知人のことを暗示的に語る。彼はふいと竹を女として視ようとするが、この家に来てから段々肥えて、頬っぺたが膨らんできて、女振りは余程下った……ダメだ。現実の林太郎はこの小倉独身時代の最後に、「少々美術品ラシキ妻ヲ相迎へ」（賀古鶴所への手紙）再出発した。志げ二二歳である。本人四〇歳。既述の通りこの作品において二〇年続いた雌伏期間を終え「鷗外」で小説家宣言した。

第一年目（一九〇九年）にスバルで静かに小説を書き始め（キタ・セクスアリスを除きみな極く小品）、二年目に筆名で宣言——ミニコミ誌であることが有効に機能する。マスコミ、とくに大新聞では無理な身なのだ。さざなみが生じても、くりぬけて既成事実化させる戦略だ。小倉時代のクラウゼヴィッツの戦争論翻訳も、書くことでも軍に貢献しているとの意思表示なのだ。スバル経営者・平出修としても権威ある著名な書き手をもつことは万々歳だった。いうところのウィンウィン関係である。若いとき自ら出した雑誌で苦労しており、スバルでは全くの書き手の立場だ（実際に書きまくる）。ただ翌年の「三田文学」創刊は永井荷風の慶応大学教授就任（二月）に絡めて動いたときで、荷風に編集も任務に課した経緯があり、経営的関与もあったと推量され、スバルほどに第三者的ではいられなかったと思われる。

三〇歳の荷風自身は創刊号の発刊の辞のなかで、「春寒の火桶を囲んで観潮楼の一室に自分は我が崇拝する鷗外先生と談話する機会を得た事を喜んだ」と礼を叙すが、後段では「如何《いか》なる動機、如何なる必要、如何なる目的から「三田文学」が発行さるゝに至つたかは自分の知る処《ところ》ではない。自分は唯《ただ》雑誌編集人として雑誌がうまく売れるものか否かを心配せねばならぬ地位……（その自覚を）迫られてゐるのに心付くばかり」とやや冷めた書き方をした。鷗外としては福沢の慶応をバックとしたもう一つの雑誌で、スバルとのミニコミ連帯戦線とする思惑があったか。むろん軍上部から戒があった身であり、自分の顔は前面に出さない。発行者・発行元・日時を記す奥付をもたない奇妙な雑誌としてスタートした。自由な荷風はほどなく自由へ離脱する。

その「三田文学」初年（一九一〇年）七月号の鷗外『花子』も二年前のコッホ来日の影を引く作品だ。ロダンの彫刻のモデルとなった実在の女性がモデルだ。パリ郊外にある壮麗な石造建築のロダンの仕事場に、日本人踊り子の花子が、「花子を買つて出してゐる」褐色の髪の濃い、三〇代のユダヤ教徒かと思われる興行師に連れられて現れる。以前パリの演劇場で評判をとった女優・花子に会いたいとロダンが頼んでいたのだ。

パスツール研究所に来て三か月という医学士・久保田が通訳に付いていた。「二人とも際立つて小さく見える……花子は別品ではないのである。日本の女優だと云つて、或時忽然とヨオロッパの都会に現れた。そんな女優が日本にゐたかどうだか、日本人にも知つたものはない。久保田も勿論知らない……十七歳の娘盛りなのに、小間使としても少し受け取りにくい姿である。一言で評すれば、子守あがり位にしか、値踏みが出来兼ねるのである」——と冷ややかな筆である。

儀礼的な二、三の会話の後、ロダンは突然久保田に言った。「マドモアセユはわたしの職業を知つてゐるでせう。着物を脱ぐでせうか」。久保田は彼女に、先生は世界にまたとない彫刻師で、人の体を彫る。ちょっと裸になってくれないかと言っておられる。もう七〇に間もないおじいさんで、真面目なお方だ、どうだろう、と。花子「わたしなりますわ」と「気さくに、さつぱりと」と答えた。ロダンの顔は悦びに輝き、紙とチョオクをとり、一五分か二〇分で済むからと。久保田は書籍室で待つ。そこにあった仏訳『神曲』とボオドレエルにぱらぱら目を通しながら。

ロダンが戻りエスキスをみせてこう言った。「マドモアセユは実に美しい体を持つてゐます。脂肪は少しもない。筋肉は一つ一つ浮いてゐる。Foxterriers《フオツクステリエ》の筋肉のやうです。腱がしつかりしてゐて太いので、関節の大さが手足の大さと同じになつてゐます。足一本でいつまでも立つてゐて、も一つの足を直角に伸ばしてゐられる位、丈夫なのです。丁度地に根を深く卸《おろ》してゐる木のやうなのですね。肩と腰の闊《ひろ》い地中海の type とも違ふ。腰ばかり闊くて、肩の狭い北ヨオロツパのチイプとも違ふ。強さの美ですね」。——実際に造ったのは「死の首」だった。舞台の花子のハラキリの苦悶の表情が気に入っていた。

花子は本名・太田ひさ、明治元年に現・愛知県中島郡に生まれた。一〇代半ばで芸者になり、偶然に横浜でベルギー商人が欧州公演のため日本の舞曲が出来る者を募るのを知り応募、同三四年（一九〇一）三三歳で渡欧した。ほどなく邦人を主に十数人の一座の座頭の位置を得、歌舞伎調の構成で各国を巡業し、ロンドンの一流劇場でロングランを打つまでになった。一四〇センチほどの小柄な少女の敏捷さが受けたようだ。パリではプチ・アナコで通った。ほぼ同時期の川上貞奴はよく知られるが、ほとんど不明だった花子について（誤伝はあった）、澤田助太郎『ロダンと花子』（一九九六年）が彼女の全容を明らかにした。

詳細は同書に譲るが、彼女の舞台の報が公演先々の地元紙で報じられ、鷗外の目にも入った。ただ、わたしは上述のヌードポーズの一節は医学・解剖学の専門家としての鷗外の想像描写と受け取っていたが、小堀桂一郎によると鷗外が当時取り寄せていたドイツ紙 Berliner Tageblatt の文芸欄に何回かに渡って連載されたロダンへのインタビュー「ロダンの言葉」中に、花子がそのように言及されているという（岩波『鷗外選集』第二巻の解説）。いつの日付の紙面かは不明。ロダンに直接師事した高村光太郎訳の『続 ロダンの言葉（普及版）』三二〇頁（叢文閣、一九二九年）にほぼ同じ描写がある。この初版は一九二〇年（大正九）だから、光太郎は一〇年前の鷗外の『花子』を踏まえての訳と思える。鷗外は確かにドイツ紙で読んでいたのだ。そのとき頭の中で即ストーリーが湧いただろう。

澤田著によると花子がロダンと会ったのは一九〇六年（明治三九）春、マルセーユでの博覧会であった。ここでの舞台を見たロダンがパリに来たら訪ねるようにと名刺を渡した。従ってこの時点以後のドイツ紙に載ったわけで、ドイツでは一九〇八年（明治四一）春に公演していたから、その六月のコッホ来日前後ころの掲載と思われる。花子は大正一〇年、五三歳ころ帰国し（ロダン作の自分の「首」二点を持って）、岐阜市で芸者屋を営む妹の家に入り、指導役の隠居さんとなった。それなり有名で昭和一五年（一九四〇）一二月七日の朝日新聞に大きなインタビュー記事が載る（図6）。

こう語っている。「たった一度ロダンさんと奥さんを相手に私が喧嘩したのは、裸のモデルに

図6　ロダンと花子の縁を伝える昭和15年(1940) 12月7日の朝日新聞

なれと云われた時です。私が余りに頑張るので、しまひには奥さんが手を合わせて頼むやら、ロダンさんが煙草をつけてくれるやら散々機嫌をとられました」。明らかに鷗外『花子』の「わたしなりますわ」「きさくに、さつぱりと」を意識しての言に違いない。高村光太郎もすでに昭和二年（一九二七）、岐阜に彼女を訪ねて同じ話を聞き、こう書いていた。「多分はじめて着物をぬいだ時の写生であらうと思はれる素描が残つてゐる。着物がまだ脚の方にからまつてゐる裸の花子が両手で前を隠してゐるところを例の略筆で速写したもので、この欧州人とは習慣の違つてゐる日本人の妙な羞かしがり方に目を見張つたロダンの感動がそのまま素描に出てゐる」（『鷗外先生の「花子」』一九四〇年：『全集 第八巻』所収）。

花子が鷗外作を読んでいてそのことを意識していたということを平川祐弘はこう書く。帰国したとき彼女を鷗外に会わせようとして『花子』を送付した人がいたが、程なく鷗外が没してことがならなかった（「森鷗外の『花子』——見返りの心理」：『和魂洋才の系譜』所収）と。彼女は「きさくに、さつぱり」に引っかかったのだろう。日本の女の恥らいの心情をぜひ言っておきたかったのだ。敗戦直前の昭和二〇年四月、七七歳で没。

「花子」に登場する通訳、パスツール研究所に来て三か月という、際立って小さい医学士・久保田が気になる。それと「褐色の髪の濃い、三〇代のユダヤ教徒かと思われる興行師」も何者かが暗示されているようだ。ここでもう一人の花子の存在を指摘しておく。コッホ夫妻が帰国するとき、鎌倉のホテルでメイドをしていた若い女性を気に入り、介護婦として（コッホは滞在中に軽い心臓発作を起すことがあった）同行して帰り、ハナと呼んだ。昭和二五年の長井盛至の随筆「コッホの額」（「日本医事新報」一月二一日号）にこんなことが書かれている。長井が戦後、湘南のサナトリウムに勤務していたとき、由比ガ浜の借家の隣に英国の婦人いて、そこで働く日本人のおばさんから「北里先生とは不思議なご縁があった」話を聞かされる。以下、大意――。

明治四一年夏、コッホ博士が北里先生の招聘によって日本に来たとき、宿とした鎌倉の海浜ホテルに、淑《しと》やかな可愛いお花さんというメイドがいた。それが若い頃の「おばさん」だった。博士は派手好みで歳も相当違う奥さんとは折り合いがよくなかった。それだけに日本女性の淑やかさが非常に気に入って、ぜひ自分の身の回りの面倒を見てもらえるよう連れて帰りたいと希望し、北里先生の斡旋でこのお花さんがコッホ先生に付いてドイツに赴くことになった。博士は二年後に死去、最後まで世話をしたのがお花さんで、北里先生からの御命令で、博士の散髪したときの髪をもち帰り、それが北里研究所内の祠に葬られた。お花さんは二〇歳で日本を発ち、二三歳でシベリア経由で帰国した――。

このお花さんは本名・村木キヨで（「北里柴三郎論文集」二〇一八年一一月号」五一〇頁解説「コッホの最期を看取った日本人女性、村木キヨ」）、すでにドイツで有名だった「花子」にちなむ名、それは日本女性を意味する普通名詞になっていたようだ。鷗外ら関係者は、コッホが北里の仲介でこのお花さんをドイツに伴ったことを知っており、話題になっていたと思われる。実際、滞在中の八月一三日付けの神戸新聞にこういう趣旨の記事が載った。――博士夫妻は鎌倉滞在の際から、村木キヨ（通称ハナ、17才）のキビキビした起居振舞いを頗る愛され、京阪神及び宮島の遊覧旅行にも伴い、本国にも連れ帰ることとなった。夫人が梅干や西瓜を好み、和服に親しんだことなど、京都・神戸（八月四日～一二日）までの様子を詳しく――ハナが語る構成になっている。

　つまり鷗外『花子』には二人の日本女性が重なっている（敗戦後にロダンのモデルの花子に改めて一七歳説が生じもした）。鷗外は「十七歳、小間使、子守あがり位」と書いていた。これだけ見ると村木キヨの花子に違いない。とはいえ欧州情報通、いち早くドイツ公演の花子を知っていた彼が、簡単に混同しそうもない。「十七歳」は、この神戸新聞の報をいち早く知ったか。女優が四〇ライン、アラフォーというよりオバフォーとまで知っていたかは分からないが、二人の存在を踏まえた上で得意の二重人格パターンで書いた可能性がある。

　花子をロダンのもとに連れてくる「褐色の髪の濃い三〇代の興行師」という表現も気になる。北里がコッホ研に入ったのは三四歳のとき。写真の北里は立派な口ひげで髪も濃そうである。「花子を買つて出してゐる」には女衒《ぜげん》が含意されており、ドイツに連れ帰られた村木ハナをダブルらせているようでもある。「興行」には列島コッホ熱狂《フィーバー》も掛けられたか。通訳の久保田は女衒の雇われ人になる。パスツール研究所――つまりパリに来て三か月というその小柄な医学士も……どこか三浦の影像が浮かぶ。パリ滞在は半年ほどのようだがフランス語は自在、実際に小柄な人であったようだ。

端的にいって『花子』はロダンにこと寄せたコッホの話なのである。むろん鷗外はロダンの作品について、当時の日本人として際立って高いレベルで承知している。その作業法について冒頭部でこう表現するのが印象的だ。

　幾つかの台の上に、幾つかの礬土《ばんど》の塊がある。又外の台の上にはごつごつした大理石の塊もある。日光の下に種々の植物が華《はな》さくやうに、同時に幾つかの為事《しごと》を始めて、かはるがはる気の向いたのに手を着ける習慣になつてゐるので、幾つかの作品が後れたり先だつたりして、此人の手の下に、自然のやうに生長して行くのである。此人は恐るべき意志の集中力を有してゐる。為事に掛かつた刹那に、もう数時間前から為事をし続けゐる……。

ロダンは実際そうだったに違いないが、これは林太郎自身のことなのだ。巨匠ロダンの鑿《ノミ》に擬して、多様多彩に動き行く己の筆を語っている。満々たる自負（間違いなく即座に語句が湧き出る『即興詩人』の詩人アントニオの自認がある）。『花子』はドイツ行きのハナのことを聞いたとき、前年のプチ・アナ嬢の独紙記事に連想が繫がり、苦々しいフィーバーをも想起する中で、折りしも師コッホの没報にも遭遇し、筆が作動し出したのだろう。自分を一文士として扱った、偉大なる師への複雑な一念がある。
師は帰国二年後の一九一〇年五月二七日、南独「黒い森」地方の温泉で療養中に死去。六六歳。

その前日、付き添いのハナに長良川の鵜飼の思い出を楽しげに語ったという（前掲川俣著）。『花子』はその一か月後の七月一日刊の「三田文学」に登場したのだ。翌八月号のスバル誌には無署名の「むく鳥通信（一九一〇年六月十日発）」欄に、「●五月二十七日に Robert Koch がバアデンバアデンで死んだ。三十一日にベルリンで火葬にせられる筈である」と素っ気ない記述。二〇年前のあの力のこもった論文「ロオベルト、コッホが伝」の熱気は消滅していた。

ごく小品の『花子』はその後も東西の比較文化論としてなかなかの人気作となる。光太郎は先述の花子のヌード素描の稿のなかで、「久保田医学士といふ人物の行動をかりて、ダンテからボオドレエルに至るロダンの思想上の経歴まで暗示されている」と書いた。平川は前掲書で「鷗外は一つの眼で日本を見、いま一つの眼で外国人が見た日本を見ていたのである。……この短編の面白さは西洋にふれることに日本を振り返るという屈折した「見返りの心理」にある」とするが、鷗外の代表作とするには躊躇している。わたしは鷗外の屈折がよく現れた代表作の一つとしていいと思っている。

光太郎は上記に加えこうも書いた。雑誌「スバル」（三田文学の誤り）に「花子」が出たとき、先生に「よく花子のことをご存知ですね」と言ったら、「うん」と言って微笑された——と。ダンテ・ボオドレエル級の人として鷗外先生を賛美したわけだ。鷗外は面映かったことだろう。「うん」に万感がこもり、同時に例のクールな眼差しが浮かぶところでもある。『花子』におけるロダンはあくまで擬装、本体はコッホなのだ。

冷やした刀身をソッと首筋に添えられたような読後感――。

第三章　背信の旋律と新聞との葛藤

…線出身にして帝國文科大學史學卒業の學士、十年の纜蓄内外叢通の識見を持して千古の秘藏海洋孤懸の王國を拓けり伊能氏は臺灣領服以來久しく彼地の史蹟を考究し又遊歷盲索して最新領土古今の事蹟に明かに臺灣通を以ては當時我日本に共に比肩し得るものなき斯世の知る所也正編は續編を待ちて完結せり續編の價値は正續の價値に同じければ今更めて推奬の要なしと雖も南北の邊界邦人知識の未だ及ばざる所多ければ續編の需要は寧ろ正編よりも多からずばあらざるべし（正價金六圓一月中特價金四圓半）

文藝欄

木精（上）　槖吾野人

このかくし名を用ふべく餘儀なくされたる人の何人なるかは、この文を讀めば分る。この文の中に隱されたる寓意は、その個人の手に成れるかを知れば、又自から解る。

巖が屛風のやうに立つてゐる。登山をする人が、始めて深山薄雪草の白い花を見付けて喜ぶのは、こゝの谷間である。

フランツはいつもこゝへ來てハルロオと

のに、山はひつそりしてなんにも聞えない。只深い深い谷川がごうごうと鳴つてゐるばかりである。

フランツは久しく木精と問答をしなかつたので、自分が時間の感じを誤つてゐるかと思つて、又暫くぢいつとして待つてゐた。

木精は矢張答へない。

フランツはぢいつとしていつまでもいつまでも待つてゐる。

木精はいつまでもいつまでも答ない。

これまでいつも答へた木精が、どうしても答へない筈はない。もしや木精は答へたのを、自分がどうかして聞かなかつたのではないかと思つた。

フランツは前より大きい聲をしてハルロオと呼んだ。

そして又ぢいつとして待つてゐる。もう答へる筈だと思ふ時間が立つ。

山はひつそりしてゐて、ごうごうといふ谷川の音がするばかりである。

又前に待つた程の時間が立つ。

聞えるものは谷川の音ばかりである。

これまではフランツは只不思議だ不思議だと思つてゐたばかりであつたが、此時

L'alterna Vicenda と云ふ短篇集が尤も新らしいと云ふが、タイムス文藝週報記者の評によると此著作は寫實派でもなければ、浪漫派でもない。又此間迄流行つた自然派でもなければ、今日行はれる理想派とも違つてゐる。殆ど拵繰のない特種のものださうである。

冷笑（第三十五回）　永井荷風

（八）の三（京都よりの第二信）

旅はするものだ。意外な處で意外な人に出逢つた。

自分は朝飯をすました後、散歩の足を御所の方へ向けた。こゝばかりは市中到る處の極狹い往來とは違つて、銀色した砂が朝日に照される大通の、見通しの廣さ平さが遠くから眺め渡す人の目に一種の快感を呼起す。一齊に美しく鮮に黄ばんだ芝生の面に、綠の茂りを擴げる松の木立の風の調を、外からは見えな

槖吾野人の『木精』と荷風『冷笑』が載った朝日新聞紙面
＝明治43年（1910）1月16日

第一節　『懇親会』『木精《こだま》』と朝日新聞

スバルの初年である明治四二年（一九〇九）、まだ林太郎時代の五月の作に『懇親会』がある。よりミニ誌と思われる「美術之日本」創刊号に発表した。料亭での新聞記者と軍高官の懇親会の話。高官の「僕」がむろん林太郎で、一年ほど前に小池正直の後を継いで同軍医総監・省医務局長になった時だ。酒がだめだからサイダアを飲んでいた「僕」に、すでに出来上がったどこかの記者が横から絡む（以下サマライズ意訳）。

某記者「懇親会の本義を理解せずして会に臨んでは、ただそこに臨んでいたにしても臨んでないのと同じである……君は我が意見を首肯せられるや」云々。僕は「うん、さうだ、うん、さうだ」と、いなしておく。男は今度は、君は謡曲に如何なる意見を持つか云々。僕、別に纏まった意見はないよ。男、了解に苦しむ、君の如き文学の大家にして、何等の意見も抱いておらぬとは、我輩の信じようとせんとも不可なり。僕、少しは考えたことはあるよ。男、果たして然らばなぜ天下公衆に発表せぬか。僕、しがらみ草紙に書いたのだよ。男、なに、いかなる書籍か、ちっとも知らぬぞよ。お酌（芸者）が来て男へ、あんた一つおあがんなさいよ。また男、君にわが謡曲を聴いてもらいたい、快諾を望むのである。僕、聞かせ給へ。

あまり上手くはないが、男は真面目にやっている。そのとき座敷の向こうに褐色の八の字髭が少しあるのを上に向けてねじった、初めて見る顔があった。その男〔朝日である〕がこういった。「へん。気に食はない奴だ。大沼〔小池正直である〕なんぞは馬鹿だけれども剛直な奴で、重りがあつた」。続けて、「今度の奴は生意気に小細工しやがる、今に見ろ、大臣に言つてやるから。この間委員会のことを聞きに行つたら幹事に聞けなどと追い返しやがつた、こんど往来であつたら軍刀を抜かなけりやならんようにしてやる」。左の耳に謡曲「小督《こごう》」の唸りが聞こえ、右の耳に脅迫が聞こえる。

「何故今遣らないのだ」「うむ。遣る」。障子を開けて縁側に出る。彼は僕を庭へ振り落とそうとする。僕は彼の手を離すまいとする。手を引き合ったまま、二人は縁から落ちた。左の手の甲を花崗岩で擦りむいた。彼は僕の前に立っている。四、五人の群れが僕を宥《なだ》めて縁から上がらせた。手の甲が血みどれになっていた。水で洗え、酒がいいと進められるが、我れ軍医、「創《きず》といふものは此儘にして置くのが好いのだ」。無理に勧められる嫌な酒を五、六杯飲んで、暫くして席を立って、防水天覆の下に血の出る手を隠して電車に乗った。二月二日の夜にしては、風が無い為か寒くなかった――。

『選集 第一巻』の小堀解説によると、ねじった八の字髭は朝日の村山某。このとき赤十字病院院長の後任人事を巡って、医務局長の林太郎と陸軍次官・石本の間で対立が生じていた。慣例として医務局長の所管人事であり、林太郎の面目にも関わること、打開に陸軍大臣・寺内正毅とここではOB石黒に働きかける裏工作をした。新聞屋としては取材のしどころだったわけだ。軍医総監・鷗外暴行事件は業界の話の種であったのは間違いない。

このとき朝日新聞では一月一日から森田草平の『煤煙』が連載中（五月まで）、話題沸騰だった。前年末までは漱石の『三四郎』がやはり大ヒット。すでに妻子のある草平は前年三月、平塚春子（雷鳥）との塩原情死行事件を起し、既述のように朝日でも漱石（大学での師）の談話解説付きで大々的に報じられていた（出歯亀事件と同時進行）。『煤煙』は事件の作品化であり、大衆受けを狙った漱石による無名の草平の抜擢であった。大衆の覗き見趣味を満足させるところがあり、大成功となる。ダヌンツィ（チ）オの『死の勝利』に刺激されて…と報じられたように、同作を踏まえての作品化だ。

原著は一八九四年（明治二七）、イタリア刊で激情の官能ロマンとして欧米で一世風靡のヒット作だった。邦訳はスバル誌の明治四五年（一九一二＝七月から大正元）六月号から大正二年五月号まで一二回、半分ほどまでながら石川戯庵訳で連載された（翌二年に完訳を大日本図書から刊）。草平はすでに英訳本で読んでいて事を起こした。大正五年には生田長江による完訳が〝権威〟草平の「序」つきで新潮社からも出された。生田には事件で恩を被っていた。この訳本でも鷗外系と漱石系の対抗が見て取れる。大阪府立図書館蔵の後者の長江版は大正一一年二月で四二刷りであり、量的には戯庵本に勝ったようだ。

話は没落貴族の遊民青年と有夫の庶民の女が、ローマ・ピンチョの丘の展望台から、投身自殺体の現場を見下ろす場面で始まる。結末を予告する書き出しだ。熱烈愛を語りあう台詞の端から憎悪と軽蔑の内心描写が噴射する――自然主義風でもある恋の逃避行だ。行きついたオルトナの町を望むアドリア海沿いの別荘小屋、男はわきの断崖上に夢見る女を際《きわ》まで誘い出す。「こわがることないよ、来てごらん」「いや、いやよ」。……「人殺し！」髪を掴まれ、崖のふちの地面に引き倒され、絶望の叫び。絡み合う二人に向かって犬が吠え立てた。ほんの瞬時……仇どうしの取っ組み合いように凶暴に、二人はもつれあって、死の中に飛び込んでいった（脇功訳・松籟社版より抄訳）。

わが道行《みちゆき》心中には遠く、無理心中とも言えない、自殺引きずり込み殺人である。世紀変わり目の一世風靡作は、来たる大量殺戮ミレニアムの予告だったか。作者はその後フィウメ占領の義勇軍を組織して国民的英雄となり、ファシズムに棹差す人生となった。評価は微妙だ。

草平作――。「要吉」は岐阜の庄屋の出で、祖父が近くの戦国の斉藤道三の首塚の松を刈り倒したことで祟られて死に、孫子まで祟りは続くと幼時に聞いていた。去年夏に大学を出たまま不行跡《ふしだら》な生活をしていたが、妻がこの春に児を生んだので同郷の実家に帰した。三か月して自分も帰る。顔の少し膨らんだ小さな生物がいた。近い山林では男の首括り自殺……。金に困った母親の借金話もかなわず、ほどなく一人東京へ発つ。下宿はかつて一葉女史が住んだ丸山の崖下だ。友人を通じ目白の女子大を出た真鍋朋子を知る。ダヌンチオの『トライアムフ・オブ・デス』を勧める。あなたは独逸語かな。いえ、これで結構です。深まる交際――手に手を取って出奔へ。

那須野、それぞれ湯浴みから戻る。「髪を束ねないで、髪を垂れた方が美しい」。女はつと立ち上がって男のそばへ来た。女の背に手を廻して抱えた。指が濡れた髪の毛の中に入る。女は懐の短刀を出して男の手に握らせた、黒鞘の短い懐剣。男「あなたは私のために死に、私はあなたのために死ぬ。そう言ってください。私を愛すると、ただ一言」。女は黙す。男「言えない、え、言えない？」、女「その時まで、その時まで言えない」……男「今ごろ御宅じゃ――阿母様にはどんな夜が明けただろう」、女「そんな、そんなことを言いだしちゃ厭だ」。夜の白むまで二人はこの姿勢のまま動かなかった！

曙の光を見て塩原へ。深い雪の山道を辿る。丁丁《とうとう》と斧を揮う音が谺《こだま》に響いて、谷の向いの雪の上に木を伐る黒い男。「おうい」と呼べば、ややあって、「おお」と応える。日が落ちてから、きゅうに肌寒うなった。路傍の白樺のもと、ウィスキーを手から男の口に啣《ふく》ませる。残りを男の手紙の束に注ぎ、燐寸《マッチ》で火をつけた。やっと四度目に男の恋を連ねた文字が燃え上がった。黒く燻《くすぶ》って消えようとしては、またぶすぶすと燃えた〔『煤煙』の所以〕。山嶺からどっと風が落ちてきた。二人はひしと相抱いた。「死んだらどうなるか、言って、言って」「私には――言えない」。

要吉は谷間を目がけて短剣を投げた。「私は生きるんだ。自然が殺せば知らぬこと、私はもう自分じゃ死なない。あなたも殺さない」。女「歩きましょう、もっと歩きましょう」、男「うむ、歩きましょう」。雪明りをたよりにして、風の中を行く。崖を踏み外し、いっしょにずるずる三間ばかり滑り落ちた。危うく雪の洞に引っかかる。折り重なったまま動かない。……二人はまた立ち上がった。堅く氷った雪を踏みしだきながら、山を登っていく。山嶺も間近になった（完）。

――現実には足取りを簡単につかんだ家族救援隊が、友人・生田長江を先頭に背後に迫っていた。大評判ながら、デスク漱石は道行あたりからだんだん不機嫌になった。不道徳批判が社に多く寄せられた。それを含めての評判だが若い草平は自信満々となった。ダヌンチオ作がどこか人工的《アーティフィシャル》でブルータルであるのに比べて、いま世紀を越えて読めばなかなかの作ではある。今はの際《きわ》（らしき）場での阿母様問答には、プッと噴き出すユーモラスがある。ダ作に対し情緒纏綿のわが道行を誇りたくもなる。本場の激情ロマン・リアリズムから、草平作は確かにこちらの伝統に引き寄せているのだ。

鷗外はイプセン論に絡めて翌四三年の『青年』（スバル六月号の第七節）の中でこう展開した。「なんでも日本に持つて来ると小さくなる。ニイチエも小さくなる。トルストイも小さくなる……日本人は色々な主義、色々なイズムを輸入して来て、それを弄《もてあそ》んで目をしばだたいてゐる。何もかも日本人の手に入つては小さなおもちやになるのであるから、元《もと》が恐ろしい物であつたからと云つて、剛《こわ》がるには当たらない」。それなり迫力のダ作『死の勝利』から、草平『煤煙』のままごと情死行を念頭に置いて書いている。小泉純一が青年会館の講演で聞いた、「当代の流行の小説家で一番学問があるらしい」拊石先生（漱石を暗示）の言として語らせたところだ。

漱石が直接こういう発言をしたかは未確認だが、前々年二月に実際に東京青年会館で行った講演「創作家の態度」（同年四月ホトトギスに収録）中に敷衍すればこうなるかな…と窺えるところはある。あるいは『三四郎』にあるイプセンに絡めた美禰子《みねこ》評の段でのやり取り、「腹の中で大抵かぶれているけれど、自由行動はとらない（日本の）男女」あたりか。ともかく小泉青年の講演会聴講は東京青年会館の漱石講演を踏まえている。上の拊石発言は彼に借口した鷗外自身の言に違いないが、こう書かれても漱石も論旨自体に異存なかっただろう。ただ草平の背後の〝保護者〟への皮肉ニュアンスは生んだ。

ところで同じ年（四三年）七月号の雑誌「新潮」に鷗外の「夏目漱石論」がある（つまり上の拊石登場のスバル六月号と同時期の仕事、新潮もまだメジャー誌ではない）。寄稿を強いられての稿と思われる。一〇項の個条書きで「二、社交上の漱石」の項で「二度ばかり逢つたばかりであるが、立派な紳士であると思ふ」、「三、門下生に対する態度」で「僕の知つて居るのは、森田草平君一人である。師弟の間は情誼が極めて深厚であると思ふ」。「七、朝日新聞に抛れる態度」は「朝日新聞の文芸欄はいかにも一種の決まつた調子がある。その調子は党派的態度とも言へば言はれよう。スバルや三田文学がそろそろ退治られさうな模様である。併しそれは此新聞には限らない。生存競争が生物学上の自然現象なら、これも自然の現象であらう」。そして「十、その長所と短所」で「今迄読んだところでは長所が沢山目に附いて、短所と云ふ程のものは目に附かない」。――何かと目に附く漱石さんから拊石先生となったのだろう。

漱石・夏目金之助は三年前の四月一日に入社し、翌五月三日紙面に「入社の辞」を書いた。

「大学を辞して朝日新聞に入つたら逢ふ人が皆驚いた顔をして居る。中には何故だと聞く者がある。大決断だと褒めるものがある。大学をやめて新聞屋になる事が左程に不思議な現象とは思はなかつた」で始まる、紙面半分もの長行。こんなことも。「大学では講師として年俸八百円を頂戴してゐた。子供が多くて、家賃が高くて八百円では到底暮せない。仕方がないから他に二三軒の学校を駆《かけ》あるゐて、漸く其日を送つて居た。いかな漱石もかう奔命につかれては神経衰弱になる。……新聞社の方では教師としてかせぐ事を禁じられた。其代り米塩の資に窮せぬ位の給料をくれる。食つてさへ行かれ、ば何を苦しんでザットのイフのを振り廻す必要があらう……」。

朝日新聞社史によると交渉は二月から慎重に進められた（五三二頁）。最高幹部の鳥居素川と池辺三山が自ら動き、熊本の人脈をもつ渋川玄耳らが実動隊となる。漱石は給与だけでなく、「適宜の量の文芸作品を適宜なときに」「大学並みの身分保障」など細かく注文をつけ、受け入れられた。月給二〇〇円、賞与は年二回で各月給一か月分で年計二八〇〇円——入社前は東大が年八百円、一高が同七〇〇円、他を合わせて一八〇〇余円だから、年総額で千円増えることになった。そのとき東朝トップ幹部の池辺三山の月給・交通費合わせて二七〇円（年三二〇〇円余）、部長クラスが月百数十円だったから、三山に次ぐ高給取りとなった（一円が優に今の数万円のとき）。同社史は同じころ報知・国民・読売からも漱石に接触があり、とくに読売はときの主筆・竹越与三郎が月給六〇円で働きかけたが地位待遇に不満で失敗に終わったと書く（五二三頁）。

鷗外にも何らかの情報が入っていたのか。上の漱石論の第一項で、「今日の地位に至れる径路」

で、「政略と云ふやうなものがあるのかどうだか知らない。漱石が今の地位は、彼の地位としては、低きに過ぎても高きに過ぎないことは明白である。然れば今の地位に漱石君がすわるには、何の政策を弄するにも及ばなかつたと信ずる」と書いた。五歳下で文芸活動でも後輩だが、五年前の『猫』衝撃に始まり翌年の『坊っちゃん』『草枕』『二百十日』等々まさに瞠目せざるを得ない筆業であった。先の漱石論の個条書きにも、どこか己の屈折感が滲むのも否めない。

漱石は「入社の辞」の翌日からは大衆向けといえない、「文芸の哲学的基礎」を六月始めまで二七回連載、東西の文学論に蘊蓄を傾けた。やや力こぶの入った真打登場の大見得のようにも映る。途中何回か『虞美人草』の予告宣伝が載り、五月二八日に題名の由来を「森川町を散歩して草花を買った、植木屋に名を聞くと虞美人草と……その名を拝借して冠することにした」と。むろんポーズであり、入社の辞のなかで触れた「学校やめて京都に遊び……野に山に寺に社にいずれも教場より愉快であつた」京の感傷旅行の途上で浮かんだ、項羽《こうう》最後の嘆「虞や虞や」の麗人名から藤尾の妖艶を、その花に絡めて造形したのだ。六月二三日に満を持してスタート。

翌四一年も『夢十夜』『三四郎』とヒットを続けた（夏にコッホ・フィーバー）。その翌四二年の鷗外の作家復帰は、このマス・メディアに拠る漱石衝撃波もあったに違いない。朝日社史によると四四年で大阪朝日が二〇万部、東京同が一〇万部の計三〇万部で、東京だけの報知が二〇万を称し、国民が一五万ほど、万朝報が一〇万と最大手であったとする（五五八頁）。三〇万部というのがまさに驚異の時代。日々のことである。鷗外が拠ったスバルと三田文学はいずれも千部を越えたとは思えない、高々五百前後だろう。それも月刊であり、量比較では泡沫か塵に過ぎない。むろん文芸は質である。ここから逆に鷗外文学の凄みが分かる。彼はミニ・メディアの場（やむを得ないながら）を譲ることなく、巨大マスに対したのだ。作家として立ち上がったその二月、朝日記者から〝傷害〟を受けた。五月、ミニ誌上ながら『懇親会』で世に報告した。

なお鷗外に朝日掲載の唯一の作品がある。漱石論の半年程前、四三年一月一六日と翌一七日の上下で掲載の『木精《こだま》』だ（つまり傷害事件から一年後、『懇親会』からは八か月後）。署名は「槖吾野人」だった（**本章扉絵**）。槖吾とはツワブキであり、槖吾野はツワノと読まれ、つまり「津和野人」である。こう前文が付された。「このかくし名を用《もち》ふべく余儀なくされたる人の何人《なんびと》なるかは、この文を読めば分る。この文の中に隠されたる寓意は、その何人の手に成れるか知れば、又自《おのづ》から解る」（現代の全集・選集類はこのかくし名を題名の『木精』の下から削除して巻末で解説するが、新聞掲載通りに置かないと意味をなさない）。一般読者は自ずと解るどころか全く分からなかっただろう。漱石の別の筆名説も生じた。ツワブキはフキに似て葉に光沢があるので、ツヤフキから転じたとも言われる食用・薬用植物で、庭の日陰などに植え晩秋に黄色い花を咲かせる。

話はスイスのアルプスと思われる地に住む少年フランツのこと。――巌《いわ》が屏風のように立っている。登山者が始めて深山薄雪草《みやまうすゆきそう》の白い花を見つけて喜ぶのはこの谷間だ。ブロンドの髪の少年はいつもここに来てハルロオと呼ぶ。じっと待っていると、暫くすると大きい鈍いコントラバスのような声でハルロオと答える。木精だ。段々大きくなったある日、久しぶりに来て呼んだが、まったく答えてくれない。山はひっそり、ごうごうという谷川の音がするばかり。「木精は死んだ」と彼は村へ帰る。その夕方、気になってまた岩の処《ところ》に出かけた。そこに近づくと聞きなれたコントラバスの木精が盛んに聞こえた。オヤ……と駆け出すと、ブリュネットの髪の毛の七人の子供たちが叫んでいた。木精が山々に響き谷々に響き答えている。見たことも無い子たち。フランツは気兼ねして立ち止まった……そのまま踵《くびす》をめぐらして村の方へ。「木精は死なない、でももう自分が呼ぶのはよそう」。闇が低い処から高い処へ登っていき、山々の嶺は最後の光を見せて、とうとう闇に包まれた。村の家にちらほら灯火《あかり》がつき始めた――。

郷愁を誘う童話でもある。何より孤独者の醸す疎外感が強い。半年後の上述「漱石論」の中で、漱石のいる空間は師弟間の情誼は極めて深厚、集団に党派的ともいえる一種の決まつた声調があり、われわれはそろそろ退治られそうだが、これも生物学上の自然現象でしかたがあるまい――と書いていた。『木精』と共振するトーンがある。ともかく、読者に筆者がだれか分かったとは思えない。どこか斜に構えた前文に納得がいかない感覚が残るはずだ。読者愚弄にもなりかねない。編集側としてもその認識はあったに違いないが、筆者が本名を拒否したのだ。軍上層を刺激する大メディアであり、すでに戒を受けていた。明らかに社側からの強い要請・懇請に応じての寄稿なのだ。だから虚名を押し通すことができた。朝日側に負い目があった。

あの傷害事件である。社として〝借り〟を返さねばならなかった。作品を寄稿してもらうのが許しとなり、最大の敬意ともなる。マスコミに書かない（書けない）大物だけに、そのことでも紙面効果があり一石二鳥。漱石自身が唯一人の上役・池辺三山にあてた四二年一一月六日（『木精』掲載の二か月前）付け書簡がある。「鏡花子のあとの小説はまづ森鷗外氏を煩《わずら》はしてみる積《つもり》に候。或いは出来ぬかも知れず候へども、その節は又何かと致す了見に候」。このとき連載中の泉鏡花の『白鷺』が年末で終了する段階になっていた。その後を鷗外氏に頼むつもりだが、難しそうなのでその点よろしく……と池辺に事前了解を求めたのだ。執筆者選定は漱石の一存で出来ることだけに、鷗外対策の苦渋が滲む。

ぜひとものの交渉が試みられたのは明らかで、その結果、二か月後の虚名の小品『木精』の登場となった。このとき鷗外はもう一つ条件を出していただろう。長期連載は自分でなく永井荷風の作品とすること――。漱石はこれで「何かと致」したことになった。

交渉役を必要とした――むろん森田草平だ。漱石の直の門人でいま現在最も華々しい若手作家、これ以上の適役はいない。鷗外は快く受け入れただろう。オープンな性格であるのも確かだった。『煤煙』は直の師を不機嫌にしたが、こちら鷗外はダヌンチオのミニ化作としても評価しただろう。自身がインスピレーションを得ていた。それが『木精』である。先述の『煤煙』の引用で、塩原の雪道行で、「丁丁《とうとう》と斧を揮う音が谺《こだま》に響いて、谷の向いの雪の上に木を伐る黒い男。「おうい」と呼べば、ややあって、「おお」と応える」に傍線を付しておいた（一〇八頁）。

詩情を込めたリアリティで迫る描写、これが谷間の「ハルロオ」になったのだ。そして「夏目漱石論」の三「門下生に対する態度」で、「僕の知つて居るのは、森田草平君一人である」ともなった。何より自身に全く欠落した行動力に兜を脱いたのだ。木精にはかねてからの胸中の屈折が重層して蟠《こだま》している。それでも書かせてもらった…のではない。書いてやったのだ。秋一〇月の新聞記者インタビューに、「僕は日刊新聞に物を書いたり、談話を出したりすることは一切断っている」と語った（毎日電報）。節を曲げて書いてやったあの作は、「槖吾野人」なる者であり「鷗外」ではないのだ。鷗外の全作品一覧から木精を除いているものが今もある。

荷風『冷笑』は泉鏡花の『白鷺』が終わった翌日の一二月一三日にスタートした（七八回）。前日の鏡花最終回の余白に、「明日より掲載の小説」として、「短編作家として帰朝以来、文壇の視聴を集めていた永井荷風氏が初めて我が朝日紙上に登場、短編より長編に移る第一作なれば乞うご期待」という趣旨の予告宣伝が出た。荷風は前年の『あめりか物語』（博文館）で好評をとり、この年三月の『ふらんす物語』（同）は発禁処分となっていた。一一月二〇日付け漱石の荷風宛手紙、「御名は度々御著作等で承り候……この度は森田草平を通じご無理申し上げ候処、早速御引受け下され深謝に堪えず」云々がある。ことのベースに黒子の鷗外の存在があり、鷗外は自分のもとにあった（と思っていた）新進をこの際プッシュしてやるとの思いがあっただろう。

登場人物は、「世は愚で退屈」をかこつ銀行の跡継ぎ頭取、風俗壊乱小説で発禁になった作家、江戸狂言作者、外国航路の商船事務長《パァサァ》という中年期入り《アラフォー》の四人で、彼らが冷笑的に世に対する話。快楽主義・享楽主義との評がなされたようだが、荷風自身は開始前の「三田文学」一〇月の「紅茶の後」のなかで、こんな世相批判をした。「いまの日本には西洋人が黄禍論を称えるより以上に強い排他思想がある、封建主義の昔に少しも変わらず、一種名状すべからざる東洋的、専制的なるものがある……泣く子と地頭には勝てぬ、長いものには巻かれろは西洋近代思想には見出されぬ……正義でも不正義でもそれは論ずる処にあらず、唯だ従え、唯だ伏せの一語が日本に生活する限り、最も吾々の生命財産を安全たらしむる格言」と。卑屈なるわが心性の喝破、その後固まっていく荷風イメージに遠い生真面目さであった。

橐吾野人の『木精』の上下の二回は、紙面ではその下に『冷笑』の三五回と三六回を配置していた。どこか下からの「冷笑」ともとれるシニカルな紙面構成だ（**本章扉絵**）。当の鷗外推薦の新人を使って…何か意味あり気な見出しに映る。鷗外の出方に新聞社内にアンチの気分が生じていた可能性はあった。荷風作の外国航路の事務長《パアサア》というのは日本文学にかつてない人格の登場となった。有島武郎の『或る女』は翌四四年一月から「白樺」で始まるが、ヒロイン早月葉子を船上で誘惑する事務長・倉地に影像が重なる。その淵源に違いない。

森田草平は大役を果たしてさらに自信を深めた。病欠の漱石デスク（四三年夏の修善寺大患に至る）の「文芸欄」を一任された気になったらしくデスク抜きで記事を通し、四四年春からは『煤煙』後日談というべき『自叙伝』まで始めた。社員ではなく補助員であり、社内の反発も強まり怒った漱石も窮地に陥る。社内の勢力抗争も絡んだようだ。連載中止、草平も社を離れた。

回復した漱石は編集作業を離れ小説記者一本となる（この四三年五月から幸徳らの事件が進行し、

啄木の朝日歌壇が九月から始まった）。草平は師及び創作自体から離れ、大正末ころから歴史ものなど別の作風に入っていく（鷗外の跡を追ったか）。『煤煙』が最初にして最後の話題作だった。ずっと後年、朝日時代をこう回顧した。「石川君が社の校正係をしているのを見て、意外に思った。……学歴こそないだろうが、とにかくあれだけの才能を持った人物を校正係なぞにして置くとは何事だ！……青年らしく憤慨したものですね。一つは、私自身が村山竜平社長のお声がゝりで、正社員にして貰われない不満も手伝ったか知れません」（岩城之徳編『回想の石川啄木』三五四頁）。

遡り『木精』が掲載された翌月の明治四三年二月、草平の『煤煙』が金葉堂から出た。ただし道行を除いた前段だけの半端本。最初に引き受けた出版社が当局に伺いを立てたところ、反対の意と分かり引き下がった。危ない表現のところ、つまり情死行の後段をカットしてこの社になった経緯がある。作者の二人となった大師匠、漱石と鷗外が序文を寄せている。漱石は「誰が読んだつて差支えないんだから大丈夫である。其上余の見る所では、肝心の後編より却つて出来が好い」とし、後段がダメな理由をその特殊な情況下にありながら、主人公（要吉）の描写が「薄っぽい……成程要吉とはこんな人間である」と迫るところがない…との趣旨を書いた。半分だけの刊行でヤレヤレと胸をなでおろしたニュアンスは残る。

鷗外の序文は何と一幕二場の小戯曲『影と形——煤煙の序に代ふる対話』だ。アドリア海のあの崖の上、オルトナの花火を望みながら、男女の幽霊が「死んだ」「死なされた」の恨み言でユラユラせめぎあう。もう一度生きたい……じゃ誰かにとり付こう。デカダンの欧州はだめ、エス

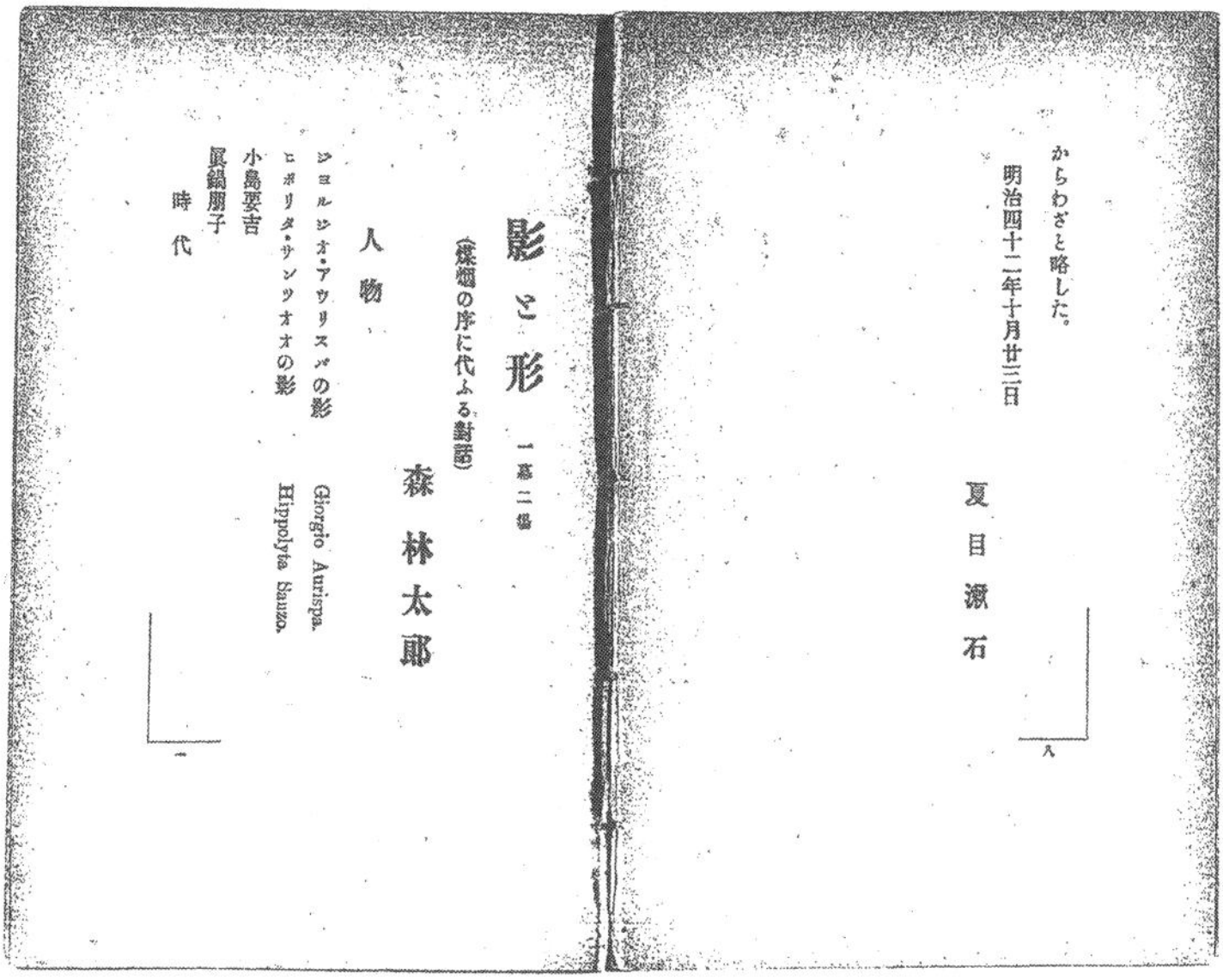
からわざと略した。
明治四十二年十月廿三日
夏目漱石
八

影と形　一幕二場
（煤烟の序に代ふる對話）
森林太郎
人物
ジョルジオ・アウリスパの影　Giorgio Aurispa.
ヒポリタ・サンツオの影　Hippolyta Sanzo.
小島要吉
眞鍋朋子
時代
一

図７　刊本『煤煙』の序の見開きページに生じた二巨人の接触遭遇
＝明治43年2月、金葉堂刊

キモになって氷の中に潜るのも、黒人になって裸の原人生活もヤだ……そうだ日本がいいが第一場。猿楽町の会堂、文学士・小島要吉がピアノの前の回転椅子に腰掛けて、何を弾くとも無しに二、三音を試みる。戸口より眞鍋朋子が静かに歩み出る……で終わる超ミニの二場もの。そして草平の本文、「日が落ちて、空模様の怪しくなつた頃である。東海道線の下り列車は……」に入っていく。

かなり人を食っている。腰抜けども奴、全部出したらいいだろう――去年のわが『性的生活』を見よ…のニュアンスがある。ともかく、草平を仲介に二巨人が微妙な遭遇接触したことになる。同一本の風変わりな巻頭ページに、この名が並んだのも文学史上の偉（異）観に映る（図7）。

第二節　『鼠坂』に描かれた従軍記者

『鼠坂』は後味の悪い小品である（『中央公論』明治四五年四月）。小堀桂一郎は「無抵抗の娘を強姦し、しかも殺してそのあと何食はぬ顔で日本に帰つてゐる罪深い新聞記者」の話とした（『選集 第三巻』解説）。日露戦後のこと、「小日向から音羽へ下る鼠坂と云ふ坂がある」が書き出し。坂脇の子供の遊び場だった広い邸跡に、二か月で二階建て黒塗の高塀に囲まれた立派な邸宅ができた。ただし無趣味で西遊記の怪物が住みそうな家にも見える。主人は戦争のとき満州で儲けた人で、二月のある夜、戦場仲間だった二人を新築祝いに招いた。「渋紙のような顔に胡麻塩髯が中伸びした支那語通訳」の男と、濃紺のジャケツの下にはでなチョツキを着た色の白い新聞記者だ。

酒が進むなか、主人は黒溝台《こくこうだい》の戦が済んだ後、奉天攻撃開始前の空き家ばかりになったある村で、この記者君が用便しているとき、隣の空き家のはずの家でなにか音がするのを聞いた…との思い出話をしだした。記者君は迷惑気な顔をする。主人は「通訳君はまだ知らないだろう」と構わず続けた。「そこの粟稈《あわがら》が散らばる床に半分埋まつて人がゐる。……窓の方に背中を向けて頭を粟稈に埋めるやふにしてゐるが、その背中はぶるぶる慄えてゐると云ふのだね。……その頭が弁子《べんつう》でない。女なのだ……それで危険と云ふ観念が全く無くなつて、好奇心が純粋に好奇心になつたさうだ。……女の肩に手を掛けて、引き起して、窓の方を向けて見ると、まだ二十にならない位な、すばらしい別品だつたと云ふのだ……兎《と》に角その女はそれ切り粟稈の中から起きずにしまつたさうだ」。

通訳君が「もう一時だ。寝ようかな」と。一同ぐずぐずしているが、どうも話が盛り上がらない。とうとう寝ることにして客を二階に案内する。記者君の足元は大ぶ怪しかつた。瓦斯暖炉が焚いてあり、電灯がついているが、西洋間というより田舎の中学時代の寄宿舎のようだ。……横になってから頭の心が痛むのに気づいた。「あんな話をしやがるものだから、不愉快になつてしまつた。あいつ奴、妙な客間を拵《こしら》へやがつたなあ」……ふいと目を醒ました。電灯は消えているが薄明かりがさしている……正面の壁に意外なものが見えた……紅唐紙《べにとうし》でそれに「立春大吉」と書いてある。その吉の字が半分裂けて、ぶらりと下っている。「や、あの裂けた紅唐紙のぶら下つてゐる下は一面の粟稈だ。その上に長い髪をうねらせて、浅葱色《うすねぎ》の着物の前が開いて、鼠色によごれた肌着が皺くちやになつて……下唇が見える。右の口角から血が糸のやうに一筋流れて……」。きゃっと声を立てて、半分起した体を背後へ倒した。

翌朝その家には医者が来、警部や巡査も来て雑踏した。近所の人が来てささやきあった。夕方、蒲団を被せた吊台が引き出された。次の日の新聞を人々は待ちかねて見た。平凡極まる記事。「小石川区小日向台何丁目何番地、新築の某氏宅で二月十七日晩に新築祝いとして友人を招き宴会、一二名宿泊することになりたるに、芝区何町の新聞記者某氏その夜脳溢血にて死亡せりと云ふ。新築祝いの宴会に死亡者を出したるは主人の為め気の毒なりしと、近所にて噂し合へり」。

小堀は「満州の戦野で、無辜の民衆を踏みつけにして、その犠牲の上に暴利を貪つた政商とか冒険家的商人の行状を鷗外は現地に於て実際に見聞するところも少なくなかつたであらう」とし、「中には」と続けて本節冒頭の「無抵抗の娘を……」とつないだ。そして「鷗外はそのやうな徒輩を天下に告発して正面から糾弾する代りに、いかにも彼らしいやり方で呪いを浴せ、紙の上で厳罰に処してやつた」と結ぶ。

むろん文芸作品としていわば正攻法の糾弾があっていいし、鷗外的このやり方も当然あっていい。ただ、林太郎は自らが属した軍自体の次記の残虐を書くことはなかった。もう一つ、この作には二重人格性という鷗外の基本テーマのひとつがよく現れている。

日清戦争の明治二七年（一八九四）一一月二一日、日本軍の第二軍（大将・大山巌）が遼東半島の旅順を占領した際、市民虐殺事件を起した。欧米の従軍記者・同武官らが目撃し世界に発信された。発端は市内に先発して入った日本軍戦死者の死体が切り刻まれていたことがあり、それへの報復であった。ニューヨーク・ワールド紙は二八日、「陥落翌日から四日間、非戦闘員・婦女子など六万人を殺害し、殺戮を免れた清国人は旅順全市でわずかに三六人に過ぎない」と報じた。アメリカ公使エドウィン・ダンが陸奥外相に抗議するなど国際問題化する。

日本の新聞が正当化の論を張る中で、陸奥は事実は否定できぬと認めた上で、「多少誇張に失するものあり、被殺者の多数を非戦闘員といふも実は清兵が市民に仮装せしものなり」と同紙に署名入り投稿をした（藤村道生『日清戦争』一三二頁）。陸奥の言動はここまでにしろ、ともかく認定はした。他方、日本側の被害意識で始まった国内報道も封じられていき、我々に覚えのない事件となる。

ラフカディオ・ハーン（小泉八雲）は、もともと〝未開ジャパン〟の論調で日本に厳しい海外メディアに対して、擁護の論陣を張る人であった。だが、その彼も一二月七日の「神戸クロニクル」社説で、「日本軍の報復行為に何の言い訳も受け入れられないだろう。日本は相変わらず東洋の一強国として、疑惑の眼で見詰められている。婦人、子供や非戦闘員に対する不必要な残虐行為については、その行為を犯した者たちの行動に責任を負う将校たちを厳格に罰するべきである」と書いた。後に同紙社説を収録した昭和三年（一九二八）刊の『小泉八雲全集 第一七巻』（第一書房）はこの社説を削除した。

現場は伯爵カメラマン亀井茲明《これあき》によって撮られていた。『明治二十七八年戦役写真帖』として刊本になったのが昭和四年（一九二九）ではあったが（事実上の公刊は下記一九九二年）。遠くに兵の姿があるなかに屍体が散乱する一枚、「兵農ヲ問ハズ苟《いやし》クモ我ニ抗スル者ハ悉《ことごと》ク（殺）戮《りく》ヲ加へ……脳漿《のうしょう》流迸《りゅうほう》、腹膜露出、到ル所鮮血淋漓《りんり》……一一月二十四日旅順口北方郊野ニ於テ見ル所ノ実況ナリ」とキャプションがつく。伯爵家私家版なので検閲を逃れたようで、貴重な現場証拠となる（『日清戦争従軍写真帖――伯爵亀井茲明の日記』一九九二年）。

亀井は津和野の最後の藩主・茲監《これみ》の子で林太郎より一歳上、世が世なら仕えた殿様である。京都の公家・堤家からの養子で英・独へ留学し、美術・美学を学んだ。ドイツでカメラ技術を習得し（留学中の林太郎が世話をしている）、日清戦争が起きると私設の従軍写真班を組んだ。写真機が巨大器械のとき。従者など五人、大八車一〇台、一トンの機材・荷物だったという。従軍で体調を崩し帰国翌年に三六歳で死去した（亀井茲基「日本経済新聞」二〇〇四年一一月九日）。

林太郎は日清戦争に第二軍の兵站軍医部長として参加しており、九月の始めに仁川で韓国に入り、一〇月に遼東半島へ上陸した。亀井の一二月二日の日記には「嚢中《のうちゅう》（袋の中）ノ鼠ハ半ハ殺サレ半ハ放タレ旅順落城後第一師団ニ捕虜一名モ無キ有様ナリ」とある。捕らわれた鼠と表現された敵兵、その捕虜が一人もいないというのは全員殺されたということだ。林太郎は人的被害の写真や資料を見得る位置にいた（日清・日露の両戦役において）。「鼠」が『鼠坂』をつい思わせ、ユーモアでは済まぬ寒気を齎《もたら》す。下関条約で台湾が割譲されて、領有統治の出兵にも参加（半年ほどの任）。清国に服さない漢族系住民が台湾民主国を立てて反日戦線を作り日台戦争となっていた。その時から一八年後の作ではある。

檜山幸夫は「日本軍による住民虐殺は、じつはこの旅順港事件より日台戦争の方が、より熾烈であり多かった」（『日清戦争――秘蔵写真が明かす真実』一一九頁）とも書く。加藤周一は一九八八年八月の随筆で、「「南京」のまえには「旅順虐殺」があった。今日の日本人が四三年後も「ヒロシマ」を忘れないように、「南京虐殺」当時（一九三七）の中国人は、その四三年まえの「旅順」

を覚えていたはずである」と（同二三日朝日新聞夕刊「夕陽妄語」）。

旅順の地名はわたしたちには、日清戦争ではなく日露戦時の与謝野晶子の詩「君死にたまふこと勿れ」と相まって、被害者意識のなかで記憶されたようである。

第三節　プルムウラとルソー『懺悔録』

スバル創刊号、明治四二年（一九〇九）一月一日刊の巻頭作品が林太郎の戯曲「プルムウラ」だ。古代インドの一地方が舞台。作者自身が同じ元旦刊の「歌舞伎」誌でその「由来」として解説を書いている。同国西北部の信度《しんど》という地で、七世紀中頃訪ねた玄奘三蔵の西域記にも出てくる国という。玄奘来訪から半世紀ほど後、西暦七一二年六月一八日の宮邸の場からスタート。王ダアヒルがアラビアと戦争になりインヅス（インダス）川を挟んだ攻防に破れ、敵将カアシムに首をとられる（戊辰の長岡戦を思わせる）。カアシムは王の妹プルムウラを戦利品に国のカリフに贈る。

その美女、敵地に至り自ら曰く《いわ》「自分はカアシムに身を汚され、それを隠して送られたのです」。カリフ激怒「奴を殺せ」。牛の生皮に縫いこまれた勇将の屍体が届く。美女「全くの嘘じゃ、この勇将を殺させたのはわが国のため、我が家のため重なる怨を晴らすためじゃ」。カリフ「女と侮り欺かれたか、良将勇士には事欠かぬ、荒馬の尾に繋いで市場を引き回し八つ裂きにせよ」。

女「少しも厭う心なし」。

　啄木編集長は不満だった。翌月の第二号の後記に「小生は第一号に現はれたる如き、小世界の住人のみの雑誌の如き、時代と何も関係のない様な編集法は嫌なり」と。実際の担当者は平野万里で詩歌が多く活字も大、これは前年秋に終わった「明星」のスタイルであり、この濃厚味も気に食わなかった。「編集法」と断っているが、すでに彼は自然主義（というより社会性の視点）に傾いており、名指しこそしないが巻頭作を意図しての言に違いなかった。どことも知らない国のアナクロ作と映ったのだろう。しかし、裏切らせることにおいて裏切り返される背信の連鎖は、なかなかの負の普遍性を秘めた、鷗外作の基調低音でありその明示作と思う。

「時代と何も関係のない」は林太郎の計算済みのことだろう。目立ってはならない身、始めは控えめにそっとである。折角の新雑誌に早々のクレームがついてはならなかった。小説でなく戯曲にしたのも配慮だろう、読み手はさらに限られる。恐らく啄木（二か月後に朝日入り）には、二年前の『虞美人草』での漱石の鳴り物入り作家登場のイメージがあった。林太郎にもそのことがあったに違いないが、啄木とは全く逆の方向においてである。対極の身上という自意識がある。彼のヒロインが虞美人という『史記』の著名人なら、われは知られざる印度古記でとの計算もあったか。「全体としてさしたる反響を呼ぶに至らなかった」（スバル復刻版の吉田精一「解説」）スタートだった。それで上々だったのだ。

　しかし刊行誌である以上、やはり経営・編集者からすれば売れなければならなかった。それも心得ていち早くその意に叶う作へ。一旦書くに及んでは大胆だ。第三号の『半日』で妻・志げと母・峰子の嫁姑関係を赤裸々に、六月号で『魔睡』、七月号『ヰタ・セクスアリス』となる。後者は発禁がついたことでもヒットとなる。その間、五月にはよりミニの雑誌に『懇親会』を投じ、大手新聞に一矢むくいた。第二年は堂々「鷗外」となり、三月から『青年』でしっかり固定読者をつくる。翌年八月まで続き、引き続き九月号から『雁』となる。

前者は『三四郎』の影響が指摘される通り、習った可能性はある。あえて拊石先生を登場させたのも仁義を切ったのか。雁もエリート遊民青年という漱石調であり、「自分もできますよ」の意も窺われ、ともかくヒット作にした。流行作への同調ともとれるが、本心はどうだったのか。最初の『舞姫』の太田豊太郎がそうであったように、エリートだが規律に縛られた職務人間（自分自身）像に真骨頂がある。二巨人に描かれた高等遊民青年は新たな文学の基調となり純文学なる語を生むが、鷗外はすぐに職務型人間の方に戻っていく。

興味深いのは、そんな職務人間を描いた鷗外が、家の中でそれを常態とする存在、つまり家政する女の描写にとくに生彩を放ったことだ。望んで醜男の安井息軒の妻となった『安井夫人』の美貌の佐代、『渋江抽斎』で夫の一場の祝宴のために嫁入り道具を売って家を新築した後妻の五百《いお》、そして唐の女道士『魚玄機』が才能の故に自滅するのも職務に生きた結果ととれる。『半日』にしても男が関与できない支配権をめぐる女の戦いだった。そもそも『うたかたの記』のマリイからして極めて主体的であった。鷗外の女性観のベースには、婿をとった旧家の家継ぎ娘の母・峰子があったことは従来から指摘されている。もとより今いうフェミニズムとは全く関係がない。

いち早く樋口一葉を評価をした。『たけくらべ』（明治二八年）について翌年の自誌「めさまし草」に、「われは縦令世《たとへ》の人に一葉崇拝の嘲《あざけり》を受けんまでも、此人にまことの詩人といふ称をおくることを惜《おし》まざるなり」と。この半年後に一葉二四歳の没。林太郎は三四歳、彼女が筆一本と小商い・質屋通いで母と妹を支える戸主であることも知っていた。「めさまし草」を共に支えた斎藤緑雨が、彼女の最後の一年に親交していたのだ。

一葉の日記に現れる緑雨――「としは二十九。痩せ姿の面やうすご味を帯びて、只口もとにいひ難き愛嬌あり。……この男かたきに取てもいとおもしろし、みかたにつきなば猶さらにをかしかるべき、（川上）眉山《びざん》、（平田）禿木《とくぼく》が気骨なきにくらべて、一段の上ぞとは見えぬ」（五月二九日）。次の来訪時の緑雨の言をこう記した。「世人は一般《みな》、君が『にごりえ』以下の諸作を、「熱涙をもて書きたるもの也」といふ。……さるを、我が見るところにしていはしむれば、むしろ冷笑の筆……泣きての後の冷笑なり」（七月一五日）。

毒舌を恐れられた文壇の一匹狼の緑雨が、毛筆の数行の記述で文学史に鮮烈な人物像で刻まれた。『一葉日記』が刊行されるのは明治四五年だが、林太郎は緑雨の評をその時点で直接聞いている。十数年後に鷗外の名で自身も小説を本格化したとき、後述のようにそれら作品の通奏低音にあったのが高笑の響きであった。それは笑う対象、つまり笑われる側からすると冷笑だ。緑雨の一葉評の当否は措くとして、興味をそそられるところではある。

既述のように明治四三年、鷗外の推薦のもとに荷風の『冷笑』が朝日に登場した。——緑雨の冷笑に付言すると、単なる個人的皮肉・脱世俗ではなく、戦争における国家・国民的熱狂と追随・増幅するメディアへの批判があった。日清戦争後に生じた、幸徳秋水との交流は、文学と社会科学との間の相互批判的な対話の感があった（塚本章子『樋口一葉と斎藤緑雨』二〇一一年）。

文壇でかなりショックで受け止められたイプセンの『人形の家』を、林太郎は歯牙にもかけなかった節がある。家におけるありように彼我の差があるという意識だ。『混沌』のなかで、「詩人Ibsen、さう云ふ人が出て来て、全然今までの人の考と変つた考を発表する。その波動が起つて来る」と書きながら、「椋鳥のように……これは面白いと思つて、ぼんやり見てゐ」ればいいとした。それは本邦において筋の違うことであるとの主張に読める。

斎藤緑雨
(1867〜1904)

これと比べると漱石の『虞美人草』の藤尾にしても、『三四郎』の美禰子、『それから』の三千代とその後継と見える晩期の作の女たちも男に見られる女であった。初期の『夢十夜』の百年後に甦る女がシンボリックな存在で、神秘性を醸す。鷗外の『うたかたの記』におけるマリイ、その居る場において運命を切り開く主体性と好対照をなす。「元始女性は太陽であつた」を掲げた平塚雷鳥に鷗外が好意的であったのも故なしとしない。雷鳥の本質的に家庭になじみ行く保守（伝統）性、家政における輝きを読んでいたに違いない。これに対し平出修、早い晩年を鷗外と密接した彼が、愛人との同棲生活を「自立」として歌い上げた明子（雷鳥）への強い批判を病床での絶筆としたのも興味深い。

『ヰタ・セクスアリス』の冒頭で、林太郎が「自然派の小説が常住坐臥、何につけても性的写象を専らにするにつけ、人生とはそんなものであろうかと思うと同時に、自分は人間一般に外れて性欲に冷淡ではないか」との感慨を書いたとき、この自然派とは直接には二年前の花袋『蒲団』を指していた。赤裸々に違いないその告白が、世の顰蹙を買うことで話題沸騰したわけだが、実は花袋作のベースには明らかにある外国作品があった。ルソーの『懺悔録』（告白録とも）である。花袋自身が読んだとは語っていないが、人はあまりに深く心に衝撃を受けたものは口にしない傾向がある。仏語からの最初の完訳は石川戯庵により大正元年（一九一二）に出た。英訳本もあり、花袋は神田の英学校で学びゾラやモーパッサンを英訳でよく読んでいた。

伊藤整は『蒲団』につき「内心の恥ずかしい醜いことをさらけ出して書いたこういう小説は日本にはなかった。ただルソーの「懺悔録」の書き方がこの小説に近いものであった」と示唆的に書いた（『日本文壇史 11』六〇頁）。懺悔録の衝撃を正直に語ったのが島崎藤村だ（蒲団の前年に『破戒』を出し社会派自然主義として注目された）。初めてルソーの書に接したのは二三歳の夏だったとして、「熱心に読んで行くうちに、今迄意識せずに居た自分といふものを引き出されるやうな気がした。……真に束縛を離れてこの生《ライフ》を観ようとするその精神の盛んなことは、又一生その精神を続けたといふことは、遂に私の忘れることの出来ないところだ。……英雄豪傑の伝記を読むやうな気がしない。吾々と同じやうに、失望もすれば落胆もする弱い人間の一生の記録だ」と（「ルウソオの『懺悔』中に見出したる自己」：『新片町より』所収）。

　林太郎がいち早く翻訳を試みていた。留学から帰った三年後の明治二四年、「立憲自由新聞」紙上に「懺悔記」として三月から一七回、何かの事情で翌年は他の雑誌に代わり数か月は出したようだが、残存情況から詳細不詳。本人が後の石川戯庵訳に序文を寄せた。「私が一度此書を訳することを企てたことがある……全訳の積りであつた。（当該誌が滅びて）原稿は空しく返されてしまつた。……私の訳本は断簡になつた……国語訳は石川君の此本が唯一の完本である」。そして、俗論がこれを危険な書だとするかもしれないが、ルソーが危険ならカントも危険だろう、そうなると新しい文芸も哲学も一切排除しなければならなくなる、自分は「そんな俗論を憚つてゐることはできない」と。

『告白録』は一七一二年にジュネーブの時計職の子に生まれたルソーが、亡命の境遇にあった五三歳頃から本腰を入れ（何年も前から書き出してはいたよう）五五歳で仕上げた。冒頭で「自分はかつて例のなかった、今後も模倣する者もないと思う仕事をする」と豪語。母は彼の産後に死に、父はいさかいからの訴訟で失踪した。徒弟奉公中の一五歳で出奔、流浪の一九歳のときスイスに近いイタリアの地で、一三歳上のヴァランス夫人と出会い……運命が変わる。愛人となり独学、全欧州の知名人となる。女性から好かれるタイプ。種々なる愛欲生活を赤裸々に書いたのが前段で、まさにビルドゥングス・ロマンである。後段は居住地もままならぬ、異国への流浪・亡命の反ビルドゥングの自然主義人生だ。人民主権を唱えたから権力的弾圧にあったというのではなく、あまりの正直さが周囲の縁者、とりわけ親友（と思っていた者たち）との齟齬を生じ、自ら疎外情況を引き起し居場所を失っていった。

ヴァランス夫人との遭遇が鮮烈だ。わずかの時間のズレで出会いはあり得ず、少年は世間の闇に間違いなく消えて、世界史はルソーを持たなかっただろう。まさに運命的。石川訳の後、昭和四年（一九二九）に生田長江・大杉栄訳（新潮社）、その翌年に石川訳が改めて岩波文庫で出た。戦後も同二四年に『告白録』の題で井上究一郎訳（河出書房）、同四〇年『告白』で桑原武夫訳が岩波文庫から出た。桑原は自訳の解説で「今後も模倣する者もない仕事」とのルソーの豪語が、「彼の予言に反して『告白』の模倣者は全世界的にあとをたたず、その点ルソーは予測を誤った」と。自称ロマン派・自然派を通じてこの作が近現代の作家（日本に限らず）に影響したところは極めて大といえる。

あの松崎天民が早々の自伝として出した大正一三年（一九二四）の『記者懺悔 人間秘話』も、冒頭部で「今日まで『懺悔録』の腹案を、腹案のままで過ごしてきた、いまや書くのだ」と宣言していた。失踪したルソーの父の時計職まであやかったか、己の方も「八歳で父が米相場と株に失敗、全てを手放して近くで時計屋を始め」と苦難の旅立ちぶりを揃えた（本書一二三頁で「時計屋」に傍線を施した所以）。

自由民権家たちは中江兆民訳の『民約論』を声高に叫んだが、自然権に立つ人民主権をどれだけ理解していたかは、疑わしいところがある。一方で、世代的には少し後の『懺悔録』の洗礼を浴びた文学青年が、これに深く作用されたのは間違いない。あまりにも強力であるため語ることをしなかった。鷗外は『ヰタ・セクスアリス』で呼応した。これとて長大な原典に比べるとほんの数エピソードに過ぎないが。即天去私の人への影響は分からない。いずれにしろ影響力においてダ作『死の勝利』とは比較にならなかった。

ヰタ・セクスアリスの主人公は金井君で即林太郎というわけではない。金井君が貰った初の細君が、長男を産んで亡くなった二五歳までの話である（事実は二八歳のときに於菟《オト》が生まれてすぐ登志子と離婚、於菟は引き取った）。執筆時の林太郎は四七歳だから、その歳までの二〇年が抜けていた。じつはなかなか重要な時期であった…。他方、ルソーは略八年かかりの五五歳で完成し、現時点まで書いた。パリの下宿のお手伝いテレーズと結婚し、生まれた五人の子をすべて託児所に委ねていた。非常識な姑・小姑に囲まれた境遇ではまともな人間に育たぬ、との父親の責務においてて。捨て子の非難（元盟友のヴォルテールら）を受けるが、信念を譲らなかった。

林太郎は離婚から一二年後の四〇歳で、荒木志げ二二歳と再婚した。その前年に登志子は死去していた（登志子の父は海軍中将、志げの父は判事）。この独身期間のセクスアリスを、長男・於菟《おと》が「鷗外の隠し妻」（「文芸春秋」昭和二九年一〇月号）と題し自然主義風の率直さで書いた。児玉せきのことだ。一〇歳（明治三三年）ころからの記憶としてこう書く。

「既に現存せず、その血縁の人もわからない。一言にしていへばあの時代に多くある、忍従の世界に生きた知性も教養も低く、まず一通り善良で美しい気の毒な人なのである。……（写真が手許に残り）せき女二十四五歳（父の三十四五歳の頃か）」。祖母（峰子）が勧めた。「父が初めの結婚に失敗して後、第二の結婚生活に入る間のことであり、自然の生理的必要に対するために契約したもので、それもやはり祖母が父のためにすすめたのがおもな動機と考へる。ただ心がけのよいおとなしい美しい、そしてもう一つ進んでいへば子供を生みさうもない婦人であつたが、そのほかに格別とりえもなく、父の配偶としてはもとよりふさわしくない」と。家に来るのはいつも父が留守の昼間で、祖母の部屋で雑談をしたり針仕事のお手伝いをする。

そして――「小倉から東京へ帰任の前年の暮に父は東京へもどつて結婚し、すばらしい新妻を伴つて任地に赴いたのは人の知る如くである。おせきさんとの間はそれよりずつと前から円満に話がついてゐたといふ」。住んでいたのは「千駄木町の家近く、観潮楼の裏門（現在都の標柱が建てられてある位置）の前を入った横町左の方へ曲がつたあたり」、入口は格子戸づくりの狭い家だったが「小ぎれいに住んでゐた」。――観潮楼は団子坂の坂上、その近傍に違いない。

せきがモデルだろうとされる『雁』のお玉の住まいは、やや離れた不忍池近くの無縁坂だが、主人公・岡田の目でこう書かれる。「一軒格子戸を綺麗に拭き入れて、上がり口の叩きに、御影石を塗り込んだ上へ、折々夕方に通つて見ると、打水のしてある家」。その容貌――「鼻の高い、細長い、稍《やや》寂しい顔が、どこの加減か額から頬に掛けて少し扁《ひら》たいやうな感じをさせる」。おせきの写真が新潮社『日本文学アルバム 森鷗外』（四〇頁）に載るが、ほぼ相応している。和風伝統のやや引き目鉤鼻基調か。おせきの居る風景が今も無縁坂に揺曳するようである（**終章扉絵**）。

お玉を妾にした高利貸しが末造で、もともと寄宿舎の小使いで学生へのちびちび貸しから出発した。練塀町から狭い路地を体を斜めにしなければ通れない所、年中戸が半分締めてある薄暗い家から三味線が聞こえる。末造は音の主が一六、七歳の可愛らしい娘だと知る。「いつも身奇麗にしてゐて着物も小ざつぱりしたものを着てゐた。戸口にゐても、人が通るとすぐ薄暗い家の中にへ引つ込んでしまふ」。車つきの屋台で飴細工を売る老父がいる。

――岡田は池で石を投げて仕留めた雁を外套の下に隠し、両側を僕（作者＝鷗外？）と石原が挟んで隠蔽しながら坂を上がる。巡査が見える。坂の中程に立って、こちらを見ている…女がいる。家より二、三軒先へ出迎えた。（友人の手前行動できぬ岡田は）確かに人入《ひとしほ》赤くなりながら、偶然帽子を動かすように装って、庇《ひさし》に手を掛けた。「女の顔は石のやうに凝《かた》つてゐた。そして美しく瞠《みは》つた目の底には、無限の残惜《くや》しさが含まれてゐるやうであつた」。そのまま永遠に相見ることなく、じきに岡田は洋行。思い返すと三五年前のことだが、「僕」はその後、「図らずもお玉と相識《あいしり》になつた」。おせきのことか、そこから逆にストリーメイクしたか。

むろん岡田を主人公とする話であり、「僕」が書き手として書いている。ただし「僕」自体が小説のなかの登場人物であり、即鷗外ではないようズラしている。岡田は坂の上のそのまた上へ去って行ったのだろう。主旋律に背信の無行動がある。『舞姫』のエリス・トラウマか。そのエリスは「髪の色は薄きこがね色……青く清らかにて物問ひたげに愁ひを含める目の、半ば露を宿せる長き睫毛に掩われたる」だった。洋は洋、和は和、ともによきかな…その道はコスモポリタン境地か。キタ・セクスアリスの金井君は「自分は人間一般に外れて性欲に冷淡ではないか」との感慨をもらした。そうとすると金井君は確かに鷗外ではない。ルソーにも婚姻外の関係はあったが、隠さず葛藤・八倒《ばっとう》した。

ともかく、団子坂では始まらない。無縁なる名のそこに女を配置しなければならなかった。玉は転がっていく…。

第四章　幸徳ら事件での微妙な位置

文藝委員會委員

森林太郎氏　島村抱月氏
上田萬年氏　上田敏氏
芳賀矢一氏　徳富猪一郎氏

◉文藝委員會委員

十七日の官報《くわんぽう》を以て發表《はつぺう》せし文藝委員會《ぶんげいゐゐんくわい》委員《ゐゐん》及幹事《かんじ》左《さ》の如《ごと》く仰付《おほせつけ》られたり

正四位勳二等功三級醫學博士文學博士　森林太郎
正四位勳三等文學博士　上田萬年
正五位勳四等文學博士　芳賀矢一
正五位勳六等文學博士　藤代禎輔
正五位文學博士　上田敏
正五位　徳富猪一郎
從五位文學博士　姉崎正治
正六位　佐々政一
文學博士　幸田成行
巖谷季雄

文藝欄

文藝委員は何をするか（上）
漱石

政府《せいふ》が官選文藝委員《くわんせんぶんげいゐゐん》の名《な》を發表《はつぺう》するの日《ひ》は近《ちか》きにありと傳《つた》へられてゐる。何人《なんぴと》が進《すゝ》んで其撰《そのせん》に應《おう》ずるかは余《よ》の知《し》る限《かぎ》りでない。余はたゞ文壇《ぶんだん》のために一言《げん》して諸君子《しよくんし》の一考《かう》を煩《わづら》はしたいと思《おも》ふ丈《だけ》である。

政府《せいふ》はある意味《いみ》に於《おい》て國家《こくか》を代表《だいへう》して

明治44年（1911）5月18日の朝日3面に載った文芸委員の顔写真と発令記事及び漱石の疑義の稿＝各部分から構成

第一節　「文芸院」めぐり漱石と確執

『舞姫』の官費留学生・太田豊太郎はエリスと親しんだ。それを嫉妬した同郷人によって上官につげ口されて解職となる。折りしも来ベルリンした天方伯爵の口ききで現地新聞社の通信員になることができた。お呼びがあり、豊太郎は壮麗な大理石の階段を上がった階、前房をもつ室の奥に参じ、伯からドイツ語文書の急ぎ翻訳を託された——一夜で仕上げる。ほどなく「ロシアに行く、随行すべし」と。天方伯、さながらロシア文学に登場の寛大なる○○スキー伯爵だ。元勲・山県有朋、その描写はことのほか御意に召したであろう。帰国から二年後のこの作で、二八歳林太郎は間違いなく五二歳山県の心を鷲掴みにした。

既述の様に直接の近侍関係は日露戦から帰った明治三九年（一九〇六）の六月、山県の意を受けた歌会・常盤会を結成したとき、まだ小説家以前であった（八月に第一師団軍医部長・陸軍軍医学校校長、翌年一一月に陸軍軍医総監・陸軍省医務局長）。林太郎の盟友・賀古鶴所が幹事、山県の歌の師・小出粲《つばら》、井上通泰、佐佐木信綱ら五人ほどが選者になり、毎月末一回、各選者が門人作などの推薦歌三〇首を持ち寄り、秀歌を決めた。山県邸（椿山荘・新椿山荘・古稀庵・新々亭《さらさらてい》）を中心に山県の死の大正一一年（一九二二）まで一八〇回余に及んだ。創立期からの参加メンバーに法学の東大教授・穂積八束《ほづみやつか》がいた（林太郎と同じ船で独留学）。四〇年秋、八束は同僚の高橋作衛がサンフランシスコから送ってきた幸徳らの在米活動の報を得て、山県に伝えた。ここから事件が具体的に始動する（敗戦後の大原慧の研究）。

常盤会発足の翌年六月、林太郎は先述西園寺首相の雨声会二日目に首座の位置で出席した。その八月がコッホ来日によるトラウマ体験だ。九月、花袋『蒲団』刊行、社会的ショックとなる。桂内閣になった翌明治四一年（一九〇八）一一月、文部省に「文芸院」創立の私的な建議をした。そのことが新聞に漏れ、やや正確さを欠く形で報道される。林太郎の趣旨は小説家を弾圧するよりしかるべき文士からなる芸術院、あるいは文芸院を設け、慎重に審議する態勢をとるべきだとするもの。作家らの微妙な反応が起こる。翌四二年一月一九日、文相・小松原英太郎が官邸に林太郎・幸田露伴・島村抱月・上田敏、そして漱石も含む九名を招き懇談会を開いた（坪内逍遥も呼ばれたが欠席）。スバルが創刊され林太郎が「プルムウラ」を載せ、朝日では元日から草平の『煤煙』が始まったときである。

西園寺の会には失礼とも思われる対応をした漱石が、他の者と同様にフロックコート姿で現れた（林太郎は例の軍服姿）。内務大臣・平田東助、文部次官・岡田良平、同学務局長・福原鐐二郎らも出席、平田と小松原は山県の筆頭の股肱の臣だ。山県に比べれば自由派であった西園寺に二べもなかった漱石が、なぜ参加したかを問う論がある。

実は朝日の前日紙面に「文芸院夢物語」と題した記事が載った。「明日午後五時半から懇話会は文相官邸で開かれる、西園寺侯の小説家招待よりは少し有意義な点で世間の注目を引いているらしい」として、漱石の談話が付く。「福原君から意見を聞きたいとの事だが、具体的な提案もないので賛成とも反対とも未だ言いかねる」。そして、「我々の立脚地から言えば……一時政権を掌《つかさど》る人に依つて作家なり作品なりの価値を審判されては心持が好くない」と。「探聞する所によれば」として記者の解説が付く。「この会合は文芸院という羊頭を掲げて風俗壊乱取締りの狗肉を売るにありと云ふ、黒幕には平田内相が参加して居るとの噂だ、此の噂は事実に近い様だ」。福原鐐二郎は大学予備門で漱石と同級生で、文展開催でも苦労した官僚臭の少ない人物ではあったらしい。

懇談会では林太郎が発禁処置への不満から、院の設置へ積極的賛成を述べる（自身の『ヰタ・セクスアリス』の発禁は半年後のこと）。西鶴への例をあげ、一般には見せずとも専門の文芸研究者には見せる、これで焼き捨ての酷い措置を除くことができる。そして優作を選び報奨金を与え、翻訳して外国に日本文学を輸出するようにする、などと。多くは賛成したらしいが、漱石はこの場では慎重だったようだ（和田利夫『明治文芸院始末記』一九八九年に拠る）。

この場で主宰者の文相・小松原英太郎がおかしな発言をした。巌谷小波が「武士道は男色と関係がある、薩長土肥に傑物が出たのはその為だ」と言ったのに対し、小松原が「佐賀県の中学では今でも流行している。海老茶（女学生のこと）を追うのと少年の尻を追うのと、どちらがいいかと言えば、少年の尻を追う方が士気を鼓舞して好いようだ」（同）。二一日の朝日紙面も「文相と男色」の題で「屁の如き文芸院話の中に文相が佐賀の男色談を持出したるは奇抜に候はずや」、いっそ「同色保護法案でも御起草されては如何」と皮肉っているから事実なのだろう。

この程度の者たちの政権であり、文教政策――それも何かといえば「淫靡に流れ風教を害するもの」と言揚げして弾圧を加えてきた当の者たちの実像であった。晶子の歌、「英太郎東助と云ふ大臣は文学を知らずあはれなるかな」（同年一〇月一五日「東京日日新聞」）もむべなるかなである。ちなみに三〇年ほど前の小松原は自由民権運動のなかなかの闘士であった。「圧制政府転覆論」を急進派の「評論新聞」に書き禁固二年を食っている。岡山に帰り国会開設運動の中心となるが、すぐに外務省入りし明治一七年、ドイツ公使館勤務となる。つまり林太郎留学と同時期だ。地方自治を学び帰国して山県閥に入り順風の人生となる。民権理念の転向・挫折というより、その運動自体に国権のベースがあった。本人らにも矛盾の意識はなかったようで、同運動出身の国家主義者はふつうのことである。

林太郎が「文芸院」創立の建議をした明治四一年一一月は、コッホ歓迎での屈辱から三か月後のこと。本格的小説書きへの意を固めていた時である。読者の限られた評論・翻訳程度でも何かと物言いがついた軍・官僚機構の中にあって、情況への地ならしの必要を感じていたのだろう。そのレベルの者達に口出しされるよりは、ともかくも文に通ずる者たちによる、クッション程度にはなる制度を設けたいという思い。それを成し得る立場、つまり文での山県側近であった。文芸の体制取込の制度化という評は、林太郎には酷だろう。痛切な思いだったはずである。ここは自由人・漱石と決定的に違うところ。建議から懇談会への過程は、平出とのスバル創刊の準備とほぼ並行、その大詰め段階であり、平仄のあった動きと言える。ここは平出修が理論的支柱になっていたと考えられる。

平出はその四一年二月、生田葵山が「文芸倶楽部」に出した自然主義風の小説『都会』が発禁になったとき、東京地裁法廷で弁護を行った。いま読めばどこが「風教の害」かも不明の作だが、弁護は通らず敗訴した。作家活動と雑誌準備過程で、この葵山の件が平出・鷗外に影響を与えていた可能性がある。雑誌経営者としても重大事である。平出当人は明確な反自然主義の作家だが、「その考えには賛成できないが、それを言う自由は命をかけて護る」というヴォルテール流の考えがある。この信念が自身は社会主義者でも無政府主義者でもないのに（むしろ反対であった）、幸徳らの弁護に立たせることになった。

小松原主宰の懇談会の翌四三年、文芸院構想が具体的に始動する。幸徳らの調べ進行が大詰めの秋のこと。平出は九月五日、専門紙「法律日日」に「文芸院の設立を望む」を発表した（新宮から大石らの弁護依頼の直前のとき）。趣旨は、あの懇談会で文相の低級なのに驚いたという話があるが、文部省が悪書とする本を排除する従来の方針以外に、積極的に名篇・高著を国家の力で保護する考えを起したことは好いことである。そして「文芸院の判断は今日の内務省、警視庁及司法部の判断に比すれば、大いに権威があることと思はるるから、よしその判断に不平の声があるとしても、それは今までの不平の声とは、響く力が違つてくるであらう」と。世間へどれだけアピールしたかは分からないが、平出自身は担当弁護に没頭する日々となる。

翌四四年（一九一一）五月一八日の各紙に、前日付けで文芸委員会が勅令で設置された報が載った。朝日には森林太郎を筆頭に、上田萬年・芳賀矢一・島村抱月・上田敏・徳富猪一郎・幸田露伴ら一二人が顔写真つきで（**本章扉絵**）。林太郎は「正四位勲二等功三級医学博士文学博士」の二行書きの肩書きがズラズラと。委員の名に漱石はむろんない。断ったのだ。そしてこの記事のすぐ下に「文芸委員は何をするか」の漱石稿が載る（三回連載の一回目）。冒頭部から「今政府の新設せんとする文芸院は……国家的機関である。（委員は）自家に固有なる作物と評論と見識の齎《もたら》した価値によつて、国家を代表するのではない。実行上の権力に於て自己より遥に偉大なる政府と云ふものを背景に控へた御蔭で、忽ち魚が龍となるのである」と激しい論調だ。

翌日の（中）でも「院がなくつても好い作物は出る……文芸の鑑賞に縁もゆかりもない政府の力を藉《か》りるのは卑怯な振舞いである」、さらに「行政上に都合よき作物のみを奨励して、その他を圧迫するのは見易き道理」と歯に衣着せない。ところが二〇日の（下）では、報償金については文士の窮状からやり方次第では賛成とした。ただし「政府から独立した文芸組合又は作家団と云ふ様な組織の下に案出され、又其組織の下に行政者と協商される」形で、「判然と公衆の目に映らなければならない」仕方を条件として。文芸の発達とは文芸を歓迎し得る程度の社会の存在がなければならず、そういう社会を作り出すのが政府の第一の仕事であり、文芸院制度は本末転倒しているととれる主張だ。

漱石が直接に政府批判した最も激しい論稿だろう。大患後、初の力を込めた稿がこれだった。

ズラリ肩書きのついた先頭の鷗外に照準が合わされている。肩書きの一つ「文学博士」は二年前に授与された。実は漱石は三か月前の二月に博士号を拒否し、事件となっていた（福原が苦慮・奔走）ときであり、痛烈なあてつけに違いない。前年一月に『木精《こだま》』の朝日掲載があり、翌二月には草平の単行本『煤煙』で共に序を書いた（一一九頁図7）縁があった。

鷗外はその前年末の幸徳らが公判入りする段階で、『沈黙の塔』『食堂』という事件絡みの微妙な作品を書いていた（一年前にヰタ・セクスアリス発禁と陸軍次官・石本新六からの戒）。そして文芸委員となって四か月後の九月、エリート学生・岡田が無縁坂の妾宅に囲われた女、お玉との袖振れあう縁も切り捨てた小説『雁』をスバルで開始。これが現代ものの最後となり歴史物に舵を切っていく（同じ九月、三田文学に裁判官揶揄の『ファスチエス』を発表）。

漱石の文芸院批判記事の半月ほど後、鷗外日記の六月五日に同委員会に出席の後、「平出修の意見書を福原鐐二郎にわたす」とある。前年九月の「法律日日」掲載の平出の「文芸院の設立を望む」とする説がある。あるいはこの年の稿「発売禁止論」もあり、こちらの可能性もある（『都会』『ヰタ・セクスアリス』『煤煙』に対する警視庁の扱いを軸に展開したもので平出没後の刊）。鷗外は前日の四日、上野精養軒で上田敏・平出と午餐をとっており、平出から渡されたものだ。

文芸院ははかばかしく稼動せず、二年で終わる。ゴング早々の漱石の批判がボディブローで利《き》いたと思われる。一応経緯をたどると、制度発足の翌年の四五年（一九一二）一月、委員会が開かれた。小説・戯曲・詩歌・雑の四部門から計四一点が候補作に。小説では漱石『門』（大患前の作）、藤村『家』、荷風『すみだ川』、白鳥『微風』、潤一郎『刺青』だ。しかしどの部門もまとまらない。結局、戯曲で坪内逍遥だけが決まった。彼は断るが何とか説得して、賞金二二〇〇円が贈られた。逍遥はこれを民間の文芸協会に半分、残り半分を二葉亭四迷の遺族と山田美妙および国木田独歩遺族に贈った。「どの遺族も寒天の慈雨に感激した」（和田前掲書）。すでにメディアの時代でありそれぞれが著名な存在だったが、敗戦後と違い経済が伴わなかった。漱石が報償金では譲歩した所以でもある。大正二年（一九一三）六月、勅令で制度は廃止された。鷗外の提案から五年間にわたる微妙で重大な政治・文化問題であった。

漱石の論は文学・文芸の普遍性で一貫していた。鷗外は軍機構の官僚の大前提で生きており、そうはいかない。その束縛は漱石が我慢ならなかった大学講師の比ではない苦しさがある。山県の無言の威圧を背負っていたにしても、現実には軍・内務・文部機構の低レベルの圧力を日常的に受けていた。その上、ボスを同じくしても子分たちが派を成して、忠誠度を競いつついがみ合うのはふつうのことだ。背後の〝圧〟があるだけに、ことは複雑な現れようをする。

ともかく表現者として愉快であろうはずがない。先述「発売禁止論」の中で平出は、「自分は弁護士として国法の解釈に容喙《ようかい》する資格を持ち、同時に雑誌スバルの編集者として出版法の支配を受ける……故に（警視庁の）意見に就き同意すべき点と否《しか》らざる点を分かち論述する資格をもつ」との趣旨を述べていた。鷗外の『ファスチエス』は平出との交流から生まれている。二人はこのとき確かに共闘していた。

漱石にはこんな鷗外と平出は二重写しで映っていたことだろう、むろん平出が背後に見え隠れする位置で。平出への言及は事実上ない。ただ没後のこと、大正三年四月一七日付け馬場勝弥（孤蝶）あて書簡中に、一か月前の彼の葬儀につき、「此間平出君の永訣式の時一寸御顔をみましたが……」だけ（『漱石全集 十五巻』昭和四二年版）。葬儀には出たが、馬場の顔を見たのが主関心で平出は、そのついでの言及だ。平出の方は漱石が『猫』連載で脚光を浴びだした明治三八年（一九〇五）「明星」一二月号の評で、『薤露行《かいろ》』（「中央公論」一一月号）を絶賛した。アーサー王伝説に基く漱石の翻案作というべきもの。

決闘に赴く途次の騎士ランスロットを一目で恋した少女は、思いを込めた衣の片袖を贈る。それを着けて勝利した騎士だが帰りは素通り、王城へ愛馬に鞭あて馳せ去った。少女「小船の中にわれを載せ給へ。山に野に白き薔薇、白き百合を採り尽して舟に投げ入れ給へ。――舟は流し給へ」。平出は「苦心の痕見えて愛読すべき好小品」と。ただし翌三九年の漱石連載『二百十日』には、「期待した程のものでなかつた」（明星一一月号）。『薤路行』の薤はニラ、その葉にできた露がハラリと流れ落ちるので、悲涙…そして挽歌となる。その余情は五年後、日露戦争への非戦詩「お百度詣」で知られた美貌の弟子、早逝の大塚楠緒子《くすおこ》への手向けに実を結ぶ――「あるほどの菊なげ入れよ棺の中」。

反自然主義として漱石も鷗外も平出も、そして鉄幹も同じだった。だから一緒という訳では全くない。漱石の気品あるロマンは、薤露行とその延長にある『夢十夜』によく現れた。鉄幹らの明星には歯牙にもかけていなかったようだ。精神の貴族主義には野卑と映ったか。法律人・平出はその主要係累に見えたのだろう。

平出自身が発禁を食うのは幸徳ら処刑の二年後、「事件」被告の一青年を主人公にした『逆徒』（「太陽」九月号）で、余命すでに半年のとき。翌一〇月号同誌に直ちに「発売禁止に就いて」で抗議。自分の雑誌で起こったことならそのままにするが、創刊一九年におよぶ知識階級を読者とする（太陽）誌が、秩序紊乱の故を以て警察処分を受けたのは、自分一箇の都合で黙過するわけには行かぬ…と変わらぬ魂魄の闘志で書き出す。九千字ほどの稿（四百字で二〇数枚）、途中に編者の注で〈この項全部二〇〇行抹殺さる〉とある。

末尾に不思議に思うことがある…としてこう書く。「余は社会の公人として何程の位置にあると云ふ人物では無いが、兎に角社会的行動を為すに際し、未だ嘗て衷心の疚《やま》しさを感ずる様なことは無かつた。自分の利益栄達を図る為に社会に於ける言説を二三にしたこともなく……内務当局者は秩序破壊の汚名を（余に）与へた。しかも多くの誤謬と、粗雑と、邪推とを交へた見解の下に、余を罪人扱にした、不思議の感じがすると云ふのは即ちこの事である」。

その一二月、通巻六〇号でスバル終刊。その辞「病床より」は編集担当の平野万里あてで、「余は十月二十六日から発熱した、もう今日で三十日にもなる……余の患つて居る骨瘍は、まだ病勢があまり進んで居ない、これ位の病気で発熱するのは、あまりない事だといふ。そのあまりない事に余はあたりついた訳だ」で始まる。末尾、「筆記をして貰つて居てさへもう疲れた。気力が尽きた。……働けるやうになつたら、大磯へども行つて、二三ケ月間世の中を忘れやうと思ふ。もしそれでも書く事が出来れば……発表しよう、さようなら」。

しかしなお書いた。翌大正三年三月号「新日本」に「平塚明子の共同生活を評す」。これもなかなかの長稿で、「元始女性は太陽であった」明子の愛人Hとの事々しい同棲生活入り宣言（「青鞜」誌）を、新しい女の生き方とはこの程度のものだったのかと断罪するものだった。その当否はともかく、末尾の補足に「本稿を起して半ならざるに、余は発熱……文章の拙いのは為方がないとして、論旨の説いて尽くさない処のあるのは遺憾である（大正三年二月十五日於自宅識）」と。三月一七日永眠、遺言により遺体は陸軍軍医学校で解剖に付された。――文芸院で漱鷗の関係は長らく緊迫した。漱石は自作が発禁になることなど考えることもなかった作家だろう。

第二節　山県への近侍と『食堂』

軍医は陸軍の重要な機構だが、量的には小セクションに過ぎない。すでに全国家権力を掌握する山県にとって、出身母体である陸軍でさえすでにワンオブである。鷗外が陸軍医のトップにしても、山県の目線からすれば微細な一点に過ぎない。直接に権力を操る本筋の田中光顕・平田東助・小松原英太郎ら君側の位置づけとは違う。政治の枠、軍の枠があり論功・昇進も直接把握下に置く。文人は自ずと別枠であってそれ故に心楽しむ。強い教養コンプレックスから文化人にこだわった。この域において鷗外を重用した。

同じ山県傘下ながら直接政治権力系と、側近文化人は肌合いに違いがある。前者は彼らなりの法治者意識をもち、後者と齟齬・きしみは生じがちで、発禁問題にそれが現れた。その文人系が反発したからといって即反権力、ましてや反体制という訳ではない。ただ、リアリズムの政治家である当の山県にとって、阿諛追従だけの文人は価値がない。現実には阿諛系が多い。それはそれでよき心地にもしろ、それ故に林太郎の価値がまた高くなる。

枢密院議長の山県の議長秘書官として明治四一年（一九〇八）年八月から身辺にあった入江貫一に『山縣公のおもかげ』（一九二二年）があり、こう記述する。公は文芸的思潮の変遷に注意しており専門家を招いて談話を聞く場合、「最も屡々《しばしば》出入りしていたのは幸田露伴、森鷗外氏等であつた」。入江は山県の死去二年前の大正九年（一九二〇）まで、その地位にあった。つまり鷗外が物書きとして新たに出発した時から終了までほぼ全期間に重なる。むろん山県賛美の本だが、それだけに批判的に読めば種々の読み取りができる書になっている。

その場はそれなり自由であったのだろう。「やさしい人」なる評価も生まれた。軍・政治枠ではどうしても確執が生じ、論功を競う昇進の生臭さが付着する。山県はそれとは違う空気を暫しでも望んだのだ。その辺の機微を心得た林太郎である（弁えがなく恩愛を求めて林太郎を煩わせる〝文化人〟もいた）。政治権力と摩擦を生みながら、一面の真理を鋭く突く大胆な作品が生じる所以であり、そこが買われた。だから「芸術の認める価値は、因襲を破る処にある。因襲の圏内にうろついてゐる作は凡作である。因襲の目で芸術を見れば、あらゆる芸術が危険に見える」（『沈黙の塔』）と文学の本質をズバリ衝く。もとより制動地点は心得ており、この記述も作品のなかでさらりと書き流す。並みいる追従者に無い貴重さであり、御意に叶う。

明治四三年一二月号「三田文学」掲載の『食堂』は、前号の『沈黙の塔』と共に幸徳事件の関連作として注目されてきた。事件の緊迫感がピークになった真最中の作だ。正確には一二月一日の刊〔ほぼ正確にこの日に出ている〕、公判開始は一〇日。新聞報道も緊迫の度を強めていた。この段階で「大逆」の語はまだ使われていない。――ある役所の下僚用らしきわびしい食堂に、木村・山田・犬塚の三人が昼飯に来て事件を野次馬的に話題にする。その中では一番知識人らしい木村〔むろん森の二分解の名〕が無政府主義の解説を、二人から問われながら行う。プルードン・バクーニン・クロポトキンらの名を挙げながら。犬塚は「君馬鹿に精しいね」と冷やかす。木村より後輩だが、某局長の眼鏡で任用された男で〔その知るところは全て上部に通ずる〕、いまでは上役になり木村の方が丁寧な言葉遣いだ。犬の字は意図的に使っている。山田は毒にも薬にもならないおとなしい男、素朴な聞き役でいわば一般大衆の代表だろう。

ヒヤリとする諧謔味の中に意味深長さを込めているのが伝わる。自分の考えということでは全くありません、高名な西洋人の説の紹介まで…としっかり歯止め、なーんちゃってである。犬塚をだれに比定するかはいくつか説がある。あえて「後輩」とするところが、連想を惹起する人物を年長者に溯らせないための煙幕だ。森山重雄は石本新六とする（『大逆事件＝文学作家論』一九八〇年）。石黒忠悳の方がより蓋然性は高い。あるいは平田東助であってもいい。米沢藩出で山県より一〇歳ほど下、維新後すぐロシアとドイツに留学し政治学のドクトルを得る。新政権の最初期エリートだ。ドイツではビスマルクの社会主義弾圧に学んだ。第二次桂内閣の内務大臣で幸徳らの事件を担当する。もともと伊藤博文の下で事務官僚として出世し、明治二三年に四一歳で貴族院勅撰議員となった（血塗れ仕事をしてきた山県からは際立つ栄進に見えたか）。『食堂』を山県はニンマリと読んだ可能性がある。その辺の呼吸が一番分かっている当人である。とはいえ自身にも重なる思いもあったか（後述）。石黒については前年の『魔睡』で決着をつけている。

ところで「鷗外日記」一〇月二九日に、平田内相・小松原文相・穂積八束教授・井上通泰・賀古鶴所と椿山荘に会し、山県から午餐を饗されたことを書く。例により内容を記すことはない。幸徳らの事件は法務と内務が主軸の二輪で造られたが、作業量として圧倒的なのが内務の警察だ。そのトップが平田東助である。この三日後の一一月一日、幸徳ら二六名に天皇への危害を定めた刑法七三条「皇室罪」の適用を求める（その場合死刑）、あの予審意見書が大審院に提出された。文書化された事件の全容で、現在の起訴状に当たる。それに基づいての公判となる。

つまりこの会食は、事件ストーリーを固めた予審意見書の完成を、山県のもとで内々に祝う打ち上げ宴なのだ。ことを始動させた赤旗事件から二年の成果！であり、幸徳の在米活動をいち早く山県に注進した穂積八束の同席が示唆的だ。鷗外は権力トップシークレットの保有者であった。下座で聞くだけの拝聴（傍観）だったか。『食堂』の一般大衆役の山田は賀古鶴所だろう。

　幸徳事件の概略を記しておく――。明治四三年（一九一〇）六月初め幸徳秋水が逮捕されたのを契機に秋口まで（内山愚童は一〇月末）に計二六名が拘束された。秋に予審調べ（今の検事聴取）がなされ、一一月一日に大審院へ七三条適用の意見書（同起訴状）を提出。同条事案は三審制は適用されず初審が最終審、死刑判決でも控訴なし。一二月一〇日に公判開始、非公開で証人喚問もなく、二五日に検事の死刑求刑、三日間の弁護人弁論を二九日に終了（二八日に平出弁論）。年を越えた一月一八日、二四名に死刑判決（一二名は七三条適用外で有期刑）、翌一九日に特赦で一二名は無期懲役に減刑。二四日に一一名の死刑執行、管野スガのみ翌二五日に（調書・判決書では戸籍名のスガ）。七三条適用外の二人も一審で最終にしたことが、まずもって無効（違法）裁判であることを明証していた。

　ことは「大逆事件」と称されてきた。この語の経緯も書いておく。ときの刑法七三条は「皇室罪」の名の下に、「天皇、太皇太后、皇太后、皇后、皇太子又ハ皇太孫ニ対シ危害ヲ加ヘ又ハ加ヘントシタル者ハ死刑」とあり、これが全文である。加ヘントシタとは実行に入ったが事が成らなかった未遂のことで、それでも死刑ということだ。「大逆」なる語は法文に存在しない。語の起源は古代の律令に由来し、山稜（陵墓）及び宮闕《きゅうけつ》（皇居）破壊のことだ。謀反（天皇への危害）

を一番目におく八虐の二番目の条で、つまり物損である。幸徳らの件が恐怖感のある「大逆罪」の名で洪水のように世上に流れたのが、判決翌日の一月一九日の新聞紙面だ。前日の大審院判決書にこの語が使われたからだ。メディアの原義である「筒」＝拡声器の機能が最大限に機能した。

判決書の前にも確かに「大逆」の語はあった。先述の予審意見書の中、「宮下太吉は……爆裂弾を造り大逆罪を犯さんことを」と出ていた。上述の通り法的誤用である。内部の秘匿文書であり敗戦後にわかったこと、予審聴取した潮恒太郎ら三人の東京地裁の検事局判事が書いた。それはまず聴取したことを書いた調書（予審調書）の中に現れ、それらをまとめた意見書の本文中に引き継がれ、一月一八日の判決書では冒頭の表題で堂々の「大逆事件判決書」となった。

翌日からの大洪水となり定着し、現在に及ぶ。本来、この予審の調べ自体が大審院判事がしなければならない定め（裁判所構成法）だが、同院検事局の実力者・平沼騏一郎が「（大審院の判事では）心もとないから」、息がかりの東京地裁の潮らを来させて「やらした」ものだった（平沼の後年の「回顧録」＝拙著『幸徳・大石ら冤罪に死す』一二〇頁）。

この語が官製造語であるとしたのが宮武外骨で昭和二一年（一九四六）のこと。「大逆事件と云ふ恐ろしいやうな言葉、これは支配階級及び其支持者、迎合者の側で云つた名目」と（『幸徳一派大逆事件顛末』の自序）。事件の本質を突く最重要な指摘であった。この語を予審調べの潮ら自身が誤用（あるいはそれを承知）で使ったのか、予め大審院から指示があったのかは明確でない。意見書と判決書を比較査読したわたしの心証では前者と考える。ただし文字通りの誤用ともいえない。既述のように本来「皇室罪」なのだが、ときの法学界で「大逆」を使う法曹人も一部に存在した。中心があの江木衷だ。そこから引用使用した可能性はある。

勉強成果ともいえるが、判決書では予審意見書中にあったこの「恐ろしいやうな言葉」をズームアップ使用している。文学表現ならともかく、法の司《つかさ》、それも最上位の大審院が使ったことに問題がある。情緒的では済まない、煽情的な飛躍がある。法理を越えた逸脱であり、満を持していたようだ。判決以前、公判が始まる前後からまれに新聞にこの語が現れる（それなり取材の功だろう）のをわたしは確認しているが、すぐ消える。判決まで使用を許さずの達しが出ていたのだ。そして、その巨大活字が躍った一月一九日紙面はそれだけ強烈なインパクトをもつことになった。この語を使う者は、その瞬間に権力の罠に嵌《はま》ることを外骨は指摘した。プロパガンダに乗ってしまうということである。

とはいえ、「大逆罪」が当時でも全て席巻していた訳でもない。本来の「皇室罪」が法曹界や議会ではふつうに使われていた。「幸徳事件」も当初からあった。むしろ法学界を含めてその語が自明の用語となったのは、戦後のことといえる。一つには被告を革命英雄と捉える論が「大逆」に肯定的意味合いを加えたことだ（子安宣邦『大正を読み直す』五八頁、二〇一六年）。これにより意見書・判決書が捏造したものをこちらから肯定するという危うさを生んだ。革命の語が喚起する自己陶酔があり、背景に戦後民主主義の高揚があったのも確かだ。改めて皮膚感覚に滲みるように定着した。その語が発せられた瞬間、思考停止となる。

法的問題の核心部が加ヘントシタルの未遂認識だ。それが実態行動に入って成らなかった未遂か、心の内の計画段階から未遂とするかは、当時の司法・法曹界でも定説がなかった。後者は個人の心の内を裁くことに繋がり、この論者でも原理的にはそれは近代法以前との認識はあったが、天皇に対しては適用外という解釈をした。そこにも躊躇感があったのは確かで、それを突き破るための効用が「大逆」にあり、司法がこの語に飛びついたのだとわたしは考えている。

ただし事案を主導した平沼騏一郎ら検察は心の内説をとったのではない――ここが重要である。実行入りの未遂をとった。彼らは欧州近代法を学んだエリートであり、沽券にかかわることであった。心の内で死刑はその中世宗教裁判となり肯《がえ》んじないところなのだ。論拠としたのが信州の山林での〝爆弾〟試験だ（逮捕前年の一一月）。「爆弾を製造して以て陰謀実行の準備」をなし「爆裂弾の試験を行った者は七三条の罪を犯したと認む」（検事総長発表）。試験はすでに心の内のことではない実態行為であるという筋立てだ。これを至上への危害実行とした。大きな音と煙は出たようで、木の葉や雑草を焦がした（土地名から明科《あけしな》事件と称される）。

執拗にその危険性を印象付ける叙述を展開するが――実は被害にあった枝・雑草を至尊の玉体に擬していた。これは雑木・草＝御玉体という七四条「不敬罪」（三か月以上、五年以下の懲役に処す）事案に当たる。検事・判事が力を込めて公務としてこれをなしていた。牽強付会の不敬、究極の皮肉である（拙稿「幸徳ら全刑死者の冤罪を証す――法理に悖る大逆と平出修の怒り」二〇二一年）。イメージ増幅に使われたのが、予審報告者・判決書の「決死の士数十人を募り宮城に迫り……」

の表現であった。これには一五年前に日本の軍・官と民間浪人が韓国で起した閔妃暗殺事件がベースにあり、平沼はこのとき法務の本庁の若手として〝成功〟事情を知悉していた。

朝日の一月一九日紙面は検事総長発表をこうも伝える――。当初、地元の松本警察署は宮下・新村・古河らを爆発物取締法違反で拘束した（五月二五日）。ここで仲間と思われた清水某が「管野らと大逆を企てている」と密告。長野地方裁判所の検事正はこのことを含め検事総長に指揮を乞うた。総長は清水の陳述は「俄かに信用し難い」として、やはり爆発物取締法での尋問を指示した。ここまではまっとうである。実際、事実は他人のいない場での火遊び程度のことなのだ。同総長・松室致《いたす》のこの対応も、初動の松本署の判断もまともだった。上述「宮城に迫り」などとは隔絶している。

だが同三一日、突如、七三条事案となる。なぜか国家的事件に上昇（堕落か）したのだ。数日での重大な転換の内情は分かっていない。検事総長判断がかくもたやすくひっくり返された。すさまじき命令一下、変節である。命令者の姿は自ずと浮かぶ。翌六月一日、箱根で幸徳秋水逮捕。時の制度では大審院（及び各レベル裁判所）の中に判事局と検事局が併存し、権限・地位とも判事局が上位であった。検事サイドにこの体制への強い不満・鬱屈があった（三谷太一郎『近代日本の司法権と政党』五六頁など）。幸徳らの事件を派手に造りあげ、それを一網打尽にする功で、判事局との地位逆転を狙う意図があった。中心人物が平沼騏一郎、後の首相である。

前年に日糖事件と云われた国会議員の汚職があり、検事陣がメディア連動で成功裏に仕上げていた。大日本製糖（日糖）幹部と衆議院議員二〇数名の間で行われた贈収賄事件で、検事側の「正義」を新聞が大展開した。中心は司法省民刑局長の平沼、検事総長・松室致、東京地裁の小林芳郎、その下の潮恒太郎・河島台蔵・原田鉱、裁判長が鶴丈一郎で、この陣容が翌年の幸徳らの件に移行した。正義として書かれた権力に満足感を与え、来たる重大ネタで燃え上がった感があり、メディアを操るツボも心得たようである。潮ら三人は大審院事案に資格なき者であった。

実は検察の横暴に対しては大正三年（一九一四）二月の衆議院で高木益太郎が「幸徳らの特別事件において……法律を厳正にすべき検察が自ら法規に反し、人権を蹂躙し」と司法大臣や平沼の名も挙げて追求した。同五年にも斎藤隆夫が司法の人権蹂躙を批判した事実もある（拙前稿）。「大逆事件」は使っていない。

判決後に検事総長・松室致《いたす》の発表した「大逆罪の顚末《てんまつ》」が翌日の各紙に載り、これが官の知らしめる判決として流布していく。朝日は判決文については「鶴裁判長が主文を朗読し……左の申し渡しをした」とだけ書き、二六人の罪刑を列記した。実際の判決文は配布されていない。非公開（秘密）をもって始まった裁判なので、その帰結である判決書もその方針が貫徹されたのだ。敗戦後に今村力三郎の資料から明らかになるのだが、内容は同じにしろ構成・表現に違いがある（検察分が前面に出たのは主役は検察である…の意も窺われる）。判決書の方は幸徳の社会主義者・無政府主義者としての来歴から始めるが、松室発表分（朝日は第五面と六面に渡る）は宮下大吉の爆裂弾製造から始め一貫して爆弾話である。

なお朝日に載った上述の松室発表の「顚末」のなかに現れる松室自身の言動――当初は爆発物取締法違犯として指示しながら、数日で一転して七三条「大逆罪」となった変節を示す記事は極めて重要な記録となった（図8）。製造・所持で最高一〇年懲役の事案が一審のみの死刑に…。わたしは厳しい書き方をしてきたが、これぞジャーナリズムの仕事なのだ。記者・編集側がそこまで意識していたか分からないが、権力自らが掲示した事件の本質を示す歴史の事実録、仏語の語源のジュルナル、まさに日付の証文である。他方、松室は自ら一片の信念も気骨もない人間であることを歴史に刻んだ。平沼の直接の上司だが、平沼は歯牙にもかけていない。より上位、総理の桂と繋がっていたのだ。そして公判記録類はいち早く全て「行方不明」になった…とされた。平出・今村が保存した分が頼りの現状となる。

七三条は心の内の段階の予備・陰謀を含め、教唆・勧誘・幇助など有無を言わさず適用するとの拡大法解釈が、事後的に既成事実化した。語感だけでなく、法的恐怖が実体化した大逆罪となったのだ。メディア効果が大きく、政治・法制など当該学界でも連動し定説化した（ほくそ笑む者たちがいた）。予審調書・同意見書はもとより判決文まで秘匿化されたことが、法的検証を妨げた一因にはなったのだろう。検事側発表のメディア向け文章では学問的意欲が削がれよう。ただ、図らずも露呈した検事総長の変節など生感《なま》はこちらにある。

何よりも法の正統性が問われるべきなのだ。ロマンで語られる筋の話では全くない。法を司る者、それも最高位の者が法の冒瀆者であった。簡明に分かるのが上述、七三条適用外の二人が一審で最終にしたことだ。管見の限りこの指摘をしたのは戦後の平出洸《ひろし》（修の孫）で、二被告を「管轄裁判所である長野地方裁判所に当然送致すべき」とした上で、「（大審院の）鶴裁判長および六名の陪席判事が判決してしまう、という重大な過失をおかした。彼らは六法全書をろくに読ん

大逆罪の顛末（五面より續く）

又た四十三年四月中旬に依賴し小ブリキ罐廿四個を製造したることを探知し尚搜査の末太吉が爆裂彈を製造し現に之を所持することを確認したり仍て四十三年五月廿五日松本警察署司法警察官は刑事訴訟法第五十六條に依り太吉を爆裂彈を所持する現行犯人と認め同製材所の工場を搜索し小ブリキ罐二十餘個及爆發藥を押收し尚取調を爲したるに同製材所職工にして被告太吉と親交ある清水太市郎は被告太吉は被告古河力作、管野すが等と共に至尊に對して大逆罪を敢行せんことを謀議したる旨を陳述したり仍て長野地方裁判所檢事正は其報告を齎らして檢事總長の指揮を乞ふに至れり然るに檢事總長は太市郎の陳述俄かに信用し難きを以て爆發物取締罰則違犯事件として嚴密に取調を爲すべき旨を訓令したり是に於て司法

（中略）

檢事總長は明治四十三年五月三十一日右被告事件の送致を受け檢察するに被告太吉、忠雄、力作等は孰れも其企てたる大逆罪の自己の發意に出でたることを明言し被告傳次郎は毫も之に關係なしと陳述せりと雖も傳次郎の平素の主張と其すが、忠雄等との關係より觀察すれば傳次郎が今回の陰謀に干與せざる理由なきのみならず各被告人の家宅を搜索して押收したる被告等の信書の文詞に徵すれば寧ろ其首魁なりと認めたるを以て斷然傳次郎を起訴することに決したり又太吉、忠雄等は

（以下略）

図8　上段後から３行目末、検事総長の「爆発物取締罰則違犯」判断が、下段前から３行目末の「大逆罪」に。火遊びが国家の大罪に転じた事を記録した朝日記事
＝明治44年（1911）1月19日

でいなかったのか」(「幸徳事件をめぐる法制史的諸問題」一九九九年)と。裁判時の修を含む弁護団にも戦後の再審請求にもこれはなかった。ただ、洸論には前段にこうあった。「担当する裁判官は予審、公判を通じて明治人の気骨を持って真剣にその職に当ったのではないかと思料される」。泉下の祖父の思いはどうか、やや感慨を深くするところではある。

弁護団がその指摘しなかったのは、予期していたとはいえ二四名の死刑判決が出て(すぐ半分に特赦)、間髪をおかず処刑執行という怒涛の渦中で、二人の方はともかく微罪判決で済んだというある種の安堵感が生じた事情は考えられる。特赦と共に既定の〝寛刑〟演出にしろ。ともかく法の根本で看過できない裁判であった。一方で、上記の公の場での高木や齋藤のまともな批判もあった。いわゆる大正リベラリズムの機運ともいえようが、当の新聞にいち早く自縛的な萎縮が生じ、プロパガンダに乗ぜられたのだ。何より「大逆」の語が機能した。戦後も思想・文化的側面からの研究が主で、肝心の法律論が遅れた。法の機構のトップがなした公文書の隠蔽・滅却は、現在に至るまで根深い悪弊を齎《もたら》すことになった。

鷗外『食堂』に戻る。先述のようにプルードンら無政府主義者に触れたことが注目されたわけだが、どの程度のことか。森山重雄が書くところが至当といえる。「語られているのは無政府主義の思想そのものではない。それがどんな要求をもって、どんな必然性があって生じてきたものかには一顧だに与えられていない。今日になってみれば、辞典に書かれている説明でも、木村の講義よりはまだましであろう」（前掲書八〇頁、傍線引用者）。むろん、ごく小品であるから詳細な説明はムリなのだが、「辞典」という語に着目したい。鷗外の啓蒙的役割は高く評価されているところだが、それは西洋の先人がなした百科事典と共振するところがある。つまり博覧強記・記憶力抜群の鷗外の頭脳は、本質的に精緻な百科事典的であったということだ（傍線部を的確に為したのが公判における平出修の弁論だった）。

ヒヤリとさせる部分は確かにある。木村が無政府主義について犬塚の質問に答えるところ、「君主だの主権者（天皇のこと）だのといふものを認めない、人間の意志で縛つては貰はないと書いたのはProudhonで」。この傍線部は意図的な曖昧表現で、「権力者の意志で縛られるのは拒否する」なのだ。本書冒頭部（五頁）で、澤田薫が高等官席にいる鷗外を認めて、猪股電火に話しかけた言葉――「僕は彼（鷗外）が最近書いた或る著述を読んだが、――国家そのもの、〇〇《ママ》は人類共存の上に大して〇〇《ママ》のあるものではない――といつたやうな、軍人らしくない意見を吐いてゐたよ」は間違いなくここのことだ。前の〇〇は「天皇」、後は「意義」である。

第三節　露文学と『沈黙の塔』及び漱石

『食堂』の前月の『沈黙の塔』も注目された。「高い塔が夕の空に聳えてゐる。／塔の上に集まつてゐる鴉《からす》が、立ちさうにしては又止まる。そして啼き騒いでゐる」で始まる。疲れたような馬が引く車から何かの荷物が降ろされ、海岸端に立つその塔に運びこまれる。一台の次にまたとなかなか荷物は多い。蹄の音と、小石に触れて鈍く軋《きし》る車輪の響き……。「己《おれ》」がホテルの広間に入ると、「粗い格子の縞羅紗のジャケツとずぼんとを着た男の、長い足を交叉させて、安楽椅子に仰向けに寝たやうに腰を掛けて新聞を読んでゐるのを見た」――男には北米・シンガポール・印度で暮らしたコスモポリタン大石誠之助のイメージがある。

男は死骸を運び込んでいるのだと己に説明する。Parsi《パアシイ》族の中で危険な書を読むものを仲間内で殺した遺体であり、権力粛清を暗示する。同族のなかで英語・仏語・独語などが読める少壮者が出てきて、無政府主義の革命党の運動も起こり、爆裂弾を持ち歩く者が出てきた……と。まだ幸徳らが処刑される前だから、この事実を踏まえた訳ではないが、誠之助のイメージで語りだしたところが興味深い（冒頭部だけの登場）。「大逆」なる語は一切ない。直接には二年前刊のロシアのL・アンドレーエフの『七死刑囚物語』に喚起されたと思われる。

本国で即大ヒット、直ちに英・独・伊訳された。時の司法大臣（ロマノフ王朝）へのエス・エル団の暗殺未遂事件を扱ったもの。男女五人のテロ未遂者と庶民の殺人犯二人の、判決から一昼夜で同時刑執行されるまでの心理・生理を描く。牢屋はこう描かれる。「投獄されていた要塞には、古めかしい時計のある鐘楼があった。一時間ごと、半時間ごと、十五分ごとに、その時計はなにやらゆっくりとした、悲しげな音をたてて鳴り出し、渡り鳥の遠い哀れっぽい叫びのように、高みにゆっくりと溶けていくのだった。……馬の蹄がかつかつと鳴り……海からは湿った暖かい風が時折りどっと吹き寄せてきた」（小平武訳・河出書房新社版）。夜更けて列車に乗せられ、早暁に降りた駅から雪解けでぬかった春の道を歩かされる、森野の中に角燈が二つ揺らめく、そこが絞首台だ――ことが済み、「馬車に乗せて、出発した。伸びた首、ものすごい、飛び出さんばかりの眼。膨れた青い舌……」。

ドイツ紙をとり寄せベルリンの書店とも契約、この欧州文化アンテナを張る鷗外は、いち早く七死刑囚を入手していたに違いない。だが、より早く書いていた作家がいた。漱石である。『それから』の第一七回（明治四二年七月一三日紙面）、つまり『沈黙の塔』の一年半近く前。「代助は今読み切つた許《ばかり》の薄い洋書を机の上に開けた儘、両肱を突いて茫乎《ぼんやり》考へた。代助の頭は最後の幕で一杯になつてゐる」。以下、上記の角燈の揺らめく絞首台以降の描写を八百字ほど続ける。漱石は実際に読んだ訳ではない。山房に出入りする一番の愛弟子、小宮豊隆が同三月から一か月の間に自分のもつ独訳本で口述した（小宮豊隆日記）。一年前に赤旗事件（四一年六月二二日）があり、朝日は翌二三日紙面に「日本の露西亜《ロシヤ》化▽錦輝館前の大騒動▽無政府党員捕へられ」の見出しで大きく伝えていた。翌二四日紙面には幸徳が郷里の高知へ帰ったことも（七月末の上京時に新宮の大石方に滞在、これが謀議の核心に造り上げられた）。

赤旗事件とは明治四一年（一九〇八）六月二二日、神田の錦輝館で開かれた山口孤剣の出獄歓迎会が終わったとき、大杉栄・荒畑寒村らが「無政府共産」の赤旗を掲げて通りに出ようとして警官隊と衝突、二人および管野須賀子を含む一五人が拘束された事件だ。幸徳秋水を支持・心酔する青年ら（幸徳自身は病気静養中で不参加）であり、新聞が大々的に報道した。直前の五月に西園寺（第一次内閣）は総選挙で大勝したが、七月に総辞職となる。西園寺の社会主義運動への対策が甘いとする元老・山県有朋の画策があった。天皇に直訴していた。

パアシイ族とはペルシャの拝火教徒のことで、高い台上、あるいは山・岩の頂に遺体をおく鳥葬の風習をもつ人々のようだ。ゾロアスター教ともいい、ここからニーチェとの思想的関連を説く『沈黙の塔』論も生じたが（鷗外の脳内辞典に鳥葬の知識位は十分にあっただろう）、この作を直接動機付けたのはアンドレーエフ作に違いない。漱石はその衝撃を短い引用で済ませたが、鷗外は新たに一作を成した（漱石への対抗心もあったか）。すでにメディア社会であり、不穏なニュアンスで報じられた無政府主義者の動向が作家の鋭敏な神経を刺激していたことが分かる。

鷗外の場合は、すでに市ヶ谷の監獄に収監された彼らが、聴取のため日比谷の大審院へ囚人馬車で頻繁に往復させられていたときだ。明らかに自らの文学的感性の噴出として書いている。書かずにはいられなかったのだ。それは幸徳らへの共感、あるいはその捜査への秘めたる抗議という次元のものでは全くない。彼はそういう作家ではない。傍観主義である。悪意で言っているのではない——作家の心《しん》で発火したものが、いつものように高じて手の動きを作動させた。共感・抗議でないと同時に、権力者への媚びでもない。鴉に自らの鷗《かもめ》を掛けた共感（幸徳らへの）という論もなされたが…そういうことでも全くない。ただにアンドレーエフ作が激発させた文学精神であり、まさに鷗外作品なのだと思う。

この作品も『食堂』と同じくバクーニン・クロポトキンら無政府主義、さらにマルクスの資本論の名も出す百科事典的説明の退屈さはあるが、七死刑囚に絡めたロシアの思想弾圧への批判、なにかと野蛮なスラブ族ロシア（ルス）国へのあてつけがある。鳥葬のパアシイはロシアのカモフラージュで（山県主導で進行中の日露協商も視野にあったか）、他方で当日本国の文化政策批判も込める（文芸院設置を推進中）。一か月後の『食堂』は揶揄・皮肉が前面に出て、すでに忖度臭もかなり醸し、文学性では上作とは思えない。両作（一一月一日と一二月一日刊）の間に一〇月二九日の予審打ち上げ祝いの椿山荘の午餐会があった。この意味は大きい。この午餐会前からも毎月の常盤会（幹事である）があり、事件について何らかの情報を得ている。『沈黙の塔』はまだ午餐で詳細内容を知る前の筆、『食堂』はすでに知った段階だ。後者のある種お茶を濁す感への後退（知り過ぎて）はここに起因すると考えられる。

漱石『それから』では先述アンドレーエフ引用の後、主人公・代助の心境吐露が興味深い。

「彼の父は十七のとき、家中の一人を斬り殺してそれが為め切腹をする覚悟をしたと自分で常に人に語つてゐる。父の考へでは兄の介錯を自分がして、自分の介錯を祖父《じゝ》に頼む筈であつたさうだが、能《よ》くそんな真似が出来るものである。父が過去を語る度に、代助は父を江らいと思ふより、不愉快な人間だと思ふ。さうでなければ嘘吐《うそつき》だと思ふ」。

これとは正反対の価値観を付与した人間造形が、後の鷗外作の興津弥五右衛門、安部一族と思う。『安部一族』（大正二年一月）は藩主・細川忠利の寵臣、一七歳の内藤長十郎が死の床の忠利を介護する。「だるい」という足をさすりながら、そっと持ち上げて自分の額に押し当てて、名誉の殉死切腹を切実に乞う。切腹は最上の栄誉なのだ。その栄誉を許されなかった安部一族の無念の話である。その一年後に究極の切腹願望の『堺事件』が出る。

なお『七死刑囚物語』の初訳本は大正二年（一九一三）五月、相馬御風により海外文芸社から出た。幸徳ら処刑の二年後、御風は平出に献呈。平出はスバル七月号にこう書いた。「相馬御風君が送つてくれた。……俺は此小説が単純な傾向小説であるとは思へない。死刑と云ふものの悲惨と無意味とを説明する為に作られたものとは思い度《たく》ない。アンドレ《ママ》ーフが弁護士であつたからつて云ふことは（彼は弁護士助手の作業から作家活動に入った）、此の小説とは関係なしにしたいと俺は思ふ。……此小説には処々に偽があると云ふ人もある。それは自然主義の外に何ものをも見ない人達の偏つた見方から云ふのではあるまいか」。

ようやく幸徳ら公判開始の高官傍聴席に、森林太郎がいた理由を説明できそうである。既述のように山県の林太郎への着目は『舞姫』からであった。いわゆる小倉左遷中に訳したクラウゼヴィッツの戦争論が、彼の知遇を得る機縁になったとする説（弟・森潤三郎）があるが、機縁は早くに舞姫であった。戦争論が御意を強める効果はあったにしても。元老・山県に来る情報は公的なものは何段階をも経ており（いわばハンコが幾つも押されたもの）、生の情報は少ない。田中光顕ら最側近でもすでに大官であり、彼らからの報も一定の加工済みに違いない。独裁者の孤独である。文人中心の常盤会を必要とした動機でもあった。思惑で近づく文人が多いことも分かっており、そんななかで格別に意に叶う存在が林太郎であった。

冷静で時代を代表する表現力、巨魁と目された幸徳に知的に勝るとも劣らない、格好の観察(傍観)者なのだ。錯綜した事態のなかにある上司が、信頼できる部下に「君、ちょっと様子を見て来てくれ給え」という、世間にままあるケースである。座席はただちに確保され、軍医総監への言及を許さずのメディア規制がかかる。もとより鷗外日記にこのことはない。と言うより、事件発生の六月から死刑終了の一月二五日までの七か月間、いわゆる大逆事件に触れた記述は一行一字もない。ないからなかったということではない。重大なことがないのが鷗外日記である。あるいは日記には本来的にそういう要素があるのだ。しかも彼は自分のこの日記がいずれ刊行されることを既に意識している。因みに当日の一二月一〇日(土)は、「晴れ。鈴木本次郎筆受に来ぬ」だけ。いつ山県へ報告に行ったか。

翌一一日の日曜は河井酔茗ら六、七名の文人・彫刻家が来訪。一二日は知人を新橋駅に送り、何やらの大将からの使者が来宅。一三日も谷中の葬儀に出て、夕は築地精養軒で伝染病研職員の招宴となかなか忙しそうだ。一四日(水)、「平出修、与謝野寛に晩餐を饗す」――これは鷗外が平出の法廷弁論のために無政府主義の説明と欧州の社会情勢を講義した、と従来説かれてきたもの(後述)。一八日(日)に「常盤会のために椿山荘にゆく」――このとき報告か、むろん違う。

あまりに遅きに失する、御大がうずうずしているのだ。会のときに別室に行ったとしても落ち着かない。

はっきりしている。開廷当日の一二月一〇日だ。午後四時閉廷、即参上をしている。目白まで人力車で一走り、公用車が用意されていただろう。その場には賀古が同席している。鈴木への「筆受」作業がアリバイに読める。実際それがあったにしろ夜のこと、眼くらまし記述だ。山県との面会を明記するのは年が明けた一月一日で、「椿山荘に祝詞を述べにゆく」で例年のこと。御大はそれまでとても待ちきれないし、何より大勢の参上者だ。そして死刑当日の一月二四日、二五日は縁談の話などと次々来訪者の記、世はこともなしの長閑な日常風景を叙す。

鷗外に幸徳ら一二人の「死刑囚物語」はなかった。だが、ひねりをかけたのが『阿部一族』や『堺事件』であり、何より『大塩平八郎』なのだ。改めて類推すれば、かなりの権力詳報を得た山県邸午餐会から一か月、その作『食堂』は『沈黙の塔』からの単なる後退ではなく、痛烈な皮肉込みのユーモア作ともとれる気配がある。あの抜け目ない出世頭の犬塚を当の山県として――。

そこは、「雨漏りの痕が怪しげな形を茶褐色に描く天井、濃淡のある鼠色に汚れた白壁、廊下から覗かれる処だけ紙を張つた硝子《がらす》窓、性の知れない不潔物が木理《もくめ》に染み込んで、乾いた時は灰色、濡れた時は薄墨色に見える床板」と描写された。山県の経歴（索漠たる兵営・兵舎暮らし）と士族未満の出自を、いま現在の椿山荘や諸豪邸と密やかに対照しつつ、暗示したようにも読めるのだ。傍に控える茶坊主役の山田は加古鶴所。「馬鹿に詳しい」木村に、大物囚人（幸徳）の生身観察の役目が託された。当該報告は豪邸での相対の午餐で、賀古は同席するにしろ。

　ここの描写を読み取ることが出来るのは山県本人しかいない。心中微苦笑したにしろ、いまさら腹を立てる彼でもない。すでに「武」でも「文」でも本音を言ってくれる人間はいない。文人・林太郎の存在価値《レゾンデートル》なのだ。文人系取り巻きにありがちな、「温順を装って権勢に媚びる態度」（「高瀬舟」中の表現）とは違う存在感。孤独な独裁者に危険のない一刺しをしてくれる者こそ、ある種知的な緊張感のなかで自己を取り戻させる存在となる。道化役《トリックスター》ともいえる。『食堂』はそのパフォーマンス性をことさら露呈する形で作った作品なのだ。むろん時とタイミングのＴＰＯが必要で、それをきかせるためにも通常の恭順・賛辞は弁えている。閣下の西行・帰京には深夜でも新橋駅に見送り・お出迎え、元旦のご挨拶はもとよりだ。山県にとって刺激的なよき文人であった。だから爵位のこともすましてやり過ごすことができた。

　戦後の向坂逸郎に辛辣な言がある。「鷗外は、ずるい所がある。いや、鷗外は聡明でありすぎたようだ、といいかえてもいい。鷗外は、まことにいろいろのことを知っている。しかし決して自分の考えを直接言わない。誰か西欧の偉い人を援用しながら、いう。だから誰かが喰ってかかって来ても、ちゃんと逃げ道がこしらえてある。鷗外の船には「逆艣《さかろ》」がついている。社会主義を非難するのも、これを援護するのも、鷗外自身ではなく、ヨーロッパの他の誰かである。鷗外は自分の手をよごさないで、見ている。鷗外は第三者である。あるいは傍観者である。釣りのことに豊富な知識をもっているが、自分で糸をたれようとしない。手がよごれるからである」

（「森鷗外と社会主義」一九七〇年）。

逆櫓（艪）とはふつうの櫓と反対向きにつける櫓で、前後の動きが自由自在にする装置――屋島の戦いで梶原景時が提案して義経が怒ったというもの。まことに言い得て妙な譬えである。

早くに三宅雄二郎（雪嶺）がこう言っていた。「鷗外は調和すべからざる二つの異なつた頭脳を有つて居る。一つは彼れが軍職にある関係より、養い来たつた上官の命令に服するといふ風の頭脳で、他の一つは彼れの近時の作に現はれたる如き風俗壊乱的の頭脳である。この二つは到底調和ができない。（文藝評論家時代は効果があったが）今日の作は、彼れの道楽、乃ち酒を飲み煙草を吸ふ代りの暇潰ぶしとすればよいかも知れぬが……あんな物は寧《むし》ろ書かぬ方が宜いと思ふ。露伴の如く沈黙を守る方が賢である」（『太陽』明治四三年七月号）。風俗壊乱とは一年前のヰタ・セクスアリスのことだ。この年一月に『独身』で小説家・鷗外宣言をした林太郎に、雪嶺評はむしろ背中を押しただろう。二か月後の『ファスチエス』の中で登場の悪魔《デモン》が、雪嶺の「到底矛盾を免れぬ」を引用してヘロヘロ文士を叱りつける。ヘロヘロを自認した上での開き直りの返しだ。

本格小説家時代となる。

改めて『食堂』の三人、犬塚・木村・山田はなかなか意味深長である。これは林太郎が山県邸を私的訪問するときの座の構成ではないか。山県・林太郎・賀古――そもそも『舞姫』にあるように、豊太郎（林太郎）の天方伯（山県）と繋がりは、伯秘書官だった友人の相沢謙吉（加古鶴所がモデル）のとりなしだった。山県も、林太郎自身も「私は話をするのが非常に下手」（『混沌』）

と自認したように饒舌家ではない。賀古がいることで話が円滑になる。死の床でも賀古を呼び遺言を筆記させた所以である。

『食堂』『沈黙の塔』はその大事件を示唆しながら書いたが、「大逆事件」と言及していない。この語自体への関わり方を推察するため、念のため彼が大正二年（一九一三）に初訳した『マクベス』の王殺しの現場露見の場を見ておく――二幕三場だ。貴族マクダフが「sacrilegious murder!」と叫ぶ（sacrilegious は聖性を冒すの意）。将軍マクベスが「なんといふ……」と驚いたふりをする。マクダフ再び「murder and treason!」と。こう訳された。「祠荒《ほこらあらし》の弑逆《しいぎゃく》が」「弑逆だ、謀叛だ」。

一方、坪内逍遥は同五年の全訳のなかで両者を、「無慚至極の弑逆が」「大逆罪を働いた者が」と（早大出版部・富山房刊）。大逆の語の登場である。後に二度改訳し、昭和一〇年（一九三五）の死去直前の定稿が「冒瀆至極の大逆罪が」「大逆罪を働いた者が」と、双方にそれを登場させた（『ザ・シェークスピア――全戯曲（全原文＋全訳）全一冊』所収、第三書館、一九八九年）。それが恐怖の語感で定着していった時代である。逍遥のこの「大逆」が戦後訳の本でも定着したようだ。

treason を「オックスフォード英語大辞典」（二〇〇三年版）で見ると、①として「裏切りの行為」であり特に身分の差異のある間での事ではないようだ。②として古い英国法では high treason と言われ、王またはカマンウェルスへの攻撃との趣旨を書く。あの七三条（天皇）または七七条（国家）との関係性のようなものか。treasonだけで「大逆」に近い語感があるのかどうかわたしにはわからない。原典のマクベス言にhighはついていない。

ともかく「大逆」の語はシェークスピアからも権威づけられた。だから今も当方の和英辞典に「大逆事件」としてthe High〔Great〕Treason Incident（『新和英大辞典』研究社、二〇〇三年）が現れる。しかしhigh treasonにしても当方における「大逆」とイコールなのかは慎重を要する。むしろその語にこちらの意味性を付与している可能性がある。当方からその原語にその色合いを帯びさせて、改めてそういうものとして受容する。いわば自作自演の文化的ブーメラン効果である。上の和英辞書で単語の頭を大文字にしているところにも微妙さを窺わせる。

実は幸徳らの事件のころ、刑法学者の泉二新熊《もとじしんくま》が上記英語と独語Hochverratを例示して既にこういう趣旨を説いていた。「彼の地でも君主に対する（この表現の）特別の罪を設けているが、それは君主本人に対する殺行為であり、我が刑法のように広く（祖父・孫まで及ぶ）皇室家族への危害を一括して極度の厳罰を加えるのは極めて稀である。これはわが国体観念の違いがもたらすもの」と。つまり大逆は日本の特殊な法制・国家観を負うた語であり、これに直接整合する語は西洋にはないと言っているのだ（『日本刑法論 下巻』一四頁、一九〇八年初版）。

鷗外がその語が世間に衝撃を与えて生々しい時に、『マクベス』でそれを使わなかったのは興味深い。弑逆も上位者殺しに違いないが、わたしたちにはどうもピンと来ない漢語だ。歴史的に民衆層レベルから最上位者殺しなどなく、皮膚感覚に即さないということがあろう。つまり芝居語なのだ。それだけに大逆の「恐ろしいやうな」感覚への、執念と言える権力側の刷り込みがあった。百年の重みでそれがわたしたちの心理に作用している面がある。とにかく言語・原語に厳密だった鷗外がこれを使わず、あえて外した語を使ったのに着目したい。

律令にも精通する考証家であった。既述のように古代法で大逆とは陵墓及び皇居の破壊で、天皇への危害の謀反（謀叛とも）を一番目におく八虐、その二番目の条、つまり物損だ。

最晩年の公務が天皇没後の諡号（贈り名）論である『帝諡考《ていしこう》』であり、『元号考』であった。記紀はもとより大宝（養老）律令の知識にも通じなければ手を染めてはならない仕事。上位者・王殺しを正しく「弑逆・謀叛」とすることで、世俗の「大逆」に加担しなかった。逍遥の方はシェークスピア劇と歌舞伎・浄瑠璃に共通性を見ており、国劇の活性化にそれを生かす意図があった。何より観客を前にした上演が本意であり、時世の恐怖の語となったそれに積極的に掛けたのだろう。鷗外は芝居用に非日常の芝居語を使った。

漱石もシェークスピアの英語は「日本語の翻訳を許さぬもの」と逍遥訳のハムレット公演を真正面から批判した（「東京朝日」明治四四年六月五〜六日）。研究者の立場だろう。現在までいくつもの訳が出たが、逍遥のマクベス言「大逆」が、鷗外の「弑逆・謀叛」を制し市民権を得たようだ。大逆が怒涛のように皮膚感覚に滲みていく時、鷗外は使えば効果が増すはずなのに、考証を採った。その語を文明の西洋語も、こちらの誤用にしろ権威付けたが、与《くみ》さなかった。言語への感覚がその思想性・傾向とは別次元で作品に格調を齎《もたら》していた。

ここを書いている秋の一日、大阪・天満宮の古書市に出かけて野上豊一郎訳の岩波文庫『マクベス』に出会った。該当部は「人殺し」「叛逆」、そして「弑虐」で大逆はない。初刷り一九三八年（昭和一三）の三九刷り一九七八年（昭和五三）版。漱石の門人。

『食堂』中の「君主……だのといふものを認めない、人間の意志で縛つては貰はない」は、澤田薫がいみじくも喝破したように「国家そのものの天皇は人類共存の上に大して意義のあるものではない」の意に違いない。君主（天皇）を神でなく人間で受けているのにも着目したい。ここでは箴言《しんげん》的な短文で済ませたが（なんちゃって調に韜晦しつつ）、改めてマイルドな表現ながら正面からこの問題を扱ったのが、二年後の『かのやうに』（後述）であった。猿問答を展開する。多くの脳内引き出しをもつなかに、このテーマの箱が確かにあった。

第五章　山県の民衆恐怖と邸宅三昧

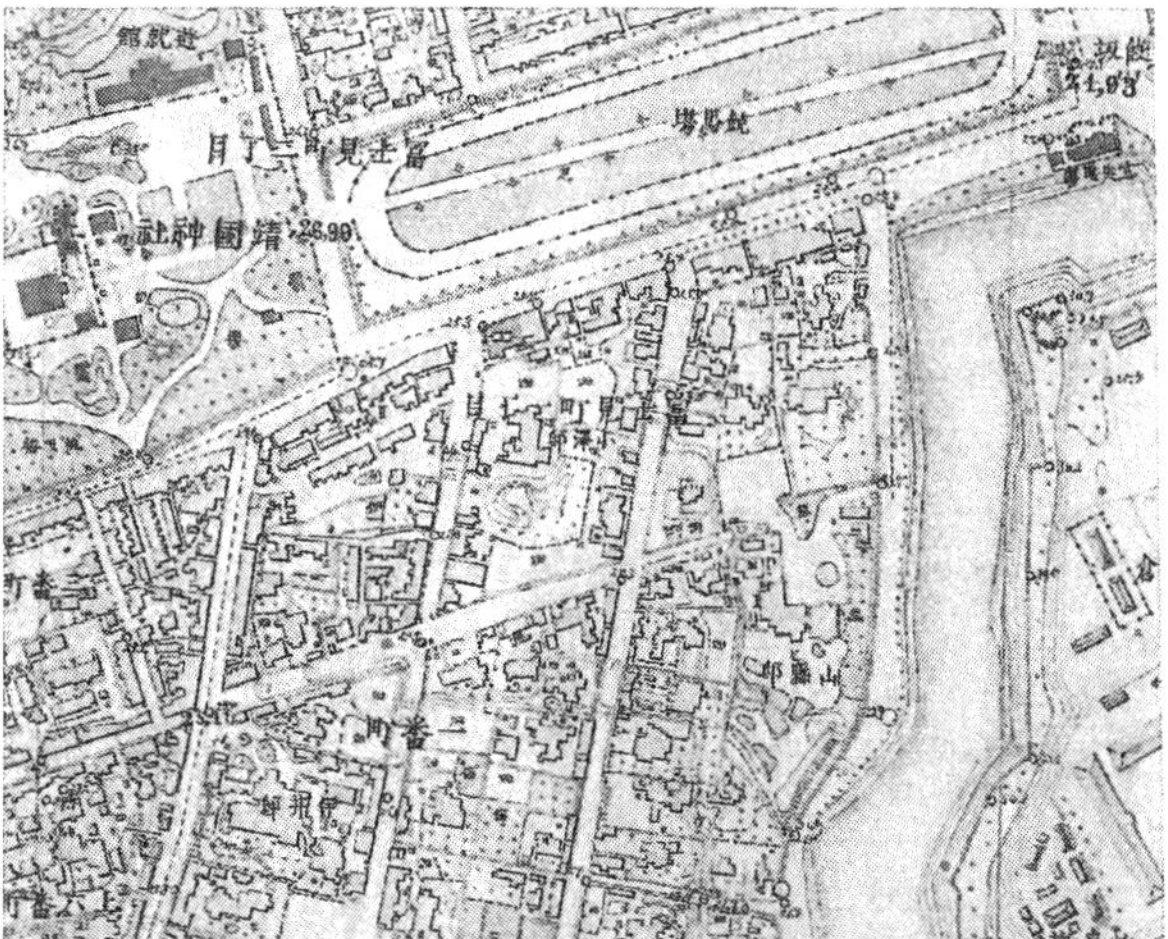

千鳥ヶ淵わきの最初の山県邸。下端が尖った細長いホームベース状で約2400坪　　＝明治16年（1883）陸軍参謀本部図

第一節　反乱奇兵隊始末のトラウマ

山県には暗い負い目があった。最強の権力を得て、逆に不安感を増した気配がある。その解消の主標的にされたのが幸徳秋水であった。メディア（新聞）を利用し煽った世の恐怖心が、自身に跳ね返りまた己の恐怖心を増幅させた心理過程が窺える。幸徳の姿には奇兵隊時代の上役・赤祢《あかね》（赤根とも）武人（裏切りとして斬首）や、西郷隆盛の残像が重ねられていたか。その西南戦争を片付けた翌年、手塩にかけた近衛砲兵隊が起した武装反乱（竹橋事件）の苦い体験もあった。論功行賞に不満だったらしい二五〇名ほどが決起し、大砲を引いて赤坂の仮皇居に進軍した。近衛の歩兵隊でともかく鎮圧し、五三名を速やかに銃殺した。何よりその少し前、最大の功のはずの当の奇兵隊が、反乱軍となり血で血を洗う内戦を引き起こしていた（拙『幸徳ら……』第四章）。血塗れた手が生む被害妄想があり、反転して、新たなる不穏集団に見えた無政府主義への神経過敏な反応となった。

山県は天保九年（一八三八）、長州・萩に仲間《ちゅうげん》の家に生まれた。仲間とは武家の奉公人で、一応は士族である足軽のその下に位置した。長州での幕末の騒乱下、藩上士の高杉晋作が作った庶民武装の奇兵隊に入り頭角を現す。戊辰戦争では既述の北越戦を指揮し苦戦、維新のとき三九歳だった。彼の伝記は昭和八年（一九三三）に徳富蘇峰編述の『公爵 山県有朋伝』として完成した。

蘇峰は鷗外と並ぶもう一人の代表的取り巻き文人だ。山県の死から一一年の後の刊で、批判的読みが必要な書である。吉田松陰下での英才振りや、幕末の奔走も書くが、岡義武のいう、「後年「明治の元勲」とよばれるようになったが、しかし、明治維新にあたって彼の演じた役割はさほど大きいということはできない。彼は維新を生み出す巨大な流れに動く代表的な、主役的なひとびとには属せず、この過程において登場してくる多くのワキ役の一人にとどまっていたといっていい」(『山県有朋』一九五八年)が正確な所だろう。

奇兵隊ではトップである総管の赤根武人《たけと》(同年齢、医師の子)が斬首されて、副の位置の彼が継いだ――上位との熾烈な権力闘争というより、上が消えて(死んで)ヌッという感じで地位を襲う。赤根は安政の大獄で梅田雲浜が最初に捕えられた時、吉田松陰の指示で救出に向かい、幕吏につかまり牢入りした人物。幕府の第一次長征の時、長州藩内部が対決派と和平派に割れたとき赤根は後者に属し、高杉の前者路線(山県も)の勝利で失脚した。ほどなく高杉も没。明治政権になっても木戸孝允・西郷隆盛・大久保利通ら上位者が次々消えて、山県は浮上していった。陸軍を直接掌握していく。

目障りだった唯一の存在、やや格上の伊藤博文も消えた(幸徳ら事件発生の半年前)。性格は陽の伊藤に対し陰。「一介の武弁」を標榜し槍術に励んだようで、『伝』によると学問への志向も強かったようだ。早くから歌・文の師匠を身近に置いたのも、かなわざる思いからと思われる。北越戦の名歌「あたまもる砦のかゝり影ふけて夏も身にしむ越の山風」が生まれる所以である。

前掲の入江貫一著によると和歌の師としたのは「近藤芳樹、小出粲《こいでつばら》、近くは井上通泰博士……中にも小出翁の歌学について屢々《しばしば》賛嘆」とし「その他」に、森鷗外・佐佐木信綱、賀古鶴所ら六名をあげる。登場人物は軍・政の者がほとんどとはいえ、鷗外は既述（一四九頁）とここの名前のみ二か所。山県の座右の書として「日本外史一部と小出翁の歌集とは手提げカバンの中に、又家居のときは手近の棚の上になくてはならぬもので有った」。天皇や政府宛に多くの意見書を書いたが、歌は生硬な文章とは異質な王朝風の柔らかさだ。小出は五歳上の浜田藩士の歌人で、明治一〇年に宮内省文学御用掛となりこの頃からの山県の師であったよう。明治四一年《一九〇八》没。

奇兵隊が四民平等の組織という評は、敗戦後にむしろ左翼・進歩派サイドからなされたが、実態は冷静に見た方がいい。武士の正規軍が弱体化しており、高杉が士族に取り立てを口実に庶民の力自慢を募った（自身が正規軍を指揮する地位になかったこともある）。別名の幾つかの同種組織もでき、合わせて諸隊といった。徳川封建体制の矛盾が深まり、民衆層にも不満が鬱積していたなかで高杉の宣伝はよく効き、「士族になりたい」願望の者たちが集まった。藩庁としても補助軍はともかくも助けだった。だがこの口約束が禍根を残すことになる。戦闘における奇兵隊の無差別攻撃、殺戮と死体放置の惨状は、東北各地で起こった。とくに会津・白河戦線での惨劇が知られる。なりゆきとして相手からの報復行動も引き起こした。戦争とはそういうものにしろ、負の相互連鎖である。

奇兵隊には重大な戊辰の戦後史がある（以下主に田中彰著と一坂太郎著による）。諸隊が不要になったのだ。明治二年（一八六九）一一月末、藩は「精選」して常備軍として残す者以外は除隊とする令を出す。不満が一気に爆発し、脱退兵が続出した。藩から見れば反乱だ。かねてから隊内において幹部の不正・堕落、士と農商ら庶民間の身分・待遇の差別がくすぶっていた。翌三年二月一日、精選により排除された諸隊隊員たちが三田尻周辺に集まる。一八〇〇人の記録がある。折りしも大規模な農民一揆が起こる。

不穏の情勢下、二月八日と九日、山口付近で反乱軍と藩軍（木戸孝允の指揮で〝精選〟常備軍が中心）が衝突。反乱側の死者約六〇名で鎮圧（藩側は同二一名）――引き続き脱走者の探索が中国始め九州、大阪、名古屋、越後に及ぶ。年内に二二一名を捕縛、うち斬首八四名、切腹九名、首は各人の地元で晒《さら》した。さらに四月始めの六日間、三つの地域で脱隊兵の挙兵が続く。直ちに鎮圧、三五の晒し首となる。つまり一応記録に残る者だけでも死罪計一六三人、戦死八一の総計二四四人余の死者だ。戊辰時の会津・白河戦を思わせる残虐な事態が、それも直前まで戦友だった若者同士が相食む形で行われた。

総管ら幹部クラスにも同調者が出た。一坂著『長州奇兵隊』は禁門の変から幕府・長州戦、戊辰戦と奮戦し、常備軍に「精選」されながら反乱奇兵隊の指導者となった佐々木祥一郎や長島義輔らの悲惨な運命を記す。連行中、鉄棒で叩きのめされて斬首された祥一郎、大穴の淵で二五人の先頭に首を切られ次々と屍が積み重ねられた義輔など――「為政者たちは、民衆の力の恐ろしさを知っているだけに、見せしめのような処刑をした」と同著は記す。

指導層でも山県始め三浦梧楼、品川弥二郎、井上馨、山田顕義、寺内正毅、伊藤博文らは国家の重鎮となり、藤田伝三郎、野村三千三（山城屋）は巨大政商となる。さながら奇兵隊マフィアである。むろん実数ではごくわずかであり、多くの同郷人を踏み台にしていったというのが実態だ。権力者となったマフィアには奇兵隊・諸隊を流血処分したやましさの共有があった（アナール派歴史学に即して言えば罪悪感の集団心性《グループマンタリテ》である）。山県より一〇歳程下の桂太郎は一二五石取りの中級藩士で、戊辰戦は正規軍の中隊司令であり、新政府下でも軍制改革で山県に協力していくが、どこか齟齬感のある関係となる。

ちなみに鳥羽・伏見から箱館戦までの〝官軍〟戦死者を『靖国神社忠魂史 第一巻』で数えると山口藩全体で一八〇名、うち奇兵隊が六九名で、その五五名が長岡を中心とした北越戦争だ。一八〇中には既述の反乱諸隊士の二四〇余は入っていない、つまり戊辰の本戦死者より反乱死者の方が多かった。もとより栄誉の切腹はあり得ず、屈辱の斬首・さらし首である。鷗外の『堺事件』は、士分になりたい願望のすさまじさを描いた。はらわたを抉り出しどうだと誇示するが、その一念はかなわず、「御残念様」に終わった話だ。壮烈な意地、それを描く観者（鷗外）のどこかさめた視線がある。微《かす》かに滲む冷笑も…。その筆者は微禄とはいえ、由緒ある士分の者。生まれながら切腹する権利をもち、幼児から母にそう旨躾《しつ》けられていた。山県への微妙な意識が読み取れそうなところである。

山県は奇兵隊による残虐と奇兵隊への残虐を終生語ることはなかった。奇兵隊という語さえ口の端に乗せることはなかった。この点で伊藤博文はある意味で正直だった。俊輔だった志士時代の文久二年（一八六二）一二月二二日、江戸で国学者の塙次郎《はなわ》（保己一の息子）を山尾庸三（後に工部卿）と共に刺殺したテロルを周辺に隠さなかった。金子堅太郎の編になる『伊藤博文伝　上巻』（一九四三年）が明記している。正直というには躊躇するが、ともかく内閣制の初代総理大臣の栄誉を担った。他方、山県には実権を得るに従い影・裏のイメージが増していく。

奇兵隊反乱の最中、彼は国内不在であった。内乱半年前の六月、藩主の命を受ける形で憧れの欧州旅行に発っていた。「攘夷」は方便であり薩摩の西郷従道と同道した。帰国は九州まで波及した反乱がほぼ片付いた一年二か月後、明治三年（一八七〇）年八月のこと。狂介から有朋を自称するようになる。『山県伝』は上・中・下の三巻計三千六百ページ余の巨巻だが、同乱についで中巻に「ほどなく平らいだ」と数行書くのみ。それは語られざるトラウマの深さを物語る。

山県伝の同年一〇月の年譜には「十日大阪を発して萩に帰省し、家族を引纏め東京に帰る」とある。九州・日田での最終鎮圧にめどがついており、東京にはすでに「帰る」のだ。庶民の「武士になりたい」願望などにはすでに辟易、心中で一蹴していただろう。いち早く設けられた華族制の方に意識がいっている。軍ではプロシャに理想を見、全国民の徴兵制に向かう（二年後の明治五年に勅）。なお伊藤博文が根回し推進した岩倉具視の大遣欧米使節団の出発は明治四年秋である。伊藤は幕末に国禁脱出の訪英体験がある。新政権下早々の山県の外遊に負けじの念からも国家的大派遣団の意欲があったようだ。山県の場合、早々の渡航は隊内の不穏な動きをいち早く察知した逃避行でもあったのだろう。

彼は伊藤の四年後の明治二二年（一八八九）一二月に第三代の総理大臣となり、年初に公布された憲法に基く第一回議会で、施政方針演説する初の首相となった。それが朝鮮利益線論だ。帝国の繁栄は東アジアの経営にかかっており、大陸の利益線を確保するため予算は陸海軍費を優先するという趣旨。「利益線防備」という表現でまず朝鮮支配を意味していた（朝鮮独立を言ったが、まず清国支配を排除する意）。議会でこれについて質疑は行われていない。その五年後の八月に起こった日清戦争では第一軍司令官となり、軍は釜山から鴨緑江岸の義州へ半島を縦断。九月、京城で発した檄文に「生きて虜囚の辱めを受けず」があった。

これは全滅まで戦い自決を覚悟せよであると同時に、おめおめとこちらの捕虜になった「敵」を処断する論でもある（一九四一年、東条英機の戦陣訓となる）。敵は「我が軍を妨害し害する者」と定義していた。日本人でもそういう者は敵、ここには反乱奇兵隊処分の残影があり、やがて幸徳らもその対象となる。一一月、義州から天皇あてに「釜山から義州に至る道は東亜大陸に通ずる大道で支那《シナ》から印度に達する道……わが国が覇を東洋に振るうために大道にしなければならぬ、その道にしてもわずかに二三の剣坂があるのみ。幾多の河川に架橋するにしても決して鉄道を敷設するに難しくは無く……百年の大計を躊躇すべきでなし」との意見書を出した。

半世紀後の八月一五日まで当国はこの山県スキームを歩むことになる。

第二節　築邸への執念と文化人交流

山県は椿山荘で知られる邸宅を始めとして、各地に広壮・瀟洒な屋敷をもった。城造りに凝った秀吉に擬した気分が窺われる。派手好みの顕示欲旺盛な秀吉とは確かに違い（むろん時代の差もあり）、豪奢ながら地味作り、外部からの目を慎重に遮断した気配がある。邸宅造りも含めて山県を論じたのが岡義武（前掲著）だった。西南戦争（明治一〇年）から東京へ凱旋した後、「山県は目白の椿山に一万八千坪の土地を得て、ここに彼の構想による造園を行い邸宅をつくって、椿山荘と名づけた。そのときまでは、彼は麹町富士見町に住んでおり、その家からは遠く富士が眺められた」と。現在の文京区西南部、目白といわれるところで晩年に藤田（伝三郎）家に譲渡し、今もホテルとして名を残す。ここが林太郎の山県との主要な交流の場であった。

『山県伝・下巻』によると、近郊へ遠乗りの際に、目白の椿山下に「岡本某の所有に係る旧旗本の下屋敷があったのを購入し、これが規模を拡張した」とある。四〇歳、明治一〇年ころのこと。木戸孝允、西郷隆盛、大久保利通という倒幕運動期からの先輩格の三人が同一〇～一一年に死んでいた。敷地は東西約二五〇メートル、南北二四〇メートルの一万八千坪。邸内の北半分が高く中央部から段丘状に神田川落ち込む地形、湧水池沼あり野趣豊かな武蔵野の原風景を留めていたようだ。取得から四〇余年、大正初期に元奇兵隊員にして政商の藤田に売却したが、多く持った邸宅のうちで最も著名なものとなる。

次いで明治二〇年ころ、湘南の大磯に「小淘庵《おゆるぎあん》」を営んだ。五千坪内外あったようだ。明治四〇年ころ三井男爵家に譲り、小田原の城山に「古稀庵」を営む。同庵は大磯邸を三井に売って取得したとする六千坪。この地は秀吉が北条氏を滅ぼし（一五九〇年）事実上の天下統一をなした地――その意識があったに違いない。漸次付近を買い足し約一万坪とした。著名庭師を招き名園に仕上げる。さらに続きにある清浦奎吾の別荘地二千坪を大正二年（一九一三）に譲り受けた。蒼海と陽光のこの地を最も好んだようではある。

少し遡り明治三五年（一九〇二）ころ、東京市中の小石川の水道町に一邸をつくっている。伝は「わずかに五百坪に過ぎない」と。椿山荘から神田川沿い少し下流の「新々亭」、サラサラと読ませたらしい。神田川の流れを利用した築庭で、市中の山居の風があった。没後、夫人・貞子の邸宅となったと伝は記す。貞子は元芸妓で前妻亡き後に添うたが入籍はなかったようだ。既述のように井上通泰が「常盤会は明治三八年一一月、お招きにあい小石川区水道町のかかへ屋に伺ったのが始まり」としたところ。

京都にも早くに邸宅を営んだ。「維新後、京都に遊ぶごとに往時を追憶し」、鴨川が分流して高瀬川に入る地点、旧角倉邸を購入し、「無隣庵」とした。奇兵隊時代の下関で最初の結婚で持った小家の名を継いだという。明治二四年ころのこと。市塵雑踏の圏内のここを七年ほどで手離す。

高瀬川への流水取り入れの義務作業があったらしい。すぐに南禅寺に近い静寂の地を得る。二代目「無隣菴」となる。琵琶湖疏水の分流などを引き込み、庭の巨石は醍醐の山中より二〇余頭の牛に運搬させたという。大坂築城用に秀吉が使おうとしたが運べなかったもの、と山県自身が晩年、蘇峰に語っている。

日露開戦の前年四月、ここに山県・桂・伊藤・小村が会合し、満州はロシア優先、朝鮮は日本という対露交渉方針が決められた。翌年二月の開戦までに、満州も日本とする強硬論に変わって行くのだが、最初は弱気だった山県を突き動かす秘密会議が主にここで行われた。前年九月三〇日には朝日の池辺三山が訪ね、三時間にわたり語気を強めて開戦を説いた（『社史 明治編』四三七頁）。昭和一六年に京都市に寄贈され、現在も無隣庵の名で国の名勝として公開されている。

旧角倉邸の初代「無隣庵」を舞台に林太郎は作品を書いた。名作『高瀬舟』である。大正五年（一九一六）一月号「中央公論」誌上であり、同じ一月号の佐佐木信綱の「心の花」誌に医史的解説といえる「附高瀬舟縁起」の小文を出した。両者で一作である。中央公論の本文は「高瀬舟は京都の高瀬川を上下する小舟である」で始まる。作中に角倉邸の名は出て来ない。他方、「縁起」の書き出しは「京都の高瀬川は、五条から南は天正十五年に、二条から五条までは慶長十七年に、角倉了以が掘ったものださうである」と。山県はどちらも直ちに手にしたに違いなく（むろん献呈）、もと所持者としてウム…だろう。解説はまず以て御大《おんたい》宛てだった可能性が高い。

入相の鐘の鳴る頃に漕ぎ出した舟は、黒ずんだ京都の町の家々を両岸に見つつ下る――弟殺しで遠島となる住所不定の喜助の話。幼児から二親を亡くして他人の恵みで育った兄弟だが、病で動けなくなった弟が兄の留守中、掘っ立て小屋の布団の中で、剃刀でのど笛を切るが、死に切れない。出血のなか自ら刺し通すことも引き抜くこともできない。帰った兄に「抜いて楽にしてくれ」と頼む——意を決した喜助が引き抜き、弟は絶命…その場を近所の世話焼き老女が目撃。

喜助の語りを廻送役の同心・庄兵衛が舟中で聴く問答の構成をとる。のど笛を横に切ってからの描写がリアルだ。「死に切れなかつたので、其儘剃刀を、抉《えぐ》るやうに深く突つ込んだものと見えます。柄がやつと二寸ばかり創口から出てゐます。……わたくしは剃刀の柄をしつかり握つて、ずつと引きました」。——冷静であることが狂であり、狂であることが冷静…介錯である。

腹を切りのどを突く…こういう情況は戊辰の戦場、あるいは反乱奇兵隊始末で少なからずあったのであり、もとより山県が多く知る。彼が林太郎に語る戦場体験だったのかも知れない。聞く林太郎も軍医である。自らも日清・日露戦に従軍。専門家としてことを精緻に解説する。この作はプロ同士の合作と取れないこともない。ゆかりの地というだけでなく、山県の心を深くとらえている。ここには二人での話題がどういうものであったかを自ずと類推させるものがある。

このことと文学の価値とは関係ない。死を幇助し得るかという究極の問いあり、その思想性・詩情・文章表現において至上の文学と思う。あるいはディオニソス的な狂と、アポロ的な冷静・冷厳との鮮烈な融合結晶…を見るのも可能かも知れない。鷗外の最高作の一つに違いなく、あえてその内一つを選べと言われれば、わたしは躊躇なくこの作をとる。文学の魔性性である。

山県はさらに八〇歳で英国公使館の西南わきに新椿山荘をもった。伝記はこう書く。「椿山荘を男爵の藤田平太郎〔伝三郎の子〕に譲与した後、小田原の古希庵を常住の居としたが、折々の上京の際に宿がなくてはならないと（富士見町邸及び新々亭があるはず）、三〇年来、公の所有であった麹町五番町の邸宅四百坪に、西隣二百坪余、北隣百坪を取り広げて七百坪の地積上に、西洋館及び付属日本館を新築した。大正六年一一月に落成」と。同伝の年譜によると「大正六年（一九一七）一二月一五日、目白の旧荘を引き払い、麹町の新邸に移り新椿山荘と名付けた」とある（ロシア革命の年でソ連承認問題で春から度々政府の会議に出席）。空き地だったもとからの所有地四百坪と新増分を合わせた七百坪の地積に新築した…と読める。三〇年来というから、明治二〇年（一八八七）少し前あたりから土地をもっていたことになる。椿山荘が完成したころだ。

問題は取り広げて組み込まれた西隣二百坪余と北隣百坪の計三百坪のこと。詳細は拙前著に記したから略すが、該当地が陸軍用地であり、時の陸軍大臣・大島健一がこの地を融通する手配をした事実を記しておく。新椿山荘造営の一年前、「番町官舎の件……ここはまだ相当余地がありますので、今後（建築）進行の都合（次第）により、さらに必要ならば申し付けて頂きたく」という地積取り広げ提案、大正五年（一九一六）六月三〇日付の山県宛て書簡が存在する（国会図書館憲政資料室「山県有朋関係文書26冊」所収）。

屋敷はまだある。山県は椿山荘などの前に皇居の千鳥ヶ淵わきに持っていた。そもそもの最初の私邸なるもの。岡義武が「麹町富士見町に住んでおり、その家からは遠く富士が眺められた」と書いた物件だ。山県伝は下巻で「公と其の邸宅及び築庭」と一章を立てて五五ページにわたり上記各邸を縷々述べているのに、なぜかこの富士見町邸については事実上、触れるところがない。不動産転《ころ》がしといえるいかがわしさが浮かぶのだ。

明治一六年の陸軍参謀本部図の北の丸地区には、この場所に「山県邸」と明記されている（**本章扉絵**）。細長い野球のホームベース状で東西ほぼ六五メートル、南北一二〇メートルで、二四〇〇坪近い（軍トップの屋敷地の計測において下僚らに遺漏のあろうはずがない）。目白の椿山荘は一〇年の西南戦争から帰っての購入ですぐには住めなかったようだから、それ以前に住んだのがこの千鳥ヶ淵邸だったことになる。諸隊反乱を鎮圧した明治三年・〇月の年譜中、「萩に帰省し家族を引纏め東京に帰る」とあるのは、ここか。

江戸末期の絵地図で見るといずれもこの地は「御用地」「明き地」などと記されている。江戸内の各所に設けられた火事の火よけの公共的用地だ。「山県邸」の北側が靖国神社（元幕府歩兵調練場）、南側は一六年図から皇族邸になっている（現・千鳥ヶ淵戦没者墓苑）。これらは江戸に侵攻した新政府軍、とくに長州軍が直ちに接収した場所に違いない。

長州軍総司令の大村益次郎が新政府軍戦没者の招魂社（後に靖国神社）をここに選定したのが、山県邸などの成立に与っている。当初、木戸孝允は上野の地を考えていたが、上野戦での敵方亡魂の地なので、大村が九段上の現在地に定めた。まず諸藩から提出の三五八〇余の戦没者を祭る。

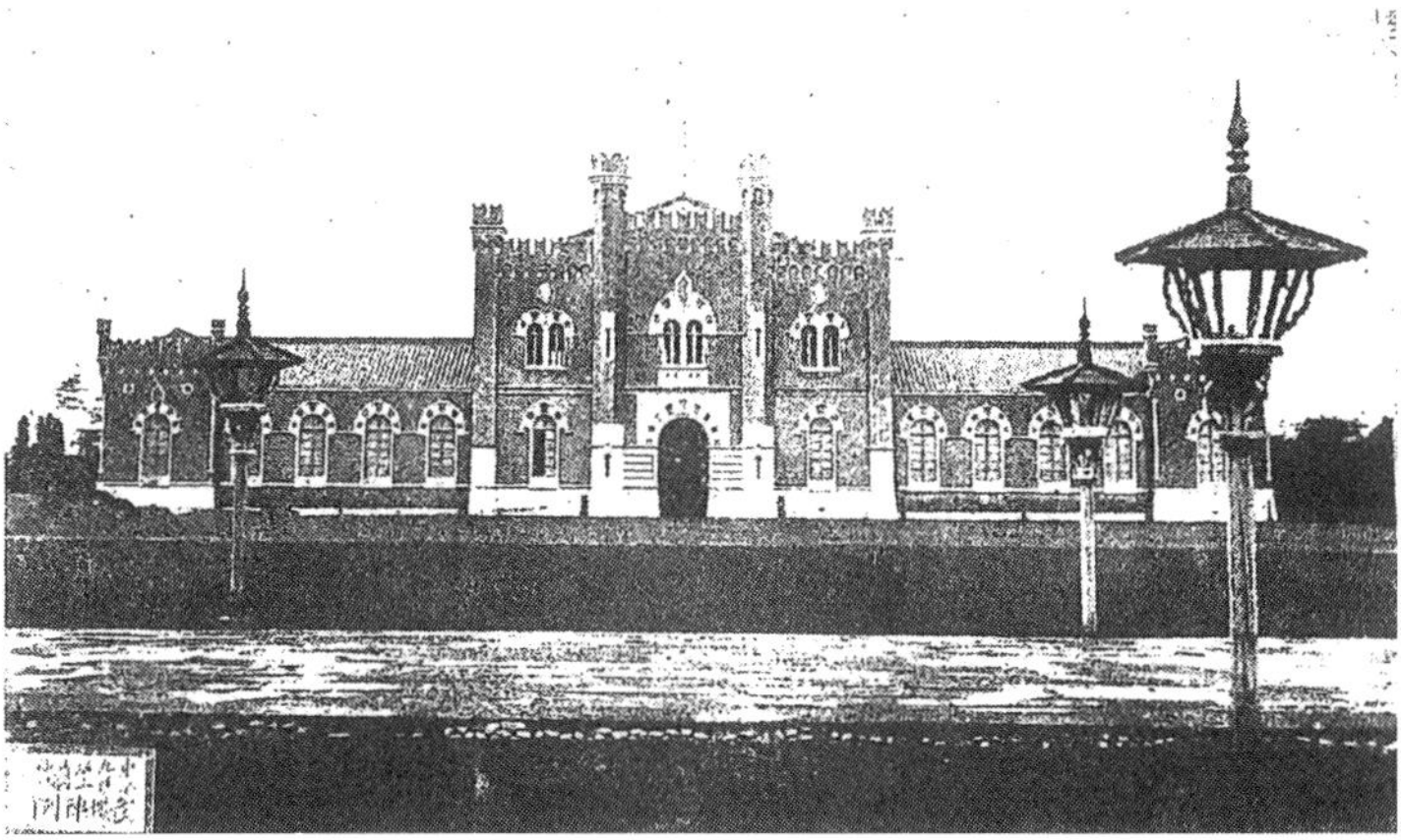

図９　ロマネスク調の旧遊就館
＝隈元謙次郎『明治初期来朝伊太利亜美術家の研究』から

道路整備を軸とした一帯の土地の割り振り（都市計画）のなかで、自ずと長州優先となる。神社の北隣りが木戸孝允邸（現・九段高辺り）だ。西洋式神社を考えていた大村自身は選定半年後、長州国粋派の襲撃に倒れた。明治一三年に完成した武器類展示の遊就館は、イタリア人カペレッティの設計で同国古城の趣のロマネスク建築だった（図9）。壁や窓に十字架の意匠が施された（関東大震災で壊れ昭和初期に今の本邦帝冠様式に）。

社の歩みが大村及び初代宮司の青山清の意向通りだったかはやや疑問だ。青山家は輝元以来の毛利の臣で萩の神官も務めていたという。ほどなく大村の巨大銅像造りが始まるが、清はこの過程でほぼ最下位の「正八位」を受ける。だが「昔から世話をしてきた百姓あがりの伊藤博文が総理大臣で、侍のお手伝い（中間《ちゅうげん》）だった山県有朋が内務大臣だったので「正八位」などどうでも良い肩書きである」という意識があった（青山幹生ら著『靖国の源流 初代宮司・青山清の軌跡』二〇一〇年）。位階は一位から八位までで各、正と従があり計一六ランク。ちなみに伊藤・山県とも一四ランク上の従一位。最上位の正一位は公家（下位にしろ）の岩倉具視と三条実美で、ここには庶民出へのしかるべき扱いが窺われる。それぞれが居所を得た感覚があっただろう。

上述の千鳥ヶ淵脇の火よけ地は勝利した奇兵隊が占有し、なるべくして山県邸となった。萩の生家は「坪数は約一五坪内外の矮屋、ほどなく移った蛍雪の苦学の場は僅々四坪内外」（『伝』）だった野心的な少年が、三〇過ぎで新都の広壮（に違いない）超一等地を得た。不動産への欲望も惹起されただろう。——上述の初代宮司の言に一応付言しておく。山県の場合は千年前の清和天皇に家系は到るとする。同様の元勲はさらに派手に神代まで（各『伝』）。

入江著に興味深い記述がある。維新後の間もない頃、皇居の周囲の濠の松は必要でないので、刈り倒して薪にして売るといいと言う議が起こったとき、「公はこれを惜しんで私財を投じて購い、これを保存したという話を聞いたことがあるが」と入江が尋ねると、「私財を投じたということはないが、その話が起こったとき惜しくあり、皇居警備上の遮蔽物として存置する必要もあり、陸軍の機密費で買収して（保存がかなった）」との答えだった。官のものと私財と機密費と、胡乱《うろん》の気配がある。山県の自邸取得にも自己の支配する陸軍からの購入（取り込み？）らしき気配があり、その運用でも公私混同があることは前著で書いた。新椿山荘の陸軍大臣申し出の地積「取り広げ」、千鳥ヶ淵邸の公共地私物化と通底するやり方である。

小田原の古稀庵について鷗外は気恥ずかしくなるような賛をした。「古稀庵記」と題し、「此庵の名をしも古希とおほせられつるはあるしの公爵の七十にならせ給ひし年に造らせ給ひぬれば也とそ　公爵のかく稀なるみ齢にならせ玉ひていよゝすくやかにおはするはけにもよろこはしきことの極なりけり」と書き出し、「公爵は一代の俊傑におはす……背向の山は北條氏のよれりし小田原の城址にて對《そろ》ひ峙《そばだ》てるは豊太閤のたむろしつといふ石垣山なり……」。そして「公爵の気高くをゝしきみ姿を猶《なお》年久に此山水の間に見てしかなと思ふ心をいさゝか書いつくるになむ」と結ぶ。千字ほどの中に公爵を七回散りばめた。日記によると明治四二年一〇月から一一月にかけて佐佐木信綱とともに推敲を重ねたものであることが分かる。公刊するものとは違い、屋敷内に額装のご祝儀作ではあるにしろ…。深奥の願望が滲む。幸徳ら捕縛の半年前のことだ。

入江著に大正一〇年（一九二一）初夏に三越の七階建て新館が完成して、山県が一覧に出かけた記述がある。死の半年ほど前、日本最高の屋上の塔にのぼり「天に手が届き富士も筑波も麓にみえることよ」との感動の一首を短冊に記した。侍していたあの石黒子爵（前年に男爵から昇格）が、短冊裏に「この高塔に登臨せられ即吟眼鏡もかけず書せらる、傍らにあり勇健を感じここに付す」などと添えた。入江はこの即興賛を記録し、鷗外の上述力作に触れなかった。

山県は翌年二月に死去、入江著はその九月刊だ。大々的に報じられた国葬だが、一般参加者は少なかったようだ。ともかく入江は刊行を急いだに違いない。その間の七月九日に鷗外も死んだ。それなり大見出しの報道であり、「墓名は単に森林太郎之墓のみにして貫いたい」との遺言も朝日は伝えていた。入江著に鷗外死を入れるのは時間的に無理だったにしろ、彼には事実上触れることなく、他方で石黒へのこの言及は、入江自身の目線からの位置関係であるにしても、山県のそれを反映しているようでもある。洞ケ峠の志士、今オヂイサン子爵はやはり難敵だったのだ。

優れた職能人・匠の手によるこれら邸宅は見事なものだ。むろんそのことが軍・政の権力者としての彼を正当化するわけではない。そこには彼の貴族であることへの執念を見てることが出来る。それは折々の写真（正装でのそれを好んだ）の服飾・ポーズ・顔貌の仕様によく現れていた。「天方伯」の自己造形化である。入江はこう書く。「公は身丈高く眉秀で中々の好丈夫であつた、其の上頭髪の手入れもよく、衣服も始終きちんと着なして居られるから、若い時は定めて美丈夫であつたらう」。逆であり、そのように自ら仕上げていったのだ。太刀を携えた幕末期の写真はなかなかの凄みだ。攘夷の志士たちは文明の華の写真好みであった。一様に大太刀を誇示して収まり、テロリスト風情を醸す。民衆から出た狂介は、民衆を最も侮蔑する有朋であった。

築邸趣味を詳しく書いた『伝』は、長州・萩の生家について上記のように「坪数は約一五坪内外の矮屋に過ぎ」ず、ほどなく移った蛍雪の苦学の場は「僅々四坪内外」と。蘇峰は小屋を暗示したのか。大正四年ころ、他人の所有になっていた生家の地を藤田伝三郎の子の平太郎が「買戻し、さらに公に譲渡した……その坪数六百八坪余」と。蘇峰自身は熊本の郷士で惣庄屋の生まれ。士族としては最下位だが、社会経済史的には維新を準備したとされる豪農層である。

山県が生まれた一八三八年（天保九）前後は、百姓一揆が全国的に頻発し、特に長州藩領は激しかった。生活難からだが、それは少し前の飢饉のような自然災害的側面より、不平等な重税への怒りだった。すでに米作の自給自足の農民経営が崩れ（藩収入の減少）、棉・麻など商品作物が広がり貨幣経済化し都市の商業資本も進出して、それと結んだ藩の「専売制」が生じた。藩と資本による生産者の権利取り上げ体制だ。

萩藩は一応改革派が主導権を握り、高利貸し的商人を抑え、財政が好転し幕末雄藩の位置を確保する。農村内の富農と貧農の格差の顕在化は全国的で、耕作地をもたない半プロレタリア層が増大した。江戸・大坂などにも流入し都市半プロ層となる。一揆・打ち壊しのベースである（佐々木潤之介『江戸時代論』二〇〇五年など）。隣接大藩のことを林太郎は幼くから何かと耳にすることが当然あっただろう。

下級武士の生活は民衆と変わらず、低い俸給のさらなる切り下げでむしろ苦しくもあった。基本的にこの層に属した山県が、彼らへの共感のもとに育ったのか、意識では支配する側にあったのかは定かでない。槍一本で立とうとしたと後年語っている。ともかく、民衆が集団化したときの威力を知る人物であった。奇兵隊はそのエネルギーの体制取り込み策でもあった。豪農と下級武士層に浸透したのが国学と水戸学、それに多分に心情からの「知行合一」を説く陽明学で、先鋭な動きとなりテロリストを輩出した。大塩の事件は一八三七年のこと。

山県には邸で世話になった藤田伝三郎（元奇兵隊）など政商との関係が深い。明治五年（一八七二）、徴兵制を進めていたときに生じた山城屋による大汚職事件が名高い。山県が陸軍第二位の大輔《だいふ》の地位で、御親兵を廃して新設された近衛都督を兼任していたときだった。戊辰戦後から兵部省の御用を勤めた山城屋和助が、「大小の軍需品を兵部省に納める兵制改革の過程で巨万の利益を得た上、その信用から数回にわたり省金六四万九千余円を借り入れた」と伝は書く。そこから生糸相場に手をつけ多大の損害を出し、貸付金を返納できず、外遊先の欧州から帰り、帳簿・証書類を焼却の上、同年一一月二九日、陸軍省応接室で「屠腹《とふく》して潔く最後を遂げた」。その前段で逃亡先のパリでの豪遊、一流女優との婚約話、競馬など個人問題を伝はあげて、「直接責任は陸軍会計局の当局者にあり公には何らの疚しき所は無かった」と山県無責任で結ぶ。

この和助が北越戦時、山県配下の奇兵隊員だった野村三千三であるのが知れたのは自殺後のことだ。むろん山県は知っての上の重用である。近衛隊長の野津道貫ら薩摩系将校が長州派の一掃へ気勢を上げたが、西郷隆盛の取りなしで収めたようだ。藤村道生は「長派の軍人・官僚に献金し軍需品の納入を独占……六五万円は歳入の一一パーセント、空前の汚職事件」と（『山県有朋』一九六一年）。山県への処分らしきものは七月二〇日に近衛都督罷免、陸軍大輔はそのままで翌年四月に罷免、だがその二か月後の六月八日にはトップの陸軍卿拝命——山県の経歴における不可解な早期の一例である。

なお不明部分の多い事件だが、何より野村三千三が山城屋になった経緯が分からない。ここでふと気づくのは、既述の片貝村など北越の戦争を伝えた慶応四年（一八六八）春刊行の「内外新聞」のことだ。土佐藩の立場からの新聞で、経営者の一人に京都の山城屋勘助がいた。野村はこの山城屋に関係がありそうである。野村自身が勘助とするのは時制的に無理があるので、跡目を襲ったか。山県には既に土佐出身の田中光顕が近侍していた。一つの線で繋がるのだ。

入江著は、公の生活は禁裏や内治・外交・軍事に関し機密が多く、自分が見聞したことの半分も公表できないことが遺憾であるとした上で、書類のメッセンジャーボーイから始まった勤めが、「一年とたち二年たつ中に、漸次機密に亘る用事を命ぜられる様になり（やがて）私が驚く程の政治上の機密を打ちあけられる様になつた」と書く。奇兵隊殲滅を含む維新の回天秘史や「大逆事件」のこともあったか。心の奥深くに潜むそれは、どこかで放出せねば済まぬもののようである。田中光顕も重大事を吐露した一人だった。

第三節　「閔妃暗殺」から事件像組立て

幸徳秋水らへの予審調べで「宮城に迫る」や「二重橋に迫る」という表現が繰り返され、判決文にもいわば決めの言葉として登場した。これが一五年前の明治二八年（一八九五）一〇月八日、ソウルの景福宮正面の光化門から押し入り、王妃の閔氏を居所で殺害した事件イメージを踏まえていたことは触れた。日本の軍・外交官、それに民間人（大陸浪人と称される）らで、中心の画策者が軍人で在ソウル日本公使の三浦梧楼（奇兵隊出身）だ。日清戦争が終結した時点で閔妃は朝鮮王朝第二六代・高宗の王后で、政権内で親ロシア派の領袖という立場にあった。閔妃暗殺事件といわれ、以下のようである。

同戦争の後、朝鮮の独立という形で清国の影響を排除して日本派政権をつくるが、露・独・仏による三国干渉で、今度は清国に代わりロシアを頼む閔妃の政権ができ、これの追い落としを狙った日本公使館主導の政治テロである。一〇月八日早朝、ソウル駐在の日本守備隊が出動、民間人の岡本柳之助（近衛砲兵隊反乱の竹橋事件の将校で職務剥奪）の指揮のもと安達謙蔵ら壮士グループ（文筆を業とする者が目立つ）が景福宮を襲撃した。宮殿内に乱入した彼らは閔妃を斬殺して奥庭にひき出し、石油をかけて焼いた。直ちに日本派と目された大院君（高宗の父）をかつぎ出し、金弘集を首班とする親日内閣を成立させた。

公使の三浦梧楼は朝鮮軍隊の内紛を装ったが、王宮の内部にいた欧米人らが日本人の行動を目撃しており、国際的な非難を浴びた。そこで日本政府は関係者を召還し、広島で守備隊の軍人八名を軍法会議に、三浦以下四八名を広島地裁の予審に付した（対朝鮮治外法権）。だが翌年一月、軍法会議は日本軍守備隊を指揮していた中尉・楠瀬幸彦ら八軍人に無罪を出し、地裁予審も証拠不十分で四八人の非軍人全員を釈放した。朝鮮各地では反日義兵闘争が巻き起こる――。

実はこの召還者のなかに、二二歳の与謝野寛（鉄幹）がいた。この年春から落合直文の弟・鮎貝房之進の下で漢城（ソウル）で日本学校・乙未《いつび》義塾の教師をしていた。翌年刊の『東西南北』

の中で、「鮎貝が朝鮮政府と図り同塾を創り、市内外に五か所の校舎を設け生徒総数七百人、高麗民族に日本文典を授け日本唱歌を歌わせた、この事業は鮎貝と自分を以て初めとする」と自負した。教職のかたわら朝鮮各地を回り、何か商売もしていたらしい。朝鮮ニンジンを扱っていたとの説もある。鮎貝を通じエリート外交官である京城領事館補・堀口九万一《くまいち》と親交した。諜報活動（スパイ）も兼ねていたともいわれるが、これは大陸浪人としては普通のこと、むしろ義務感があった。「明星」を出す五年前のことだ。

事件時、彼は旅の途上だったらしく直接参加していないが、生涯に渡りなぜか事件への関与を主張し続けた――それも自ら「画策した」と。晩年の昭和八年（一九三三）に刊行した『与謝野寛短歌全集』の巻末に収めた「与謝野寛年譜」（以下、「自筆年譜」と略す）中の明治二八年にこんな記述がある。「この夏腸チフスを病み漢城病院に療養す。十月朝鮮王妃閔氏の事件があり、この前後にわたり堀口九万一、鮎貝房之進両君と画策する所あり。たまたま鮎貝君と木浦に遊びたる間に、予期に先だつて王妃事件起り、寛は一日後に京城に帰れるを以て、王宮に入らず。次いで公使館一等書記官杉村濬、副領事堀口九万一等外数十人と広島に護送せられたるも、予審判事は取調の上に寛を免除せり」と（傍線引用者）。

九万一は三浦梧楼のもとで計画の具体策を担った。鉄幹は広島地裁に送られたが、すぐに放免された。地裁文書では「堀口領事館補の従者ヨサノカン」と記された。下働きの若いモン、当事者能力なしの「客分」扱いである。この九万一の子が堀口大学で、佐藤春夫と同時に慶応大学に入学し、ともに新詩社に入り鉄幹を師とすることになる。

この事件については、三浦が個人レベルで企てたとする論と、日本政府による犯罪であるとする論があり、わたしも拙論したことがあり詳しくは省く（「鉄幹と閔后暗殺事件——明星ロマン主義のアポリア」二〇〇八年）。第二次伊藤内閣のときで、中枢にあるのが奇兵隊の長州閥だった。興味深いのは三浦は一四日付けで総理の伊藤あてに、まるで諭すような長文（原稿五枚ほど）を送っている。電報ではなく書簡と思われる（『日本外交文書 第二八巻第一冊』五一二頁）。幕末の志士活動以来のよしみを吐露するトーンで始まり、結論部の要約はこうだ。

「宮城に入った（日本人）壮士らについても黙認して隠《いん》に使用した事情があるので、彼等にのみ（罪）を帰せるのは難しいことを御推察下されたく……要するに今回の事件は当国二十年来の禍根を断ち、政府の基礎を固めるための端緒を開いたことと本官（自分）は確信していますので、その行動は過激になったにもせよ、この先外交上の困難さえ切抜けられれば我が対韓政略はこれにより確立することができます……外交上の都合で自分を始め館員らを更迭させることがあるとしても、現政府の方針までも変えるようなことは頗《すこぶ》る不得策と考えます。この点は幾重にも御注意なさいますよう希望するところです。

内閣総理大臣　伊藤博文殿下
明治二十八年十月十四日　在朝鮮国　特命全権公使子爵　三浦梧楼」

事件は公使館の三浦、その下僚の杉村濬が主導し、領事館側も堀口九万一と巡査の荻原が公使館指令で動いた。公使館が軸の軍部に直結するルートと、領事館領事の内田定槌《さだつち》から原敬（及び西園寺）の外務省首脳につながる捻じれた二ルートが併存し、隠微な政権内葛藤があったことを暗示する（内田に公使館情報は伝えられず）。朝鮮支配・植民地化という目的は変わらないが、方法論に違いがあった。日本側の研究ははかばかしいとは言えず、近年では金文子『朝鮮王妃殺害と日本人』（二〇〇九年）が軍関・外交・内田文書などを使い、直接一刀を加えたのが陸軍少尉・宮本竹太郎であることなどを明らかにした。宮本は広島の軍法会議にもかけられていない。

身辺の危険に高宗と皇太子は事件四か月後の翌年二月、ロシア公使館へ逃れ一年間その保護下で執務する。露館播遷といわれた事態で、反大院君派の李完用が主導した。親露政権である。日本外交にとって以前の清国の存在がロシアに変わり、朝鮮の中立についてロシアと交渉する事態になる（事件翌年の山県・ロバノフ協定など）。行き詰まりが日露戦争で、その勝戦が韓国併合を可能にし、改めて閔妃事件がその道筋をつけた〝功業〟意識で語られ出す。

広島拘束された者はいわば国家公認の箔づけとなり、政界に隠然たる力を持つことになる。華族の三浦や大臣を歴任した安達謙蔵を始め、各分野で出世して行く。軍人以外の民間四七人の職業は朴宗根『日清戦争と朝鮮』（一九八二年）によると、巡査八人、外交官、朝鮮政府顧問ならびに通訳官八人、新聞記者・社員九人、商人四人、農業五人、そのほかは医業、教員、雑業と数えられ、無職は八人である。この中に旧自由党員だったものが六人、「反帝国主義」作家とされた柴四朗（東海散士）もいた。自己陶酔的な反権力意識があった。

自由民権運動の屈折の影がある。「朝鮮革命を支援し清国との対立を激化させて対外危機を創出し、それをテコにして国内の革命を実現する」（牧原憲夫『客分と国民のあいだ』一九九八年）という理屈で、彼らには「文明化のためにしてやっている」との不遜な意識があった。しばしば政府以上に過激であった。総じて旧教育のインテリ層である。とくに前公使・井上馨の肝いり支援、つまり外務省機密費で「漢城新報」を経営した安達謙蔵（後の逓相、内相）を中心とした新聞記者が目立つ。漢文・朝鮮語を使いこなす者も少なくなかった。

鉄幹はその主流から外れた。一私人としての文学活動へ赴き、丈夫《ますらを》ぶりの『東西南北』となる。だが初の植民地取得事業の端緒を担ったという意識を終生誇り、屈折した口調で自らを「画策者」として語り続けた。

幸徳らの予審調べや判決書では「決死の士数十人を募り……宮城に逼《せま》り大逆罪を犯す」が強調された。閔妃事件から組み立てているので、そのことを気づかれないためにも、ことさら「大塩の乱」を前面に出した暴動イメージを貼りつけた。平沼騏一郎二八歳はその明治二八年（一八九五）九月、横浜地裁から東京控訴院判事に昇進、中央での地位を得た。閔妃事件はその一か月後、野心的なまなざしの青年官僚の相貌が浮かぶ。林野の草木の一部を焦がしたこと――それが七三条の玉体に「危害ヲ加ヘ」た実行為にすっ飛んで、究極の国家の大罪となった。法を扱う機構のトップが法をぼろぼろにした。司法が行政に屈服した甚大な禍根となる。

第六章　なぜ鷗外は事件に注目したか

スバル創刊号（1909年1月）の表紙。巻頭作が森林太郎の劇曲『プルムウラ』、奥付に「編集兼発行人　石川一」。

第4年9号（1912年9月）。平出の『畜生道』、鷗外『雁』第19節、亡き啄木の『悲しき玩具』刊行の報などが載る。

第一節　「一週間講義」と平出弁論

幸徳らの公判開始から四日後、明治四三年（一九一〇）一二月一四日の鷗外日記に「平出修、与謝野寛に晩餐を饗す」がある。この場で平出の弁論のために鷗外が欧米の社会主義・無政府主義の講義を施し、そのおかげで平出が歴史に残る名演説をしたと解されているのは、現在ではほぼ定説化した。ここには鷗外は心情的には幸徳に共感しており、もともと「戦い抵抗する」人間であるとの見方があり、敗戦後に生じた論である。管見の限りこの説のそもそもの出所は与謝野寛で、鷗外死後六年目の昭和三年（一九二八）に書いた以下だ。

「私は間接直接に知っている二三の被告（大石誠之助・高木顕明・崎久保誓一）のために、弁護士である平出君を弁護に頼んだが、研究心に富んだ平出君は私に伴われて行って一週間ほど毎夜鷗外先生から無政府主義と社会主義の講義を秘密に聞くのであった。……この俄仕込《にわか》の知識でなされた平出君の周到な弁護が法官と各弁護士を傾聴せしめたと共に各被告を満足せしめた。後に平出君が没したとき、其の告別式に花井博士は此事を述べて故人を賞賛せられたのであった」（改造社『石川啄木全集』月報＝筑摩書房『啄木全集 第8巻』収録）。

鷗外の弟の森潤三郎が昭和一七年（一九四二）の著のなかで書いた次は、明らかに寛のこれをベースにしている。「その頃大逆事件といふ不祥事が起つたが、弁護士に誰一人社会主義と無政府主義との差別さへ、正確に知つた者が無かつた。昴の同人平出修氏も弁護士の一人であつたが、弁論の始まる前にその正確な知識を誰かに聴きたいと与謝野寛氏に相談し、与謝野氏は平出氏を観潮楼へ伴つてその事を依頼した。……露、伊、独、仏、葡等に於ける両主義者の最近の運動に至るまで、数晩に亙つて語つたのが非常に平出氏の参考となり、その論には先輩花井卓蔵博士も感心し、被告中教育ある数人をして「平出氏のあの弁護があつた以上、死んでも遺憾なし」といふて感泣させたさうである」（『鷗外・森林太郎』一九四二年）。

敗戦後の早い時期、昭和二五年（一九五〇）二月号の「文芸春秋」の対談で、作家・沖野岩三郎の語りも重ねて影響力をもった。「幸徳事件の弁護人に平出修といふ人がをつた。若い人でね、僕が頼んだ。与謝野寛氏に「誰かいい人はゐないか」「平出修といふのがゐる」「ぢや、頼む」さうしたら与謝野さんが平出に智恵を授けた。「君、ほんたうをいへば一流の弁護士でも共産主義の思想なんか判つてをらん。君はこの弁護をする前に、森鷗外さんに紹介してやるから、鷗外さんに共産党の成立から日本へ来たこと、すつかり習つて来い」と言つた。それで平出が日参して鷗外さんから共産党のことを習つた。それをひつ提《ささ》げて弁護に立つたんですよ。これが立派な弁護でね、一番喜んだのが管野すが……」（石川三四郎・山崎今朝弥との対談「大逆事件前後」）。沖野のこの言も与謝野記述を踏まえているが、平出引き出しの功は、寛の前に自分なのだという主張がある。確かにそうであった。

さらに平出法律事務所の事務長、和貝彦太郎（新宮出身で大石らの知人）の昭和三四年（一九五九）の言もダメ押しになった。「先《ま》ず与謝野寛先生の意見を伺った上で両氏同道で森鷗外先生の教えを請うたのですが、殆ど一週間にわたり夜間森邸に通ったように記憶して居ります。森先生の社会主義に関する研究の広く且つ深いのに感服しながら、平出氏は弁護要領を綴ったものでありますが、公判廷では年歯三十そこそこの駆出し弁護士である平出氏の弁論は花井、鵜沢、今村その他の弁護士のお歴々を感歎せしめ……」（和貝の渡辺順三宛て昭和三四年七月四日付け書簡：渡辺ら編『秘録・大逆事件（上巻）』七〇頁）。

和貝の傍線部が目撃者としての信憑性を与えた。ただし彼も基本的に寛の叙述を踏まえている。ここで一週間にわたる夜間の外出先が、森邸＝観潮楼だけであったかは疑問である。「通ったように」と書くように、和貝もそのことまで確認していたわけではないのだ。鷗外日記が記す寛・平出を招いた一二月一四日は確かにそうであった。とはいえ公判が始まって四日目、弁護陣として多忙のときである。一週間も続けて鷗外邸通いをしたとは考えられない。主な通い先は弁護関連の打ち合わせであった可能性が高い。

和貝は半世紀も前の事件を、高揚する戦後民主主義気分のなかで回想している。文豪・鷗外を進歩派に引きつけようとする心理が窺え、なにより直接知り合いの鉄幹信仰があった。〝反戦詩人〟晶子が戦後民主主義高揚下のシンボルであったときであり、鉄幹と共に明星ロマン主義の栄光の中にあった。

「一週間ほど毎夜」説は寛を起源とする。そもそも鷗外は同一ペア（しかも寛と平出）を一週間も連夜自宅に迎える人ではない。問題は寛がなぜこう書いたかという方にある。死して六年、すでに史上の文豪であり…当の寛自身は過去の人だった。与謝野という名も晶子の方を意味していた。「明星」の盛名も啄木で語られており、寛のこの文章も『石川啄木全集』付録の月報である。その屈折した心境が、文豪との「七晩に及ぶ秘密」の関係性の強調となり、他方で断界では名を成した平出弁論を「俄仕込《にわか》の知識」と表現する心的作用を生んでいる（後述のように「明星」初期から鉄幹は平出に負うところが多かった）。

他方、鷗外からすればこのとき親密であったのは寛ではなく、明らかに平出だった。前年一月以来、すでにスバル誌で二年間、経営者と主要筆者の関係にあり、自作をいつでも待ち受けるメディアの存在は、作者として何よりあり難いことなのだ。寛が紹介の労をとるまでもない関係であった。もともと平出への依頼は沖野岩三郎から発していた。先述の「幸徳事件の弁護人に平出修といふ人がをつた。若い人でね、僕が頼んだ。与謝野寛氏に……」という経緯があった。上の寛の回顧は肝心なこの沖野を落としている。

沖野は新宮で大石との交遊メンバーで、事件聴取はされたが拘束は免れた。大石の堅い口が難を避けさせたようで、これがキリスト教牧師でトルストイアンだった彼のある種の負い目を生み、同郷の大石・高木・崎久保への救済活動の動機となった。彼は「明星」や自身会員だった「関西文学」誌上で、平出の論客ぶり知悉しており、寛に申し出たのだ。寛は大石により二回新宮に招待されており、ここで沖野も寛と面識をもった。事件後にこの事件を扱う小説家となる。まず大正六年に『宿命』が朝日の懸賞小説に当選して連載され、翌七年にも『煉瓦の雨』を出し有名作家となっていた。寛が平出引き出しに当の沖野の名をあげなかったことにも、昭和三年時点での屈折の心理を見ることができる。

「平出が寛に連れられて鷗外の教えを受けた」説は、いま手元の資料でも勝本清一郎・長谷川泉・神崎清・小堀桂一郎・山崎行太郎ら斯道の歴々に自明のこととして書き継がれている。管見の限り懐疑を呈したのが森長英三郎と森山重雄だ。森山は先述のように「今日になってみれば、辞典に書かれている説明でも、木村の講義よりはまだましであろう」と、『食堂』の叙述に厳しい評であり、続けて「鷗外の内面の声というものは聞き取れない」とした。そして和貝の語る一週間にわたる夜間講義を「伝承」と表現し、「この講義はさほど重大視すべきではない」（『大逆事件=文学作家論』八〇頁）とする。森長は鷗外の知識を平出が参考にしたとしても、基本的に「自力によるもの」とした（「平出修研究八」）。わたしも基本的に両者に同感である。

実はこのとき平出は別の件で鷗外と話す必要があった。雑誌経営者であり、かつ当該事件の担当弁護士という微妙・複雑な立場にあったのだ。林太郎が山県の側近であることは重々承知である。自誌ではない「三田文学」誌上とはいえ、前月には『沈黙の塔』、当月号には『食堂』が出て波動が生じていた。二人の間で何らかの意思確認がなされて当然の情況にあった。林太郎も一月ほど前、山県とのあの一〇月二九日午餐会があった時である。権力の内情に通じている。平出には慎重でなければならない（鷗外の怖さが伝わるところではある）。何より出版上の打ち合わせ・調整が行われているし、行わなければならなかった。

実際、スバルでは『青年』が八月から進行中で翌年八月まで続き、同誌には鷗外のこれ以外の小説はない——欧米の文化・世俗情報の「椋鳥《むくどり》通信」は旺盛に書いていた。他方、三田文学には年を越えた二月にはやはり医師だった父親を扱った『カズイスチカ』、三月は先述『妄想』を出した。五月の『藤鞆絵《ふじどもえ》』は芸者の襦袢の襟への傾倒で、いずれも、『沈黙の塔』『食堂』調の事件絡みには遠い。あえて「世のそーんな事件のことは本当は関心ありません」とでもいう雰囲気の作、あるいは崩れ文士風情の強調にもとれる（編集担当していたのが永井荷風だ）。

鷗外邸の招宴で無政府主義の話題があったとしてもサブに違いなく、『沈黙の塔』『食堂』で記された域を出なかっただろう。平出も周知の知識。メインは出稿・出版打ち合わせであり、ここでの寛の出場所はない。衰亡した「明星」の後継誌を謳ったスバルだったが、すでに平出と鷗外の雑誌であり、寛は一寄稿者であり話題作もなかった。その心理から平出・鷗外とも亡き後の回想として、メインを飛ばしてサブ部分で語ったのだ。「一週間の訪問」には、自らの世紀の文豪との親密さが含意されている。メインの話題の具体的内容は分からないにしろ、スバルには小説では当面青春ものの『青年』だけで行くという方針が合意されたことは、スバルと三田文学の比較で推測できる。

平出が鷗外から欧米思潮の新知識を得ていたには違いないが、法廷弁論から読み取れるのは鷗外との思考法の差である。高木顕明（四六歳）と先久保誓一（二五歳）を弁護した法廷弁論は「大逆事件意見書」として残した（『定本 平出修集』）。平沼論告への批判から始め、こう展開した。

――革命思想、無政府主義といってもロシアと英国、またドイツではそれぞれ違うのは検事自身がよくご承知のはず。日本が広く世界に知識を求めるのを国是とするなら、世界の文化や思想が種々輸入されるのは当然で、どの思想が花開き実を結ぶかは年月を重ねなくては判定がつかないもの。検事は無政府主義について、それが権力を否認し究極の自由を要求するため、国家組織を破壊するとし、本件はその計画の一端であるといわれるが、これは前提が間違っている。まず思想というものは、在来の思想で満足できないときに、その欠陥を補うべく入り込んでくる。従って現社会が完全無欠ならともかく、欠陥があるなら入り込む隙《すき》があるわけで、抑圧するだけでは解決にならない。新旧両思想のいずれが人間本来の性情に適合するかにかかっており、適合する方が定着する。これが社会進化の法則であり、思想自体からいえば危険というものはない〔社会がまともなら悪しき思想は自然に淘汰されるの意〕。

　検事は危険を強調するが、日本の無政府主義なるものが実際に存在するとして、具体的にどれほどの危険を含むのか、また何ほどの実行を信条としているのか、その点の論及〔具体的証拠〕がない。あるいは本件〔逮捕者〕が危険なことを仕出かすのではないか、だから無政府主義が恐ろしいと言われるなら、本末転倒している。人間にある程度以上の取り締まり、圧迫を加えると、抗心を起す証明にはなるが、無政府主義そのものが危険であるという証明にはならない。歴史上の仏教、キリスト教の場合を見てほしい。

次に検事は被告が無政府主義者であり、皆が一つの信念で結びついていると仮定して断定しておられるが、被告にその信念がないとなるとこの断定は崩れてしまう。大多数〔幸徳ら数人以外は〔の意〕は確たる意見をもっていない。ただ社会の欠陥を嘆き燕趙《えんちょう》悲歌の士〔憂国の士〕を気取るに過ぎない。信念なければそれだけの行動も無い。軽々しい口先だけのことであり、それだけの計画も決心もなかった〔憲法二九条の言論の自由を言っている＝内心不可侵も含意〕。大石を通じて東京・大阪・九州の連絡がとられていたというがその事実を示す証拠がない。すべて抽象的な記述であり、これは犯罪の形が成り立たなかったことで、未だ陰謀でも予備でもなく、犯意の決定もなかったということである。

大石自身さえ社会主義者ではない。今村弁護人が述べたように、淡白な人で思想感情が極めて平準を得ている人。ものに執着がなく、神経も鋭敏ではない、国法を遵奉する精神も充分もっている。そこに出入りした高木と崎久保にどういう主義・信念がありましょうか。彼らが革命家だとするような、不当な判断をせぬよう申し上げたい。これは両人に限らず、被告のほぼ全員にいえること。彼らの不平不満は内側からまず発したのではなく、外から圧迫されて初めて起こったものなのです。

高木顕明はご覧の通り僧侶です。一切を仏陀により解決しようとしている。彼がいう社会主義なるものは弥陀の極楽世界のこと。自分の生活を貧民の喜捨する浄財で立てることを疚《やま》しく思い、自ら整体の仕事をした。そのことを（検事から逆に）社会主義伝道のためだと悪しく解釈された。彼が社会主義や無政府主義について説教したことが一度もないのは、新宮警察の報告でも明らかな通り。一介の真宗僧侶として、被差別の人たちへの侮りを理由なき偏見であるとし、戦争に批判的、公娼設置に反対した。大石と交際があり、たまたま「事件」前年の一月の会合に顔を出していたというだけで連累者にされた。今すぐ放免しても、ただ浄泉寺の住職として弥陀を説き、親鸞に帰依するほかなにもない人です。

崎久保誓一は確かに恐喝罪の前科がある。その事情を詳しく述べる時間がないが、わずか一〇円のために二か月の苦役となった。この体験から自由を愛し、平等を愛し、文学に憧れ、大石の人格に動かされて社会主義に関心をもったのも、やむを得ない成り行きと思える。幼少にして父と別れ、祖母と母の手で愛撫され、家には恒産ある、一口で言えば極めて素直に育った人間。獄中より私への手紙で、（家族からの）差入れ物を拒否した。家族に何の報いるところなく、また今度の辱めを受け、母・妹に背くことばかり、獄中で美食したいとは思わないので…と。私は家族にこの意向を伝え、付言して獄中の人の心情は察すべきと思うが、ご家族として応ずるかどうかを尋ねると、母は聞かず、差入れは今も続いている。一一月六日、面会してこれを話すと、彼は涙を流して泣き、一語も発することが出来なかった。実に温良な人間。筆をとると秋霜烈日の気を含むこともあるが、放して野に置いて何の問題もない人物なのです――。

管野スガを感激させた弁論である。冒頭部に鷗外レクチャー効果も窺わせるが、こちら平出は社会変動の理論であり、百科全書的な鷗外とは違い社会科学的である。高木・崎久保についてはまさに自分の言葉での語りだ。幸徳も一月一〇日付け平出宛て手紙で、「熱心な御弁論に感激に堪へませんでした。同志一同に代りて深く御礼申し上げます」と書いた。ただし、幸徳が公判休みの一二月一七日と一八日に書いて、磯部・花井・今村に渡した「陳弁書」を平出も読み、これに学んではいた。社会変動論であり、鷗外講義以上の効は確実だった。幸徳はさらに「日本の文学が……人生の実際とは余りに没交渉」として、ウィリアム・モリス、ゾラ、ハウプトマン、ゴーリキー、アナトール・フランスの名をあげ「これらの作が、社会の人心を震撼させる理由は人間の真に触れ得るためであり、これらの人がみな自覚的な社会主義者であることを注目して頂きたい」、そして「日本のものでも鷗外先生のものはイツも敬服して読んでいます」と。平出の鷗外との関係は知っており、大人の対応といえるだろう。

大石も処刑前日の一月二三日付けで平出宛てに、「今回の事件を法律上、政治学上、犯罪学上から研究する人は弁護士の中で他にもおられると思いますが、とくに我が思想史の資料としてその真相をつきとめて頂く責任は、あなたを措いてほかにありません。これは法廷において我々を弁護された責任より遥かに重大なこと」と。

ところで、沖野岩三郎が平出の弁護を希望し与謝野寛に頼んでから、実際に平出が就任するまでどういうルートを経たのか。これについては平出自身も語っていない。想定はできる。寛が鷗外に申し出た。それから鷗外がしかるべき手はずをとったことになる。鷗外自身はなおさら語るところではない。平出には因果を尽くしたのか、以心伝心であったのか。昭和七年（一九三二）、弁護団の今村力三郎が花井卓蔵死去における追悼文で重要な証言をしている（「改造」七月号）。以下、要約引用しておく（傍線部は原文通り）。

幸徳事件の時は君も私も四〇歳前後でした。ある日、大審院の弁護士室にいると、予審判事が私たち二人にちょと来てくれと言うので、揃って潮〔恒太郎〕君の予審廷に参上すると、彼が「幸徳が君たち二人に弁護をして貰いたいと言っているのだが、どうでしょう」と。二人は幸徳の親友ですから、幸徳がそう言うなら引き受けましょうと答えると、それなら幸徳をここに呼ぶので会って話して下さいと、潮君は廷丁に命じて幸徳を呼びました。自分は遠慮するのであなたたちで話して下さいというので、それではこちらも却って困るのでいてもらった。幸徳、潮、私たち二人の四人が対座すると、幸徳はこれまで君達に厄介をかけて何も報いるところがなく、またご迷惑を願うのは恐縮だが、今度は最後だから二人で僕のために死水をとって頂きたいと言う。私たちはよろしい、二人でやるよというと、幸徳は今度のことは、僕及び僕の周囲の者の外に、僕の平素親しくない人達もあるが、それも君達でやってもらいたい、と。二人はそれもいいが、多数の被告中、（私達の知らないことがあり）矛盾することが生じると困ると言うと、潮君は、私は全被告を調べて能く知つて居りますから、私が矛盾するものと矛盾しないものを分類して、両君の担当を決めましやう、と云ふから、両人は、夫《それ》ぢやさうして下さい、と潮君に頼んで、同君の分類に依つて、多数被告を二人で分担したのです。

幸徳の言の傍線部は被告二六名の多くの人を彼は知っていなかった事実を示している。ばらばらの布の小片を縫い合わせて、一枚の布地に仕上げた「事件」であったことの証言である。森長英三郎は著書『内山愚童』のなかでこの今村回顧について、「現在から考えると、変な受任の仕方ではある。その後、花井、今村は、この二人では裁判所にたいして弱いから、元老の江木衷をたのむことにし、江木は一度は承諾したのに、あとでことわってきた〔平出修の小説「畜生道」となる〕。そこで江木のかわりに磯部四郎に加わって貰った」（二四二頁）と書く。――「変な受任の仕方ではある」はないだろう。一番大事な弁護陣の陣立てを、権力側にいわば丸投げしたのだ。弁護団の中核をなす二弁護士が、ごく和やかな調子で、権力側に取り込まれていたのだ。その意味では平出もその批判を免れない位置にいたということにはなる。

平出の担当は高木と崎久保の二人となった。沖野が鉄幹に平出の推薦を頼んだ真意は、誰よりも大石を担当してもらいたかったからだが、潮は〔むろん上と図って〕新宮グループ六人の中でも大石とそう頻繁な関係になかった二人を当てた。恫喝的な調べをしたが、微罪であることは分かっている（二人とも恩赦無期に）。幸徳と並ぶ大物に仕上げて極刑に持ち込むことが決まっている大石を、平出には当てない方針なのだ。彼らからすれば融通の利かない（馴れ合わない）異質の者という情報は当然入っている。

弁護忌避がふつうであった空気のなかで、民事では評判の若手とはいえ、平出がこの国家事件入りしたことは、関係者にも意外な感で受け止められただろう。それなりに知られた物書きということはあるにしろ。権力側も意識はしていただろう…鷗外との関係及びその背後の山県のことも。彼らもやや複雑な心境にあったと思われる。だからといって事を進めるのに影響を受けた訳でもないのは確かだった。その点は案ずるに及ばず、まさに至上の位置からの大方針であることを知っている。

潮ら予審調べ官の三人は東京地裁の所属であって、法的には大審院での取調べが出来ない者たちだ。その潮と花井と今村はいとも和やかに談合していた。弁護側が見事に司法に取り込まれていた図像である。平出にも取り込まれの自覚はあったに違いないが、高木・崎久保が当てられた中で我が道を行くしかないとの思いだっただろう。この裁判の秘密・隠蔽性を皮肉にも弁護士側からも示すところである。一一人の担当者のうち平出と今村を除いた九人は、いま確認できる限り自らの資料類を全く残さなかった。

ここからは江木衷が直前で断った理由が、まさに取り込まれ拒否であった可能性が浮かぶ。今村の「改造」花井弔文はこう続く。「其後、花井君と私と相談して我々両人では、裁判所に対して威信がないから、江木博士に頼まうぢやないかと、両人揃つて淡路町の江木事務所に赴き、事情を明かして援護を頼むと、江木博士が快諾したので、両人も欣んで辞去し、其翌日、又両人が江木事務所へ行くと、博士は、ありや僕は断るよ、と云ふので、私も君も意外の感に打たれ、其儘立去つたのです。此時博士が、何故断つたのか、博士在世中、私も花井君も、遂に聴くべき機会なくして、博士が逝去しましたので、博士の断つた意味は、不明で終わりました。幸徳事件の終つた後、同じ弁護人の平出修君が、此事を誇張して、畜生道と題する、平出君の文集に乗《ママ》せたので、江木博士も、頗《すこぶる》迷惑したこと、察しますが、終に判らず仕舞でありました」（森長の上記『内山愚童』中の記述は今村のこの部分の要約）。

一〇数行後にまた「江木博士が、幸徳の弁護を断つたことは江木博士も、私達両人も、皆、不愉快なことではありますが、江木博士の生前に、何故断つたのですか、と聴いたこともなく、君と私とで、何故断つたのであらうと、推測を交換したこともなく、唯三人が、不愉快を心に秘めて、其儘、幽冥相隔つるに至つたことは、良いのか悪いのか、私にも判らぬ」と。江木が同業の信頼も得たナンバーワン弁護士であったことが分かる（『魔睡』の大川博士に重なるか）。

江木には現状の裁判、つまり判事への不信があった。裁判官の職務上認められた自律の位置が無責任を生み、誤断の怨恨を招き、ひいては天皇制国家を危うくするという論だ（この点では判事不信の検事・平沼騏一郎との協調も生まれた）。陪審員制を主張しており「事件」以後、さらに力

幸徳秋水
（1871～1911）

管野須賀子
（1881～1911）

を入れる。自分が生んだ「大逆」を避けたか、「幸徳事件」と使うようになる。処刑後の秋一〇月、『陪審制度談』（博文館）を出し、裁判を人間道・鬼神道・畜生道に三分類し、現在は畜生道の裁判だと喝破した（同制度は不完全な形で大正一二年に公布となる）。今村・花井とも当然、この論を知っている。

つまり江木にはこの裁判への不信、とりわけ弁護サイドのとりこまれに拒否感があったことが窺われる。そこから今村・花井の方に、問うことを躊躇する心理が生ずることになる。平出は弁護団のなかでも異例の就任の仕方であり、中心の花井・今村と距離があった気配がある。ただ、若い彼には検事と親しくする敵前逃亡者が何を言うかと映ったのだろう。

二年後に江木論をもじった『畜生道』となる。江木のその後の人生に負荷となったのは間違いない。今村の文にはもう一つ印象深い記述がある。一か月前に土佐から面会に来た幸徳の母、多治子七〇歳の突然の死が伝えられた一二月二八日の大審院でのこと。公判開廷前に堺利彦からその報が入り、今村は花井と相談して本人に告げた方がいいと判断し、午前の法廷が終わったとき検事側の許可をえて、幸徳と管野（内縁の妻）に伝えることにした。

「他の被告も判検事、書記も退廷し、法廷に残つたのは、幸徳、管野及看守一人と君と僕だけであつた。管野をさしまねき、一ツのベンチに幸徳と並んで腰を掛けさした。連日同じ法廷に引出されても、二人は遠く離れて、眼くばせ位より出来ないのが、喰つついて掛けたのだから、一寸変つた感じが起つたであらう。大審院の広い法廷は、十二月の末で薄暗い、此陰気な法廷に、制服の看守が一人と、鏮《かね》て死刑を覚悟した二人の囚人と、二人の弁護士と相対して、黙々たる何秒かの後、漸く花井君が口を開いて、誠にお気の毒のお知らせですが、昨日郷里でお母さんが亡くなりましたと、極めて簡単に訃音を伝へた。幸徳も、管野も、一語も発しない。眼が光つて口を結んで息詰まるやうな悪夢に押へられて居るやうな、苦しい感じに胸が一杯になつた刹那、花井君が握手し給へ、握手し給へ、二言云ふと、幸徳管野が無言で各右手を差し伸ばして、堅く〳〵握手した。管野の、永い牢獄生活で、蒼白くなつた両頬がサット紅を潮《さ》し、両人の眼に涙が一杯になつて、将に溢れんとして、僅かに耐へてゐる光景が、二十余年後の今日でも彷彿と……」。

なお朝日が翌二九日に伝えるところは少し違い、磯部・花井・川島の三弁護士が幸徳一人と会っている。悲痛の語調で「却って幸せ」に三人貫い泣き……「大法廷内寂《せき》として暫し声なく悲痛の情亦見るに忍びざりし」。やや天民調を思わせわたしは今村回顧をとっておく。

第二節 平出が救った「明星」の危機

平出修（露花《ろか》の号も）は明治一一年（一八七八）、新潟県生まれ。在郷中から「明星」などに投稿、二三歳で明治法律学校（後の明治大学）に入学、新詩社にも入り主に評論を書いた。同三四年一〇月刊の『新派和歌評論』（黒瞳子《こくどうし》名で出す）で文芸評論家としての名を定めた。この年三月、女性問題を軸に鉄幹の非道徳を攻撃した『文壇照魔鏡』なる本が出ていた。著者・出版社とも架空の怪文書といえるもの。だが、多くの誌・紙が鉄幹非難で同調トーンをとった、いわゆる文壇照魔鏡事件である。「明星」創刊一周年のとき、鉄幹本人と晶子や山川登美子ら女流ロマン歌で急伸した同誌は危機に陥る。平出の上記書は、新詩社としての反論の書でもあった。明星風ではない硬質な文語調の評論で、どれだけ理解されたかは分からないが、攻め来る者には我にこの歌書ありの気魂を感じさせただろう。

終生、鉄幹に師の礼をとったが、その作への批判を最初から憚ることはなかった。この書も単なる鉄幹擁護・賛美論ではない。冒頭に鉄幹の半年前の詩集『紫』の巻頭歌、「我男《われお》の子意気の子名の子剣の子詩の子恋の子あゝもだえの子」を挙げて「大胆粗暴の詠振り」とした上で、「修辞も乱暴なれば技巧も頗《すこぶ》る欠けて居る……詩としてはあまりに浅薄すぎる、などの声は起こるであろう」。そして、「芸術上の価値は少ないが……駄法螺でも構はない、独りよがり敢て問わぬ」云々、男子ことをなすに「自己あるのみ」と収める。

明星の前年一〇月号、晶子の「やは肌のあつき血汐にふれも見でさびしからずや道をとく君」もすでに非道徳との物議をかもしていた。これに対しても、「芸術は道徳を拒むものにあらず、さりとて道徳を要求するものにもあらず……只（女史が）生意気だと云ったら或いは生意気かも知れぬ」と。とりあえず批判を受け入れるようにして矛先を軟着陸させ、そこから切り返して自らの主張を展開するという巧みな論立てだ。新入り門人の筆に鉄幹自身は心中面白からずの気配がうかがわれた。出過ぎ…の思いはあっただろう。

照魔鏡事件は個人的情念とメディア間の抗争に起因していた。「明星」に三年先行した大阪の文芸誌「関西文学」（当初は「よしあし草」）は大阪を中心に西日本に多くの支部を持ち成功していた。鉄幹はこの短歌選者になる。中心的な創立者が天満の青年・高須芳次郎（梅溪）で、ほどなく上京し新声社（後の新潮社）に入る。明星を創刊した鉄幹は「関西文学」を新詩社に取り込もうとした。「明星」の初期に登場した山川登美子は、その前から「新声」の投稿者で、梅溪が好意を寄せていた。「明星」の急伸は「新声」の脅威だった。ここに軋みが生じた（拙著『鉄幹と文壇照魔鏡事件――山川登美子と及び「明星」異史』）。「関西文学」には平出も寄稿、南紀の沖野岩三郎は会員で二人の作が同号に載ったこともあり、彼は平出の力量を早くから知悉していた。

照魔鏡で「明星」の部数は凋落したが、逆に効果も生んだ。鉄幹自身が後年の年譜に、「前年の誤解やや解消し、反動的に新詩社を助成する諸君、社中同人となる青年諸君、遥かに激増す」と書くのはその通りだろう。平出の毅然とした論も明らかに効いていた。義憤を感じた「青年諸君」の代表格が石川啄木で、明治三五年秋に一六歳で上京し鉄幹・晶子と感動の対面をする。事件の渦中で鉄幹が断行した晶子作の『みだれ髪』も、情熱ロマンで逆風を突き抜ける力をもっていた。旧来の歌風を破る斬新さも確かであった。

「明星」の次の危機が日露戦争中の明治三七年(一九〇四)秋、旅順の攻防をうたった晶子の「君死にたまふこと勿れ」(九月号掲載)だ。これも平出により切り抜ける。論壇の大物の大町桂月が、ときの代表的な総合誌「太陽」一〇月号と翌年一月号の二度にわたり非難の文、とくに二度目に有名な「乱臣なり、賊子なり」が現れる。この一月号を見た鉄幹は平出ら同人(帝大生・生田長江も)を伴い大町を住居に訪ね、論争を挑みその一問一答を「明星」二月号に掲載した。問者は弁護士二年目の平出だ。大柄な丈夫《ますらお》鉄幹は背後で腕組みの威圧感だっただろう。彼自身は弁の人ではない。

争点は「すめらみことは戦ひに　おほみずからは出でまさね……大みこゝろの深ければ」だった。大町はこれが反語の皮肉表現で、天皇自身は宮中に(ノホホンと)あって民衆を戦場に送り出す結構なご身分でありますこと…ととった。平出はそうではなく、奥つ御座《みくら》にありて忝《かたじけな》くもお心（宸襟《しんきん》）を悩ませ給ふ、あゝ！の共感の詠嘆論とした。鉄幹・晶子は星菫《せいきん》派を自称、芸術的天才は一族ともに天上の「星の子」であるとの自己陶酔があり、天の中心の天皇への帰属感になった（星の子である我が弟は、地上では旧家を誇るあるじでもあり、戦死をお務めとする一般大衆ではないので「君死にたまふこと勿れ」となり、物資を運ぶ後方の輜重兵を勤めて元気に帰宅した）。

平出が詠嘆論から論理的に問い詰めると、大町はついに「晶子女史には気の毒なり」とギブアップ宣言、この問答が「明星」翌月号に掲載された。晶子が一方的に袋叩きにあったとするのは俗説なのだ。大町は再反論することもなく以後、評論家としての影を薄めていく。文と語りが別次元のことであるのも印象づけた。二年後に西園寺の小説家招待の宴に、一人だけ評論家としてやや昔の肩書の感ながら招かれたのは、幹事の竹越与三郎のはからいに違いなかった。

実はこの論争を通じて「与謝野晶子」が生まれた。三年前の鳳《ほう》晶子の『みだれ髪』は確かにインパクトがあったが、それは文芸の同人誌レベルのこと。「太陽」という総合誌が派手に扱ってくれたおかげで大・晶子女史となった。すでに十分にメディアの時代、大町こそその産婆役だったのだ。加えてこの論争中、晶子自身も一一月号「明星」に書いた弁明の「ひらきぶみも」も功があった。冒頭部、「亡き父ほど天子様を思ひ、御上の御用に自分を忘れし商家のあるじはなかりし」で入り、平民新聞とかの人たちの議論など一言聞いても身震いする…との女心を前面に出して展開。キャッチーな表現を使い、主要な活動域となる保守的な評論家としての才を証明していた。ただし、栄光の『みだれ髪』については言及しなくなる。

彼女の天皇崇敬は熱誠の心情であり、そこから君側の奸意識からの個別権力批判は確かに旺盛だった。天皇制民主主義の早期の一例と言えようか。それは天皇制を否定すると思われるものへの激しい嫌悪ともなった。

「君死に……」の二か月前の明星七月号に「ゆふちどり」の署名で、「みいくさにこよひ誰《た》が死ぬさびしみと髪ふく風の行方見守る」が載った。翌八月号での平出の評、「夕ちどり君の作はどれも完璧」とした上で、「戦争を謡《うた》うてかくの如く真摯《しんし》にかくの如く凄愴《せいそう》なるもの、他にその比をみざるところ、我はほこりかに世に示して文学の本旨なるものを説明してみたい」と。平出にしては異例の絶賛である。夕ちどり、主に「石上露子」を使ったが本名は杉山孝子、南河内は富田林の大地主の跡取り娘で、地元に生き鉄幹らとの直接交流はなく、ほどなく美貌の歌人の伝承を残し文壇から消えた。注目は敗戦後になる。

「事件」で幸徳秋水は湯河原の宿で逮捕されるのだが、このとき捕縛した検事・大田黒英記が残したメモに大阪平民新聞への寄付者として、「富田林村杉山孝子は金百円を寄せ又大石誠之助は数度に金五十円を贈りたり」（『幸徳秋水全集』別巻一）と。大阪での文壇活動で管野スガと並ぶ写真も残る。敗戦後に東京女子大の松村緑により作品と、数奇と言える人生像（農地改革での没落と愛息の自殺等）が明らかにされたのを契機に、改めて脚光を浴びることになった。平出は同時代において歴史に耐える評価をしていた。

平出の大町への問い詰めは、対話・弁論でまさに弁証法＝dialektic であった。これは上述した法廷弁論の社会変動論にも現れていた。職業柄ともいえるが、鷗外エンサイクロペディストとの違いがくっきり出ている。既述した「平出が鷗外に教えを受けた」説は修正の要がある。鷗外自身は弁の人ではない。文芸院問題など法に関わる論争局面にあったとき、逆にプロの平出から聴くところがあっただろう。その才は「明星」誌上で早くから認識している。山県における鷗外の存在が、鷗外における平出のそれをやや思わせる。平出が有能な職業人であったことは、神田の神保町に早くに法律事務所を構え、スバル誌を経営したことでも示されている。

鷗外は平出の死後出版の本に、「平出君は凡《およ》そわたくしの持つて居る限りの物を、殆《ほとんど》悉《ことごと》く持つて居られる。そして、それ以外に、わたくしの持つて居らぬもの物をも、多く持つてをられる。……いつも行くべき所まで行つて、止まるべき所で止まつてをられる」(『平出修遺稿』の序文)と最大級の賛辞を贈った。序文を書いた時点では平出は病床にあったが、そのまま弔文になっていた。ともかく鷗外にしては珍しい無条件の賛である。

平出自身は社会主義でも無政府主義でもない。無政府主義の法律家というのが、そもそも矛盾ではあるが。実は処刑執行から三か月後、「無政府主義の誤謬」(大正六年刊の『遺稿』に収録)で同主義への厳しい批判をこう展開していた(一部要約)――。

「彼ら無政府主義者は法律が人類を堕落させた、だからそれを撤廃することが人類の性情を改良する大切な手段だとするが、これは権力を廃棄したところに絶対的自由があるという、老子由来の根拠なき性善説の空想に過ぎない。法の乱用が人民を虐げ生活をかく乱したことがあること自体は自明のこと。ただし、それが直ちに法あるいは国家が悪いということではない。現実に人類が団体生活をしていくのに国家を作り、その下に生命・財産・その他生活作用の全てを寄せている。その統一作用のもとに人民各自の欲望が適当に調節される。もし悲惨なる天変地妖が起こっても、国家の集積力はこれら災害を除去し、生活の需要を補給することができる。彼ら（主義者）もその益を享受している」。

「とくに現代社会生活において財産を所有する者は略奪者だというが、その所有の由来を考えるとそれも労力の結果である。継承した遺産が征服の結果、不義の事業の収益、あるいは君主の寵愛から得たものとしても、祖先がそれを獲得するまでには幾多の辛苦艱難を経て来たのであることは了解しなければならない。この獲得が狭義の労働の結果でないとしても、即これを略奪者だとは断定できない」。――知識人にそれなり浸透していたマルクスの労働価値説への批判が読み取れる。ただ、「不義の事業の収益」「君主の寵愛」は正鵠《せいこく》を射ていたのであり、元老・山県の視線はこの若手弁護士を鋭くとらえていたはずだ。

「現在において……制定されたる法律の片影もない……時に無辜《むこ》を罰して牢獄に投じ、あるいは之に死刑を科した誤判がないでもないが、之とて法律自体が悪法であるからでなく、たまたま司法官その人の産んだ悪果に止まり、之をもって法律を呪詛する根柢となすには足らぬのである」。

――現憲法と法律自体は公正であるという、時の法律家としての信念の言といえる。法を運用する者に非法があるという主張だ。即公表はできず死後出版となった理由でもある。山県は早い段階で読む伝《つて》があったに違いなく、ここも刺さるところがあっただろう。

事件担当弁護士にも風圧がかかる世情であったから、何らかの弁明意図があったことは考えられる。だが、本質的にリベラルな彼の持論の展開には違いない。明治憲法を文明の成果と考え、「現代の文明制度は、急激なる圧抑（抑圧）を忌み、かつ個人の権利を尊重して、法律を制定している」と書いた。この個人の権利とは、明治憲法二九条の言論・出版・集会と結社の自由を言っている。確かにそれは条件付きではあった。しかし、その「条件」の方にとらわれた法認識・通念が当の本文を軽くしてしまい、予めなる自縛情況を来していることへの不満がある。同憲法二三条は法律によらず逮捕・監禁・審問・処罰を許さずという罪刑法定主義も明記しており、平出弁論の核はこれに拠っていた。物証なくして心の中を裁くなど、近代法の許すところではないという主張だ。この地点で彼自身の思想・信条と違う被告らを弁護した。あなたの言には賛成しないが、それを言う権利は死を以って守るという、いわゆるボルテール流である。

彼は最大多数の最大幸福で知られるイギリスの改良主義者ベンサム（一八三二年没）の影響を受けていた。フランス革命における無政府主義的誤謬論を指摘し、その根底にあったルソー流の自然権思想をとらなかった思想家だ。これが戦後民主主義の気分的核心となった左翼イデオロギー下で、平出の姿を見え難くする一因となった。確かに「大逆事件」における献身的な活動をした「明星」の文人弁護士との語りはなされたが、その思想性には至っていない。リベラルが体制側に位置づけられていた世情でもあり、天皇崇拝者の晶子が「君死に給うこと勿れ」の功で輝かしき反天皇制のシンボルとなったのに比べ、まことにシニカルな事態となった。

こういうことだ――。すでに反語の皮肉論が自明のこととして席捲。大町桂月がケシカランと言ったことが、だから素晴らしいとなった。無理もない事情があった。戦前・戦中に弾圧にあった（そういう意識をもっていた）層に、背後事情を知らぬまま、あの時代にかくも大胆・偉大なる先達がいたことよ…と強い感動・共感が生まれたのだ。そういう晶子像を軸に「明星」のヒューマニズム・イメージが再構成的に作られていった。詠嘆論（危機打開のため）の平出はここでも浮かぶ瀬がない。やや不都合のある丈夫《ますらお》＝国士の鉄幹像は深追いされることはなく、明治の覇気やロマン調なる語でさりげなく語られた。

興味深いのは、鉄幹・晶子の孫の有力な保守政治家・与謝野馨《かおる》が二〇〇四年、「反戦詩人にされた与謝野晶子」と題した一文で、誰よりも天皇尊崇の人である祖母が左翼の仕掛けで天皇制批判のスターにされてしまった、との憤懣を吐露したことだ（「文芸春秋」六月号）。身内としてむべなるかなであった。戦後民主主義の気分のなかには確かに晶子贊が通奏低音としてあった。奇妙なパラドックスが生じた理由である。

佐藤春夫はこの絶賛情況を、晶子を非戦論者と早合点した大町桂月が引き起こした「論争のおかげ」として、「平板な社会詩の大衆性のために一代の名詩のようにもてはやされた」（『晶子曼荼羅』一九五五年）とクールに書いた。彼はこのとき反動の側に位置づけられた可能性がある。その文学活動は、少年時から知合いだった大石誠之助の逮捕の衝撃に始まり、晩年の自伝的小説『わんぱく時代』で崎久保誓一に同一化したように、事件と向き合って生きた作家であった。

第三節　「我等は全く間違つて居た」

山県にとって、一握りの無政府主義者自体はすでに一撃で制圧できるものだった。育て上げた軍・警察からすれば何ほどの存在でもない。実際そうした。彼の目的は主体性のない、使い勝手のいい庶民出の有能な兵士を作ることにあった。そのため畏怖する天皇制とする（巧みに天皇自身を差配しながら）。それには天皇への過激な言動をとる無政府主義者（あるいは社会主義者・共産主義者）が恰好の存在で、利用価値があった。生けにえである。心中に潜在していたあの反乱奇兵隊や竹橋反乱の近衛像が、新たな外来思想の軍隊への浸透を過剰に意識させもした。見せしめとしてその事件を造る。メディア利用が、それがもたらす跳ね返り効果をもって、恐怖の自己増幅作用を起した。こういう心境の山県にとって、平出の言動は穏やかなものではない。平出を直に知る林太郎がここでも役立つ。平出は危うい位置にいた。

彼は事件後に体調を崩し、三年で死去する。年譜にはまず幸徳ら処刑の八か月後の九月に「肋膜炎《ろくまく》症に罹《かか》り、一時危険の状態」が表れる。年末の回復と寛の欧州への出発を書く。翌一九一二年（明治四五＝大正元）、「四月、石川啄木没す」。翌年（一九一三）一月、寛帰国。八月、寛と

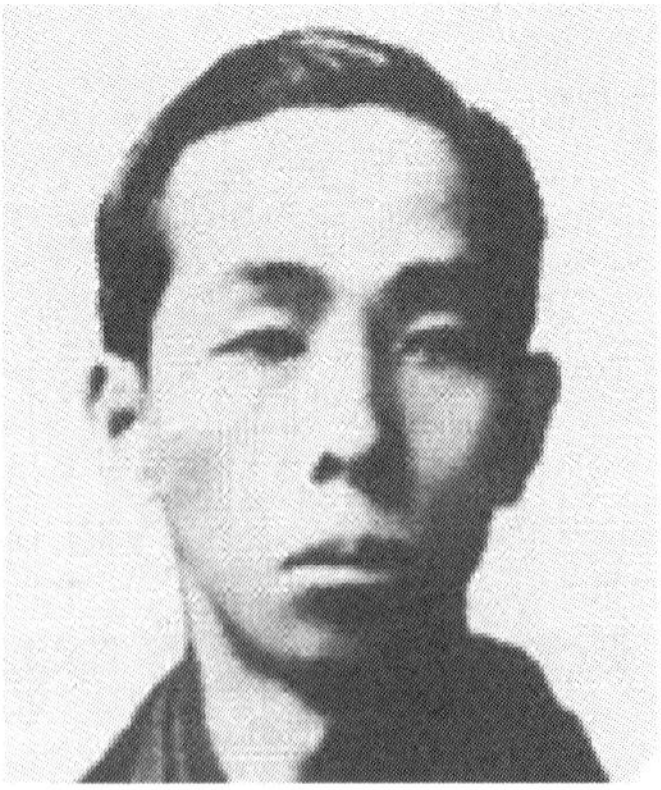

平出修
(1878～1914)

六連島《むつれしま》（下関沖）と福岡などを講演行中に「初めて特異なる脊椎《せきつい》骨の疼痛を感じ」、「九月、陸軍医学校に於いて……X線検査を受け、骨瘍症〔脊髄カリエス〕の診断……この前後より常に発熱あり、また脊椎骨の疼痛を断たず、由《よ》つて概《おおむ》ね病床に臥し」となる。六連島は幕末期から海防の要地で燈台・砲台があり、陸軍の管轄地であった。コース設定は寛と思われる（この講演を示す資料をわたしは未確認である）。

その九月、小説「逆徒」を雑誌「太陽」に発表し即発禁となる。貧困な育ちの付和雷同しやすい純朴な青年像を、死刑判決を受けた大阪の鉄細工職人・三浦安太郎二三歳をモデルに描いた。自誌スバル一〇月号には、「余はまだ腰が立たない。或は骨瘍症だとも云ふ。病名は業業しいが、それほど苦痛がない。ただ歩けないから困る（九月二十三日平出記）」と。年譜一二月、「病のために「昴《スバル》」を廃刊す……満五箇年の間、その財政上の経営は専ら一人にて担当せり。同月、患部にコルセットを用ふ。……「畜生道」以後の小説集を出版するの意あり。此月その編纂を終りて序を森林太郎先生に乞《こ》へり」。

翌三年（一九一四）三月一七日、死去、三六歳。遺骸は遺志により解剖に付された。軍医学校にて、つまり鷗外の組織である。立ち会った新詩社同人で医師の木下杢太郎は、「驚いたことは、内臓各気管の殆《ほとん》ど凡てに無数の粟粒結核の病竈《びょうそう》〔病が燃え立つカマド〕が存して居たことである。平出君の肉体は生前実に為《な》すべきのすべてを為し尽したのである。奇跡に依るにあらざれば、この恐るべき病魔に対してこれ以上の対抗を為すことは出来ぬ程の状態であった。私は本能的の恐怖と平出君生存中の肉体苦への同情とで、殆ど傍に立つて居ることが出来ない位であった」(『平出修遺稿』所収)。

鉄幹及び鷗外に対しては常に師としての礼をとった。死の直前まで筆をもった。二月二二日の読売新聞にエッセー「自我の確立と実生活」を発表――。「我等は全く間違つて居た」で書き出し、振り絞るような筆致で「……遁世か。逃走か。自殺か……(自殺しようにも保険金が取れなくなることが心を支配する浅ましさ)。止むを得ず泣き寝入りだ。そしてせつせと俗世間に立交じつて、いい加減に世の中を渡つて行く。……世は全く今日主義者で満たされてしまつて居る。歎《なげか》はしいと云つても挨拶をする人もない……我等は全く間違つて居た」。我等は間違って居たが、絶叫のようにリフレインされた。

小説書きとしては事件の後の出発であった。幸徳ら処刑から半年のスバル七月号の『未定稿』がそれ。初めて書く苦衷の心理を、与謝野寛と鷗外への語りで(訪ねた寛宅に鷗外も来合わせていた)作品化した。前年の秋から年初の大事件につき、二人の側から「随分あの事件にはお骨折りだつたでせう」と話しかけ、話の端緒となる。だが、「私」の感慨は最近の三田文学に載った町田先生(鷗外)の小説に「残念ながらいい感じを受けることが出来なかつた。むしろ主人公――

町田先生自身と想像せらる――の生活の行き方が頗る不快に思はれた」と。鷗外に校閲してもらう作品に、当の鷗外批判を書いていた。

この鷗外作とは二か月前の「三田文学」に出た『藤鞆絵《ふじともえ》』で、宴席でアヴァンチュールを楽しむ客と女（芸者）の騙しあい会話の話。処刑から半年ほどの間、平出は事件についての論文・評論（今も基本文献となる）を書いていた。自信のない初の小説に、公刊の決心がつかないままの未定稿であるのを、そのまま題名とした。以後、一年ほどは芸者絡みの不倫話を書いたのは鷗外の一方にある崩れの作風（あるいは文士風情）へ同調する試みだったのか。それ以後、硬派作の『畜生道』『計画』『逆徒』を死までのわずかの間に書いた。上述『未定稿』と同月号に載った鷗外作が、『青年』の第一二三回で、阪井夫人の誘いに乗って箱根にやって来た小泉純一が、別の頑丈そうな大男を連れた夫人と鉢合わせし、不愉快に逡巡する自分自身に「これは嫉妬ではない」と言い聞かせる段である。

中村文雄に「平出修〝我等は全く間違って居た〟」（一九九八年）という詳細な論考がある。やや論点拡散のきらいはあるが（鷗外批判への遠慮があったか）、わたしは死の床においてなした平出の深奥からの鷗外への問いかけと思っている。「我等」とは婉曲表現で、「我」に違いない。

鉄幹は明治六年（一八七三）、京都・岡崎の西本願寺系の寺に生まれた。本名が寛。父の礼厳《れいごん》は国学者で志士活動に関わったが、維新後、新事業に挑むが失敗して寺を手放し、鉄幹は貧しいなかで父の教育を受ける。幼児期、父と薩摩に一時住んだ。その後、養子に出された大阪の寺を出奔、周防・徳山の兄の元で女学校の教師をするが一九歳で上京、落合直文の門に入る。落合の縁で翌二六年、「二六新報」の記者となり新派和歌論などを展開。同二八年春、落合の弟・鮎貝《あゆがい》房之進と漢城（ソウル）に渡り韓国政府経営の日本塾の教師となる。他方で何かの商売もしていたらしい。

エリート領事館補の堀口九万一と親交し、同一〇月の日本官・民が起した閔妃暗殺事件に関与した（自身は発生時は地方にあった）。取調べ対象になるがすぐ放免。翌年夏、詩歌集『東西南北』を出し、丈夫調《ますらおぶり》「虎剣の鉄幹」との文名を上げた。明治三三年（一九〇〇）四月、主宰する新詩社から月刊文芸誌「明星」を出し、鳳《ほう》晶子・山川登美子ら女性歌人を前面に明星ロマンの時代をつくるが、自然主義台頭のなかで力を失っていった。末期の社員に佐藤春夫と堀口大学がいた。大学は父・九万一のことで負い目があったようだ。

幸徳らの事件が起こると、幸徳や大石と全く縁のない者たちが次々に検挙される中、鉄幹は大石に二度も招かれ歓待された身であることが、心中穏やかでなかったようだ。確かに誠之助の死を悼んだと思われる作を、処刑直後の「三田文学」四月号に出した。四年後に自著に収録するとき、微妙にして重大な書き換え（改竄）をする。ここにも屈折が表れていた（拙『幸徳……』一章一節）。フランス私費留学も、第二波の捜査開始の噂の中で急がれた気配が窺われる（実際に石川三四郎は二年後に欧州へ亡命出国）。それは杞憂に過ぎず、国士の実績はその筋に認められていたのは明らかであった。常に在野にあったことが不安を来したようであり、鷗外への意欲的な接近を生むことになった。低音で国士節《ますらをぶし》を語り続ける。

平出の死から二〇年、こう回顧した。「平出修没す、喘息を病む」と。昭和八年（一九三三）製の自筆年譜の大正三年（一九一四）の条。解剖にも立ち会った彼がなぜ「喘息」としたのか（わたし自身それを持つ身だったので苦しい病いであるのは分かるが）。記憶がおぼろになったとも思えぬ、何かの配慮をしたのか。改めて、昭和三年（一九二八）の「平出君は私に伴われて行って一週間ほど毎夜鷗外先生から無政府主義と社会主義の講義を秘密に聞くのであった」に潜む屈折を思う。戦後思潮における晶子を軸とした明星ロマンのハイパーインフレ評価の中で、鉄幹の言も自ずと重みがつき、無検証で定説化する経緯が読み取れる。

第四節　事件資料集めと浦上門徒のこと

公判のとき担当弁護士の一一人に大審院から予審の調書（潮らが行った尋問書）が一か月限りで貸し出された。平出法律事務所の事務長であった和貝彦太郎は、この調書を「原本から三通複写し、その一通は与謝野寛に、一通は森鷗外に贈り、一通は平出弁護人の許においた」（塩田庄兵衛・渡辺順三編『秘録 大逆事件（上巻）』）との言を残した。むろん現在のコピーではなく、各紙面の間に青色カーボン紙を挟んで筆写する方法だ。平出分が今に伝えられたのだが、鷗外と鉄幹の方は分からない。両者とも一切の言及はない。事実ならまた別の問題が生ずるところだが、事実の可能性は高い。複写はむろん平出から和貝への指示であり、彼の立場と気質から考えると、鷗外と鉄幹への義務感で行っている。

啄木が平出宅に行ってこれを読んだのが返却前夜の一月二六日だから（膨大な量の半夜読み＝主に管野分）、平出ら弁護士への貸し出しは一二月二五日ころ、つまり弁護人弁論が二七日から三日間だから（平出は二八日）、彼らも弁論直前に渡されてまともに読む時間もなかった。熟読させないためである。その写しが平出から鷗外・鉄幹に渡っていたとしても、書写作業を考えると、一月中旬以降のことになる。従って鷗外の『沈黙の塔』『食堂』には全く寄与していない。しかし大いに役立つことになる、四年後の『大塩平八郎』に。あの一〇月二九日の椿山荘で予審調べの打上げ宴でも、口頭で語られてはいても調書自体は示されたはずがない。史料魔の彼はさらに漁ることになる――漁史である。寛の方は恐れてすぐ処分しただろう。

このころ平出が啄木に語った言葉で事件評価に今も影響を及すものがある。判決二週間前の一月三日付け啄木日記に、年始に行ったとき言がこう書かれている。「若し自分が裁判長だつたら、管野すが、宮下太吉、新村忠雄、古河力作の四人を死刑に、幸徳大石の二人を無期に、内山愚童を不敬罪で五年位に、そしてあとは無罪にする」。いま、事件研究や運動でも四人有罪論はかなり定着し、自明とさえ見なされているが、これは平出のこの言を踏まえている。お墨付きの感覚である。わたしは慎重な考察が必要と考える。このときの平出は評論家でも研究者でもない、弁護士として、それも高木顕明・崎久保誓一両被告の担当当事者なのだ。全極刑判決が出るのが自明の状況下で、任務への思いから、つい心を許す友に発した、苦渋の言と見るべきである。

鷗外が売文社ルートで行った別の資料集めは、「獄中資料」として長谷川泉らにより明らかにされた。長谷川は鷗外が「社会運動家の久板卯之助から大逆事件の被告の「獄中消息」（獄中からの書簡の写し百十九通、勝本清一郎蔵）をひそかに購入」（『写真作家伝叢書2森鷗外』一九六五年）と書いた。勝本自身は一九八〇年の著書のなかで、「獄中消息と題するノート型クロース表紙ペン書の写本で……このような写本が今の日本になお二三部は伝在しているらしい」とし、「手許の一本の巻末には久板卯之助の名詞が一枚、上部だけ糊つけにして張つけてあり」、その裏に「コノ小冊子ハ小生目下失職ノ際記セシモノ一部御購入被下《くだされ》間敷《まじく》ヤ、代償金五円」と。

その意は、久板がこの名刺を張付けた物件を鷗外に売り込み、鷗外が応じて購入したということだ。勝本は鷗外が「物騒な書物を金五円で購入し所蔵にあたって伝来を明らかにして置く細心な注意から」（『近代文学ノート3』三五二頁）とした。その鷗外分を勝本がどこかで入手したのだ。

物件はさらに神崎清が「勝本清一郎が鷗外の分を筆者にゆずってくれた」（『革命伝説4』三五一頁）と書くように、勝本から神崎に渡っている。資料集めは幸徳と親しかった堺枯川の仕事だった。神崎は「事件記録がすべて封印された時代に、この売文社の『獄中書簡』が……極秘情報の提供、および社員の失業救済と言う二つの目的をもって知識人のあいだを潜行して、夜光虫のように光っていた」と。どうやら原流出口は平出・啄木・今村力三郎ら幾つかあった可能性がある。

つまり売文社はそれらをまとめて、まさに売文商品とした。部数自体は限られたにしても、それなり出回っていたということだ。鷗外はそのバイヤーの一人だったことになる。ぜひ欲しい資料なのだ。

地下流通にしろ、それが商品化していたということは、権力側がそう重視していなかったという事でもある。一件落着済みの捏造事件――すでに命を絶ちその余の者もシャバから遮断隔離した――そんな運命に寄せる関心などなかったのだ。公的資料も行方不明処分にした彼らである。あるいは心中に負い目があり、今さら関与したくない逃走的心理だったか。

大塚美保は二〇〇八年「鷗外83号」中の論文で改めて同資料を軸とした被告の獄中書簡、幸徳・大石・管野・森近ら計二〇人の一二〇通の詳細な来歴を洗い出している（多くは個別に明らかになっているものと思われる）。その中で鷗外が売文社『獄中書簡』を入手した時期を「大正二年六月（もしくはそれを多少遡る時期）以降、大正四年まで」と推論する。わたしはこれが『大塩平八郎』（大正三年一月号「中央公論」）に寄与したところ大と考える。

大塩及び幸徳の一件はどちらも鷗外の瞠目する大事件であった。正確には幸徳から近過去の大塩事件が大きく浮上し、うずく様に書かずにはいられなくなった。予審意見書（起訴状）完成の宴に侍り、〝役目〟をもって公判初日を傍聴した身（それまでにはこの意見書も当局筋から入り読んでいる）、資料猟渉の欲望に拍車がかかる。一般には出なかった大審院の「判決書」も当然入手、平出からのあの予審の尋問調書も得る。被告・親族の生の声はぜひ欲しいところなのだ。つまり鷗外は『大塩平八郎』までに、獄中書簡ほか、当路からの「予審意見書」「判決書」、平出からの「予審調書」は確実に、それと幸徳ら被告の弁護人宛て「陳弁書」も間違いなく所持していた。世の新聞・雑誌もむろん持っているがこちらはＢＣ級資料である。

彼の事件及び幸徳自身への関心は、反権力でも反体制でもない。既述のようにそういう人間では全くない。そこに世紀の大事件があったから…なのだ。異常時の客観・傍観、俗な表現で言えば怜悧なる野次馬目線から考証的に文芸発動できる作家である。森山重雄の「幸徳秋水には大塩平八郎のような狂的なところはなかったと思われるが、予審調書を読んだ鷗外が、予審調書によって構想した幸徳秋水像を、大塩平八郎に重ねあわせたかも知れないとはいえる」（前掲書、一〇三頁）とするのが至当だ。この過程で、神崎のいう「夜光虫の輝き」をもつそれら物件が、売文社員・久板の生活を援助する功も担っただろう。潤沢な資料に文豪の筆先が動き出した。

『大塩平八郎』は「大逆事件」に絡めて、鷗外作品のなかでも戦後多く論じられた作品だ。戦後民主主義の熱気のなかで、文豪を民主主義サイドから読み込もうとする意識が微妙に伏在していた。最左翼の極端な言が唐木順三の「鷗外は秘密裡に社会革命を目論んでゐた山縣公を中心とする努力によってそれを遂行せんとした」（『森鷗外』一九四九年）という、のけ反る様な論がある。数少ないながら公判初日の鷗外在廷を認める論者が、幸徳への鷗外の同情・共感を読み込む傾向があるのも同じ戦後気分の表れといえる。

この意識は田中惣五郎が書く、「幸徳の頭に……大塩の乱あたりも投影していたらしく見える。武器は爆弾を主として、諸官衙を焼払い、富豪の財を掠奪、余力あらば二重橋に迫り、大逆まで行けたらという構想」（『幸徳秋水』一九七一年）となり、それは革命戦士・英雄論と背中合わせをなしていた。田中は予審尋問書・同意見書を読んで、そこの記述から上の叙述をしている。ただし、尋問書を精読すれば分かるが、「深川の米倉を開いて貧民に……」という表現を持ち出したのは潮ら取調べ官の方なのだ。大塩の乱イメージへ誘導し、それを相手に貼り付け確定事実とするやり口である（拙『幸徳……』八一頁）。

田中に限らず、戦後明らかになったこれら資料に基き、陶酔感のある没入する読みで、子安宣邦が鋭く指摘したように、権力側が造った事件イメージを、それにより根拠付けてしまう危うさがあった。捏造ストーリーをこちら側から肯定してしまう行為である。

鷗外作はややダルさがある。決起直前、日和見と見た門人を自邸内で斬処分して逸《はや》る大塩の姿と、蜂起後の優柔不断な姿と――。それが鎮圧側の東西両奉行の処理の曖昧さと落馬を繰り返す無様《ぶざま》と合わせ鏡になって、煩瑣で子細な史料重視で書き進む。事件の異常さで引っ張るが、分かりにくく退屈でさえある（主題が違うとはいえ『高瀬舟』の切れにほど遠い）。あの「獄中消息」がどう生かされたかはわからないが、生かされたのは確かだ。大塩門人である下級役人が、ことに及んで上司に密告するのだが（明科事件における清水某を思わせる）、自身は病気を称して息子と甥の二少年に託す――これが始まり。身内の懊悩と悲惨な結末が、少年の健気にして不安な行動から予感される。公的調書以外の典拠を窺わせるところで、密訴の二少年の行動は事実を踏まえたようだ。

自ら引き起こした火焔の巷をながめる平八郎は、ことに加わった雑人共が「身に着《つけ》られる限りの金銀を身に着けて思ひ〳〵に立ち退」く略奪も傍観する。そのとき心を浸していたのは「枯寂の空」なる仏教的感慨であった。それは大塩でも幸徳でもなく、鷗外自身のあり様に映る。つまり決断を迫られる自身の重大事に際し、自己のことでないように身を引き、ほとんど放心状態で傍観する非主体性――デフォルメされた自画像である。

これは半年前の作、既述の『鎚一下』で高貴な人を送りにいった秀麿が、一般人は接近禁止だと見知らぬ男（実は石黒）から肩を衝かれて止められたとき、一旦は「決闘」を思うが、すぐに「一体己は何事によらず、意志の第一発動を其儘《そのまま》行為として現したことがない。これは怯懦《きようだ》かも知れない」と、感慨に耽る自己認識と一致する。これは著者本人のみならず、登場人物の平八郎及び無様な奉行という、どちらもそれぞれ責任ある立場の者が、自分がその任に関係ないかのように、振舞う（行動しない）無責任さにも通じる。そうだとすとなかなの意味深な描写ではある。自壊・自滅した事態に対し、奉行ら権力者は事後的に今度はいやに主体的風に過酷な法執行をする。何ほどかの自省を込めた、無能非情な権力批判の作ととれないこともないのだ。

『大塩』は「中央公論」一月一日号掲載だが、「三田文学」同日付けにも典拠資料などを解説した『付録』を出していた。合わせての一作である。資料に幸田成友の「大塩平八郎」などを使ったことなどを述べ（「獄中消息」への言及はない）、「天保八年二月十九日と云ふ一日の間の出来事を書いた……（事実と事実の間の空白には）推測を逞くしたには相違ないが、余り暴力的な切盛や、人を馬鹿にした捏造はしなかつた」と。翌年八月の平八郎ら二〇人の磔、加担の一一人の獄門の計三一人の名前・生国・罪状などを記した。幸徳らの判決書に倣うように。ただし三一人中、生存していたのは五人だった。それまでに自殺が六人、牢死一七人、他は他殺と病死。死者も塩漬け遺体を磔《はりつけ》・獄門に。どうだとばかりのデータ攻めの記述だ。

少年二人を含む密告者四人には何ほどかの昇進と賞銀が与えられた。塩漬け磔についてこういう付記をしている。「当時の罪人は一年以内には必ず死ぬる牢屋に入れられ、刑の宣告を受け、塩にした死骸を磔柱に」かける、これは大塩一味に対してだけでなく、「平八郎（自身）が前に吟味訳として取り扱つた邪宗門事件の罪人も、同じ処置にあつたのである」と。邪宗門事件への言及に留意したい。林太郎は幼少児、津和野での邪宗門の一件を直接見聞していた。

長崎の切支丹門徒一五〇人余が新政府により津和野藩に送られ、幕政初期と同じ改宗を迫る過酷な調べがなされた。いわゆる浦上四番崩れである。崩れとは禁令以後、隠れた存在として生きた信徒が、探査・密告により一部にしろ顕在化されて迫害を受けた事態をいう。寛政二年（一七九〇）の一番崩れ、天保の二番崩れ、安政の三番に続く四番目でこう称される。

この迫害について永井隆の『乙女峠』（一九五二年）が門徒・守山甚三郎の手記と語りからリ

アルに伝えた。甚三郎の弟の祐次郎一五歳（数え年）の死をこう書く。寒風の吹き出した一一月、布切れ一枚ない素裸で丸太の十字架にくくりつけられ、寺前の人道に放置された。太い柱を後ろ向きに抱かせ、ぐるぐる巻きに縛り、水をぶっかけ、ところかまわずむち打ち。改宗を迫るが、拒否。一四日目に青膨れで息たえだえ。やっと役人は姉マツを呼び「手当てしてやれ」と。何物もないマツは、自分の着物をぬいで弟にかけてやり、なでさすってぬくめようとした。同月二六日暁に死去。浦上からの計一五三人中、三四人が殉教。主要尋問官の金森一峰《かずね》は、林太郎六歳からの漢文の師・米原綱善《よねはらつなえ》の実兄であった。

明治六年（一八七三）二月に禁制高札撤去の太政官布告、翌三月中旬から各地に配流の信者の帰郷開始。全国で計三千四百人余、死亡六六〇人余、転宗者は千二十人余。配流先は津和野のほか鹿児島・萩・広島・福山・姫路・松江・鳥取・徳島・高松・松山・高知・和歌山・大和郡山・古市・伊賀上野・名古屋・金沢・大聖寺・富山だ。一〇万石以上の大藩が主のなかで、四万三千石の津和野は不相応に多く引き受けた。自身が平田派神道家の藩主・亀井茲監《これみ》、すでに新政権の神祇宣教の中枢にいた藩士の大国隆正・福羽美静らにイデオロギー上の自信があったからと思われる。門徒帰郷のとき林太郎満一一歳、牢は家から北約一キロ。その六月に上京し二度と郷里の土を踏むことはなかった。作品でも郷里に言及したことは事実上ない――キタ・セクスアリス中と津和野小学校同窓会演説の「混沌」でちらりとあるのみ。

改めて鷗外作を読み返す中でハッとしたのが以下だ。「僕は生まれながらの傍観者である。子供に交つて遊んだ初から大人になつて社交上尊卑種々の集会に出て行くやうになつた後まで、どんなに感興の湧き立つた時も、僕はその渦巻に身を投じて、心から楽しんだことがない」（百物語）、「どうかした無形の創痍を受けてそれが癒えずゐる為に、傍観者になつたのではあるまいか」（同）、「どうしても自分のゐない筈の所に自分がゐるやうである」（妄想）。わたしは『乙女峠』を読むうちに、鷗外の心の基層には幼年期に見たあの牢のことがあるのでは…と思うに至った。傍観主義を折にふれ主張することになる。

小堀桂一郎は先の大塩平八郎の「枯寂の空」の感慨をもって「平八郎は所謂憑かれた人ではなく、醒めた人であつた」（『選集 第四巻』解説）とする。わたしは作品からそこまで読み取れないが、続けて書く「鷗外は己《おのれ》自身もまた醒めきつた眼を以て、その一部始終を観察してみた」というのは同感する。一部始終とはまず以て幸徳らの件とわたしは解する。対象に同一化することなど全くない怜悧さ。この視線からの批判も生ずる。前々頁の傍線した「人を馬鹿にした捏造」は、すでに幸徳らの件へスライドした言及なのだ。内実を知るだけに重い——傍観から湧出した真情か。明言の潔さがないだけに、低音の裏声感にはなるが。ともかく当該事件についての潤沢な資料の下、形態としてはあくまでも幕政時代の大事件に擬する形で、文学的エネルギーを放出した。

そこにはフィクションとしての文芸、つまり歴史小説というより、事実としての歴史叙述への傾斜が明確になっていた。こちらが林太郎の〝地〟と思われる。『付録』は多くの資料をもったことの誇示のようにも読める。この鷗外作が戦後において改めて幸徳事件と絡めて論じられるなかで、「富豪襲撃・都市破壊さらに宮域も」の描写（予審調書・意見書にあったもの）が、文豪の権威の元に世の大逆イメージへの反照を生じ、幸徳らに重ねられた面が否定できない――革命英雄論と共振しながら。大塩の乱のような実態は全くないにも関わらず、上記を繰り出す新出の権力側資料も与り、そのようなものとして語られる皮肉な事態が生じた。書き手の思い入れが先行、陽明学の残照も…。実は捏造側が捏造における実態造りに苦労していたのだ。

手がかりにした具体像が、既述した明治二八年（一八九五）一〇月、ソウルの韓国王宮に軍・官・民の日本人の一団が押し入り、ロシア派領袖と目された国王夫人の閔妃を殺害した閔妃暗殺事件であった。中央の法務官僚として若い平沼が経緯を知悉していた。一五年後に幸徳らの事件を大審院検事として主導することになる。権力によって「大逆事件」とあざとく言い変えられた幸徳ら冤罪死事件の本質は、前述のように法の正統性の問題である（戦後の一九六〇年代、関係者により再審請求がなされたが最高裁は棄却した。弁護側の意見書は一九名を冤罪とし、幸徳・管野・宮下・古河ら七人を対象から外していた。こちらから有罪認定したことで、権力の掌の内にある論立てになっていた）。

『大塩平八郎』の二年前、つまり幸徳ら刑死翌年の『かのやうに』（中央公論）も鷗外の対権力・国家意識の問題として好まれ取り上げられる作品だ。五条子爵家の御曹司・秀麿の話である。学習院から文科大学に入り歴史学で卒業、銀時計手前で官費洋行にはならなかったが、家の財でベルリンに三年留学。帰って一年、職につかず（つけず？）の遊民青年だ。ある日、父子爵とやはり爵位の家の子らしい遊学仲間の絵かき綾小路との間で、神や神霊の絶対性（天皇制だろう）と近代人の知性の折り合いについて議論する。

父親の「どうも人間が猿から出来たなんぞと思つてゐられては困るからな」に、神話が「その儘歴史だと信じてはゐられまい」という思考の秀麿はぎくりとする。来訪した綾小路にこう語る。「人間の知識、学問は扠置《さて》き、宗教でもなんでも、その根本を調べて見ると、事実として証拠立てられない或る物を建立している。即ちかのやうにが土台に横はつてゐる」と。かのようにの前に「ある」があるのであり、「あるかのやうに」である。ここが核心だ。

この作も戦後、東西の思想・哲学を引用しながら、論者のかなりの思い入れを込めて（山県という存在を意識しつつ）論じられてきた。鷗外における近代知と旧体制との葛藤という論立てであり、いわば鷗外通《つう》好みのテーマのようだが、わたしは関心が湧かない。そういう論建て自体が正鵠を射ているとは思えないのだ。なぜなら、山県らは「あるかのやう」なものを軸に明治の国家を造った当の者たちであり、誰よりも実行者として周知のことなのだ。京の奥座所にひっそりあった存在を、「玉」として持ち出した当事者たち――ギョクと読んだところで変わらない。尊王の志士を高称しながらそのことを行った、リアリストたちだ。

山県有朋はその中心人物とまでは言えないが、関与した一人であり、生存者ではことを直接知る最大な存在となっていた。「のやうなもの」の知悉者、そういう山県であることを知悉する林太郎であった。この前提で『かのやうに』を読むと自ずと異なる風景が立ち上がる。作品で「父」の子爵は実は山県だという解釈は早くからあり、わたしもそう思う。上記「猿」発言は、天皇もそうであっては体制が保たれないから困るという意味だ。林太郎と二人だけ（賀古がいたとしても）の席でリアルなその言があったと思われる。いつのことかも想定できる。作品の丸一年前、幸徳ら処刑の一か月後の二月に、南北朝正閏問題が起こった。正閏とは正統か異端かの意で、メディアが絡んで大きな騒ぎとなった。

きっかけは無所属の代議士・藤沢元造（南岳の子）で、文部省編纂の国定教科書に南北朝並立の記述があるのは、南朝の現皇室の尊厳を傷つけるものと追及した。政治問題化し桂太郎内閣は苦慮する（編纂官の喜田貞吉が休職処分に）。南朝論の山県は内閣の対応が不満で「桂は何をしておるか」と怒声を発し、興奮から全身痙攣を起したと伝えられる。山県七三歳、絶対的な権力の地位にあって、老いの硬直性が顕著になりだした頃で、痙攣は事実に違いない。山県がかねて固執する陸軍の二個師団増設につき桂の曖昧な態度が不満だった。桂が増設反対の西園寺・原敬の政友会と結託し、それは自分を老害として排除しようとする共同戦線に見えたようだ。

とはいえ痙攣するほどの興奮は分かりにくい。現皇室が孝明にいたるまで北朝系であるのは自明であり、藤沢のスタンドプレー的追及があるまで、教科書もそうであったように両朝並列が常識だった。ただ官学アカデミズムの基礎を創った三上参次に昭和一四年（一九三九）の証言がある。「明治天皇におかせられてはすでに明治の初めの時に南朝を以て正統とする御意志であったということがあったのです。それを宮内大臣その他宮内省の人がすっかり忘れてしまって……」（『明治時代の歴史学界――三上参次懐旧談』二一〇頁）。これによると聖上の意志であったことになる。山県及び伊藤博文とは早くから知るところがあったようで（山県には天皇を叱りつけるような言動もあった）、明治回転秘史に属する部分かもしれない。

この時すでに桂の方が首班在任が長く、日露戦争も「大逆事件」も彼の政権の〝功〟であった。背後に山県の実権があってのことだが、それは山県がその背後性、まさに後景の存在に沈み行く過程でもあった。ニコポン宰相と言われた桂は陽性パフォーマンスの社交術といえるものがあった。山県にはどこかぎこちない自己の硬質の言動への自覚があり、彼我のその差異を認識していた（私的に文化人を身の回りにおくことにもなる）。昔から桂への妬心があったのは間違いなく、「大逆事件」の片をつけて一安堵したところへ、野党議員がつけたマッチの火が、捩《ねじ》こむように心中の屈折に引火したのだ。

ここには被害者意識が攻撃性に反転する小心な心理構造が読み取れる。実は当人こそ加害者なのだが、そのことを自身で認めようとしない心的作用が、何かを口実に（ここでは正閏論）、逆に自らを被害者の位置に転移させて安住を図ろうと作動する――自己欺瞞である。それが元々の（否定しようのないリアルの）加害トラウマとまた捻じれて重層し、さらなる攻撃性を強めるという錯綜した回路をとる。この心理作用は幸徳らのときと同じだ。

これらを踏まえて『かのやうに』に着目すると、痙攣する山県を林太郎がやんわりと諫めている作にも読めるのだ。もともと「そのようなもの」として、閣下がお造りになった国体ではありませんか、そのリアリズムはどこへ行きましたか。擬制であり、それ以上の深追いはしなくてもいいではないですか——である。公武合体論の孝明から倒幕の明治への天皇の移行は複雑な経緯で、〝玉〟問題（奇兵隊問題でもある）などに未解明部を残すのだ。

歴史学者の秀麿は最後に独白調にこうつぶやく。「てんでに自分の職業を遣つて、そんな問題はそつとして置くのだらう。僕は職業の選びやうが悪かつた。ぼんやりして遣つたり、嘘を衝いてやれば造做《ぞうさ》はないが、正直に遣らうとすると、八方塞がりなる職業を、僕は不幸にして選んだのだ」。いわば諫言の書——閣下、take it easy で行きましょう…である。

子爵家の秀麿が主人公の作は四か月後の『吃逆《しゃくり》』、その一か月後の『藤棚』、さらに翌年の『鎚《つい》一下』と続き、貴人との交を描いた（どこか羨望感が漂う）五条秀麿物と総称される。さほどの作とは思われない。あるいは諫言の書ととられるのを防ぐため（分かった人間がいるとしたら山県当人だけ）、その印象に収斂させないための続編調の話を誘導的につけ加えたととれる。何より既述の『鎚一下』で、秀麿が高貴の人を見送りに来て、警護の者から金槌を振り下ろすように肩をド衝かれ、屈辱感に陥る場面が圧巻だ。秀麿ではなく林太郎が露出してしまった。その男（石黒男爵）は一般大衆は立入り禁止…としてそうした。林太郎の怒の噴出である。しかし、怒の深さでは石黒の方が数段上回っていただろう。すでに怪し気な医師・磯貝として天下に露呈されていたのだ。少なくとも越後は片貝村出の当人はそう思っていたに違いない。

第五節　怪奇『刺絡《しらく》』と平出の衰弱

『かのやうに』と『大塩平八郎』との間の年、つまり大正二年（一九一三）に『刺絡《しらく》』をスバルの八月、九月、一〇月号と三回連載した。(Karl Hans Strobl――鷗外訳)となっている。刺絡とは瀉血《しゃけつ》ともいい、静脈に溜まった血(鬱血《うっけつ》)を注射器などで抜き出す療法で、血の気の多い若者や興奮状態の人を鎮めるために古来から東西世界で行われたという。月に一度、尼寺の僧尼たちの刺絡に行く博学篤行のオイゼビウス先生の話。尼さんたちが先生(実は同形の姿をとる化け物)の治療で全てを吸い取られ、籾殻《もみがら》のようになってしまう怪奇もので、二重人格性がある先生の成り変り譚でもある。ひどく不気味だ。

八月号――。先生は解剖用の新しい遺体を求めて、クセ者三人を雇い深夜の墓場に潜入(盗掘である)する。高い塀をなんとか乗り越え、乙女エロニカのまだ軟らかい土饅頭に、自らも慣れぬ手つきで鍬を打つ。クセ者たちは「身持ちの好い、素直な娘だつた」などお喋りが先立ち作業がはかどらない。いらつくところに、ふと脇に立つ寝巻きのような上衣姿の妙な男に気づく。歪んだ唇の間から鋸の歯のような尖った上下の歯列がむきだしている。肩に羽が生えているのか……縁にぎざぎざのある影が地面に落ちていた。そいつは先生に「エロニカは特別の価値のある体ですよ。ですが、あなたに譲つてあげます……学問のためですからね」と話しかけ、雇い人のノロい作業に「わたしの遺口を見せて上げよう、報酬は貰ひますよ」。上衣のなかから手が二本、黒い指一〇本が出る。それを墓穴に差し出すと、土が浮き上がって来て釜の湯のように吹きこぼれ、クセ者も外へはね飛ばされた。エロニカの棺蓋が現れた。三人は逃げ出した。先生が「報酬とは」と問うと、「あなたのお書斎にまゐつてから御相談しませう。あなたがお帰着になるまでには、わたしもエロニカの死骸もちやんとお書斎にまゐつています。さあ、お出なさい」。

先生はほうほうの体で家に帰り着く。古い石造りの家の鍵を開け（一人住まいらしい）書斎に入ると――解剖台の上にはエロニカの裸体が横たわっていた。わきの自分の肘掛け椅子には、主人顔でその男がいた。「此家はわたしの方があなたより精しく知つてゐます」。そして「あなたの専門にしてゐられる腎臓と肝臓との研究は、余程進歩することになるでせう」と講釈。先生のまた「報酬は？」に、「あす例に依つてあの尼寺へ往かれる筈になつてゐますね。あれをお止下さい。するとわたしが代理になつて往つて、尼達に刺絡して遣りますから」。先生は尼寺に入れる男は官許を得た自分一人と主張する（だがエロニカの遺体を前に、手術メスを使いたくて指先がもうむずむずしていた）。男は「わたしを好く見て下さい」というと、そこには何とオイゼビウス先生、つまりもう一人の自分が立っていた。しゃれた銀の撮《つま》みの散歩杖をもって。

九月号――。既に肝っ玉を抜かれた第一の先生は、「結託のしるしる」と第二が差し出す手を握ろうとする。突然、解剖台のエロニカが起き上がり、両足を台の上からすべり落ちさせて、左の手で隠すべき処を隠しながら、ぎこちなく右臂《ひじ》を伸ばして、第一の先生を遮り止めようとした。第二が激怒、「利いた風な尼っちょ奴、おとなしく寝てゐるのだ……寝てゐろ」と怒鳴りつけ、杖の頭で死骸の乳房の間を搗《つ》いた。死骸はばたりと倒れて、それきり動かなくなった。第一の先生は差し出された手を握る。

門扉にアダムとエワの浮彫のある尼寺では、ほてった体の僧尼たちが久しぶりに血を抜かれる喜びに溢れ、遅刻の先生を待ち焦がれている。尼同士の性格も違い、あれこれ嫉妬やあてこすりもある。やがて現れた先生（第二）は「自分の研究したところでは……少しお待たせ申したのは、却って宜しいのですよ。その間に血が、なんと申したら宜しからうか、まあ、少し熱度を加へるんですな。俗に申せば、お聞き苦しいかも知れませんが、沸きますのです。煮えるのです」。首座の尼バジリカに導かれ、いつもの白壁の殺風景な食堂へ。彼女は、着席する先生の容貌が異様に変化しているのに驚愕する。

一〇月号――。顎が突出し、唇の間に、先鋭な歯の二列が鋸のように剥きだしていた。バジリカが恐れで瞠目すると、首座の振舞いを真似るのが習い性になった尼たちも瞠目した。いつか一同の周囲には肉欲と渇望のあらゆる妖怪が詰め寄せていた。みな凝り固まったように動けなくなる。先生は「血には血を制御する力があるものですよ」と、世話好き尼のテクラの頸《くび》をひょいと引き寄せ、鉄の爪を肌にちょいと立てた。細い糸のような血が迸《ほとばし》り出た。同時に食堂の白壁の塗色が裂けて、過ぎ去った時代にあった元の図像、男女・童子の猥雑な姿態が浮き出て来る。恐怖の尼たちを見渡して先生は、「バジリカ様の許可を得まして、恐れながらこれからお望の刺絡に取り掛かりませうかな。こん度は少したつぷりいたしますよ」。じたばたするテクラをやっと放した。引き伸ばされて、穴を開けられて、笛のようになった頚《くび》の先には、両眼を閉じた頭がぶらぶらと付いていた。脱殻《ぬけがら》のようにぴしゃんとなったテクラの体を踏み越えて、首座の前に。三歩進んで一歩退く舞踏のメヌエットの歩調。丁寧に礼をして、鉄の爪をバジリカの肩に掛け、鋸の歯の大口をかっと開けて、頸筋に食らいついた。

尼寺の物音に周囲の街の人が気付き集まり出す。群衆をかきわけてオイゼビウス先生（第二）がやってきた。入ったまま出て来ていないのになぜ外から…と人々は不思議に思う。門内から寝間着の男が出て来た。鋸歯の口角から二条の鮮血が迸《ほとばし》り出、花模様の裾をひきずって石畳の上に湿った赤い痕を残した。人々は今のオイゼビウス先生を先頭に食堂に入る。――見れば椅子の上の肉体は皆萎《しな》びてしまつて、脱殻になつてゐる。衣装と皮膚との束になつてゐる。一点の血も滴らせずに、恐るべき刺絡が行われて、中実《なかみ》は亡くなつたのである――。

四年前のスバル創刊号の『プルムウラ』が醸《かも》すものを、わたしは裏切らせることにおいて裏切り返すというややレトリカルな表現をした。素直に平叙文でいえば、信頼を裏切ること、つまり背信である――そこに高笑いが響く。二重人格性も絡む。この『刺絡』にもそれが顕著だ。林太郎がすでに知る『ドリアン・グレイの肖像』（オスカー・ワイルド、一八九一年）の影響もあったと思われる。というより、出発点の『うたかたの記』が〝狂女〟マリイと狂王ルートヴィヒ二世という、ともに二重人格の話だった。人間のなかに否定のしようもなく存在する魔性性を林太郎が持っていたというより、あざとくそれを抉り出す描写に長《た》けた作家が鷗外であった。

『大塩平八郎』は無責任な暴発への怜悧な嘲笑でもあった。『かのやうに』が国家認識に悩む良心的知識人を描いたのか、あるいは権力者への密やかな諫言の書であったのかいずれにしろ、両作の中間時点で描かれた怪奇ロマン『刺絡』は、鷗外という作家の在り様をよく示している。全く異質の世界を内面的な葛藤も感じさせず、等間隔で書きこなす――これはこれ、それはそれの百科事典性がここにもある。

『かのやうに』と同じ明治四五年一月、雑誌「女子文壇」にリルケの小品『駆落』を訳している。駆落ち直前の少年少女の話。誰もいない夕べの寺院内、少年フリッツはひどく小さい娘の両手を、小鳥でも握っているように、やわらかにしっかり握っている。少女「あなた本当にわたしを愛して入らつしやつて」、フリッツ「なんともかとも言ひやうのない程愛しています」。朝六時の停車場で会う約束。夜が明けかけたとき、少年は床の上で寒気を感じ、「俺はもう厭になった」。頭がひどく重い。「あれは真面目だろうか……両親も捨てる。何もかも捨てる。そして未来はどうなるのだ。馬鹿げ切つてゐる。アンナ奴、ひどい女だ」。気が落ち着いてきて、もう少し寝ようと思う。また一転し、ともかく見に行ってやろう。来てくれなかったらどんなにか嬉しかろう。

発車のベルがなる。姿は見えない。ひどく気楽な心持になって、ある柱の背後に入る。と、石畳みの上を急ぎ来る靴音がした。帽子の上にゆらめく薔薇の花……。少年の心に小娘に対する恐怖が圧迫するように生じて来る。原文通り書くと――「（娘が）自分を見付けて、知らぬ世界へ引き磨《ず》つて行くのだらうとでも思つたらしく、フリッツは慌て、停車場を駆けだして、跡も見ずに町の方へ帰つて行つた」で完。ここにリルケ作（最も早期の翻訳）に託した、『舞姫』のエリスではなく、実在の婦人帽子製造職、エリーゼ・ヴィーゲルトがいる（六草いちか『鷗外の恋 舞姫エリスの真実』二〇一一年）。

わたしが傍線を付けた箇所に着目したい。むろんこの主語は少年である。それまでは少年と書き手（鷗外）は同一化していたが、ここでは天からの視線の著者になり、少年の心理を推測している。それまでの筆法なら「思つて」の断定形でなければならない。つまり傍観者へ身をずらしている。最後にそうしたことで遡上的に、少年と筆者（鷗外）は他者であるという密かな主張となり、話をそのように染めて完結させたのだ。

半年後の六月から八月まで「三田文学」に載せた翻訳『正体』は、ときの超ハイテク技術であった飛行機、その回転するプロペラに究極の美を見つけたローマの貴族とおぼしき男の話。通りで目を付けた知識人自認風の者を、古代遺跡を逍遥しながらほの暗い灯りの秘密の作業場に誘い込む。〝それ〟は王侯の間にあるような重厚な絹の帳《とばり》に覆われていた。膝を折り両肘をついで顔を突出し躙《にじ》り寄る、そんな体位の密接鑑賞法を伝授……。ほどなく、顔面をすっぱり剝り取られた当の貴族男の遺体発見の新聞記事――ブラックジョーク的恐怖譚である。

裏切り返しの身変わりで高笑いの響く典型が『佐橋甚五郎』（中央公論）だ。同じ時期の大正二年（一九一三）四月、つまり『刺絡』の四か月前の作。家康に仕える俊敏な甚五郎は、大功を立てながら家康の不信を察して出奔する。年月を経て朝鮮使節が駿府に来訪したとき、家康は主要随員の喬僉知《けうせんち》が甚五郎であることを見抜く。取り押さえを進言する家臣に、家康は頷かない――国家間の重大事となるからだ。最も丹精を込めた作に違いないアンデルセン原作『即興詩人』を引き締めるのは、主人公アントニオの親友で仇敵、ベルナルドオの高笑いである。『寒山拾得』（大正五）は見下して哄笑すること自体がテーマと読め、それをする資格があるのは自分だと示唆して締める。あるいは、投石で池の雁を死なせた『雁』にシンボライズされる、未必の故意達成のほくそ笑みともいえようか。

ともかく林太郎＝鷗外は多分野に多作する力量で、ミニ誌の注文にも応じる律義さを示した。漱石の同時期、つまり明治四五年（七月末から大正元年）から大正三年と比べると興味深い。『かのやうに』『駆落』と同じ四五年一月に漱石は『彼岸過迄』を開始、同一二月から『行人』を始めて、年を越え四月に病気休載（鷗外は四月『佐橋甚五郎』、八月『刺絡』）、九月に再開し年末完結。翌三年、鷗外は一月に『大塩平八郎』。漱石は四月から『こゝろ』、自らを切り刻むように内部世界に収斂していく――傍観とは対極の世界だ。

あるいは鷗外が舞台を観客席で観劇する人なら、漱石は観客では済まない人。自ら舞台上に

（中心ではないにしても）場がある、あるいはそこにしか場のない…人といえようか。ここにはその後の大衆文学と純文学の分岐点が現れているようでもある。意外のようだが前者が鷗外であって、大衆迎合とは対極の意識の作家に生じたパラドックスである。史伝で使ったストーリー中に著者が突如出て来て感慨を述べる筆法、「余談」を専らにする大衆的国民作家が戦後現れたし、『ぢいさんばあさん』の静寂な詩情にはすでに藤沢周平がいる。

ところで『刺絡』が出たスバル八月号から一〇月号（大正二年）は、平出修が体調を急速に衰弱させていった時であった。まず同八月号の「消息」欄に与謝野寛と山口縣の六連島《むつれしま》の講演に行く記事が載り、九月号に「六連島から帰つて以来病気で寝てゐる」。一〇月号は平出自身が、「余はまだ腰が立たない。或は骨瘍症《こつようしょう》だとも云ふ。病名は業業しいが、それ程苦痛がない。ただ歩けないから困る」だった。続けて「病中余が小説「逆徒」の発売禁止処分事件が起こつた」とし、抗議の論を一〇月号の「太陽」に出したこと、自分はさほど技量のある作家ではない、日本政府は自分を買いかぶっているのだろうと書いていた。

一一月号は「黄蝋の灯火の花」と題したやや長文の病床エッセイだ。黄蝋が蝋燭《ろうそく》の燃える状態を花にたとえた語であるようで、名はわからないが病室にあった水仙のような大きな葉をもつ花に重ねているようだ。「肉体の健康がほしい」といい、X光線治療をM先生Y先生の心配から受けた…と。控え所で腿《もも》の関節が腐って膿《うみ》は穴の様な目から流れ出たという石工職人の話を聞き、傷口も見せられぞっとしながらも、四月以来毎月二回の照射で全快近くなったということを聞き心に勇みが出る。

一二月号は「病床より」で、平野万里あてに「一〇月二六日から発熱、もう今日で三〇日になる」で始まる。大正二年度の作品をまとめて第二小説集を出す、一切は与謝野先生が世話をしてくれ、森と与謝野の両先生の序文が入るとし、「スバルも満五年になつた。君と初号を編輯して、可なり興奮して、除夜の晩に宅で夕飯を食べたことを君は覚えているだらう。その頃の太田〔木下杢太郎〕、北原、吉井、長田、茅野、石川等の諸君はみんな立派な作家となつた」。結びに「筆記をして貰つて居てさへもう疲れた。気力が尽きた。……動けるやうになつたら、大磯へでも行つて、二三ヶ月間世の中を忘れやうと思ふ。もしそれでも書く事が出来れば、萬造寺君が来月からやる「我等」の紙面を借りて発表しよう、さようなら（平出生）」。これが終刊宣言であった。三か月後に三六歳の死。

その間なお気力は尽きない。あの「我等は全く間違つて居た」の読売新聞エッセーは一月二二日付けであり、同月に書いた評論「平塚明子の共同生活を評す」が「新日本」三月号に掲載された。父母の家を出て、一日一刻も離れて居られない愛人Hとの同棲生活入りを自立とする明子の主張への長行の手厳しい批判で、これが絶筆となる。

同月中旬、鷗外は既述の「凡《およ》そわたくしの持つて居る限りの物を、殆《ほとん》ど悉《ことごと》く持つて居られる……持つて居らぬもの物をも、多く持つてをられる……わたくしより豊富であると云ふことを、わたくしは嫉妬なしに認めるのである」との絶賛の「序」を発送（寛あてで彼が持参し届けたよう）。死の前にして弔文であった。内臓各気管のほとんどが壊滅状態であることに、軍医学校での解剖に立ち会った医師の木下杢太郎が驚いた。つい『刺絡』の〝籾殻〟が連想される。アイロニカルな事態の同時進行が悲愴感を強める。

終章　小説家から考証史家へ

『雁』のクライマックス、無縁坂のいま。旧岩崎邸の石垣と赤レンガ塀は変わらない　＝2022年春、文京区湯島4丁目で木村写す

第一節　アナール派流の「歴史その儘」

明治四二年（一九〇九）一月のスバルの創刊で始まった鷗外の小説活動は、五年間同誌をベースに行われ、事実上、大正四年（一九一五）で終わる。つまり計六年である。中間点の一九一二年（明治から大正へ改元）で、それまでの当世（現代）ものと、以後の歴史小説と特徴つけることが出来る（翻訳作は両期及びそれ以前からの『即興詩人』など継続した）。現代ものの代表作が『魔睡』『青年』『雁』であり、「三田文学」誌上での『沈黙の塔』『食堂』などもあった。転換点をなしたのが明治天皇死去に伴う乃木希典夫妻の殉死で、それが歴史もの最初の『興津弥五右衛門の遺書』とされる。翌二年の『阿部一族』『護持院原の敵討』、同三年の『大塩平八郎』『堺事件』『安井夫人』、四年の『山椒大夫』『ぢいさんばあさん』『最後の一句』など印象深い作を生む。いずれも基本的に短編。『高瀬舟』は五年一月の発表だから前年中の仕事だった。そして小説とは全く異質な「史伝」の時代に入る。

わたしは歴史小説への移行は乃木殉死より幸徳らの事件が契機をなしたと考える。つまり『大塩平八郎』だ。大塩の乱に擬制した「大逆事件」叙述である。ことがあって瞬時に筆が動いた作ではなく、四年余の様々な資料集めを経て慎重に仕上げした、制作過程における異例の作であった。資（史）料への執着はもともとあったが、とりわけの傾倒であった。そののめり込みのなかで、あの作動せずにはいない筆が、すでに取得していた諸資料類にも及び、上記の歴史ものをいわば副産物的に——軽いの意ではない、名品である——生み出した。乃木殉死はトリガーであったといえる。

彼が『歴史其儘《そのまま》と歴史離れ』（大正四年一月）で主張した「歴史離れ」作とは、文学史的には歴史小説といわれており、歴史事実を踏まえながら現世相にそれとなく絡ませつつフィクションの羽を伸ばしていく。その筆運びからすれば彼にとって現代ものと基本的に変わらない作業であり、華麗なロマンの世界（ロマネスクが妥当か）を作り出した。例えばあの『舞姫』にしても事実を踏まえて〝のような〟世界に仕上げたフィクションであった。

一方で、資料（史料）そのもの、つまり事実（自分の解釈を加えない原記述＝歴史其儘）へのこだわりが、フィクションを押し退けるように本質的にあった。文献考証への癖といえる性向であり、それは対象と同一化してはならない、客観＝傍観の世界であるべきものであった。元来が医学・自然科学の徒であることも関係する。

『歴史其儘と歴史離れ』の中で「山椒大夫」の制作過程を例示してこう説く。古来の伝承（ここでの歴史其儘）では姉の安寿と弟の厨子王が丹後の山椒大夫に買われ、奴隷労働させられるなか、姉は弟を逃して後に残り責め殺され、弟は京に逃れて貴人の養子となり、丹後の守に出世する。弟＝丹後の守は佐渡に渡って、粟の鳥追い作業をする盲《めしい》た母を救い出し、山椒大夫の方は鋸で挽き殺させる。大夫の子三人のうち兄二人は厨子王をいたわったので助命し、残虐だった末の三郎は父と共に鋸挽きにした――。ところが『山椒大夫』では出世した厨子王は丹後国での人の売買を禁ずる奴隷解放宣言を出し、大夫に対しても宣言通りに解放して給料を払い、そのことで一族はいよいよ冨栄えたという、ヒューマニズム・エンドとなった。

上の其儘論で「こんなにして書き上げた所で見ると、稍《やや》妥当でなく感ぜられる」と書くのは、甘い結末への忸怩感に他ならない。同論の冒頭部で、「わたくしは歴史の「自然」を変更することを嫌つて、知らず識らず歴史に縛られた。わたしは此縛《しばり》の下に喘ぎ苦んだ」とある。これは本来的な自然科学人、あるいは考証人の意識を語っている。「そしてこれを脱せようと思つた」のだが、「さて書き上げた所を見れば、何だか歴史離れがし足りないやうである。これはわたくしの正直な告白である」と結んだ。小説書き敗北宣言に違いない。ハッピーへ飛躍した物語化に、客観の人・考証人としての後ろめたさがあり、同時に小説でも飛躍に徹し切れない作家としての自己への忸怩感が輻輳している。「決して自分の考えを直接に言わない」（向坂逸郎）、「自己を語らなかった鷗外」（林達夫）だったが、わたしは珍しく素直に本心を語ったのがこれと思う。

とはいえなおここでも林太郎特有のひねりがある。歴史離れの小説に難を自認するポーズをとりながら、これは歴史其儘への自信の宣言でもあるのだ。ここも向坂の言う「逆櫓」がある。すでに作業に入っていた『渋江抽斎』に始まる史伝作品（わたしは歴史叙述という）がそれで、従来の小説（歴史もの当世ものを問わず）とは全く別物となる。両タイプの小説に通奏低音としてあった背信と高笑いは消滅し、静謐な世界の出現だ。どこか灰汁《あく》抜けしたと言えそうな…。興味深いのは漱石が二年前に『こゝろ』、前年『道草』と、魂魄《こんぱく》を滲ませた長編小説にまた一段ギアが入ったときであった（当年は五月から『明暗』で中途のまま年末死去）。自己の心底を切り刻むように作品化していく文学世界に、自己を語らない作家は立ちつくさざるを得ない。ここから客観者の立場で可能な叙述、あるいはそうであるべき叙述世界へ舵を切ったように見える。

うずくようにある「其儘」志向が、幸徳の一件を通して、躍動する筆となる。大小説家である漱石の波動も影響したと思われる。それへの逆櫓意識もあったか。大正三年、「中央公論」の『大塩平八郎』自体は小説だが、その作業過程は内部から遠心力で飛び出すような事実性モメントが働いていた——これが「三田文学」での『附録』となる。正真正銘の其儘作が、五年一月開始の『澁江抽斎』だ。大マスコミ「東京日日新聞」（及び同社の親会社・大阪毎日）紙上での初の長編作（一一九回）で、史伝と呼ばれることになる。六月からは『伊沢蘭軒』、翌六年は『北條霞亭』と同紙上で馬力がかかっていく。『歴史其儘と歴史離れ』での小説敗北宣言の後も、一年の間に『ぢいさんばあさん』『最後の一句』『高瀬舟』と珠玉の小品を生むが、どこか消え行く蝋燭の最後の光輝の感がある。屈折感も滲ませながら。

『渋江抽斎』は気楽に読める作ではない。が、石川淳が「一点の非なき大文章」といい、林達夫が「知識人の叙事詩」と絶賛したほどに、鷗外通には高評価である。「抽斎は現に広く世間に知られてゐる人物ではない」で始まるように、鷗外作で知られることになった人物であり、その着目がなければ歴史の中に消えた存在に違いなかった。大名を軸とした武家の紳士録である江戸『武鑑』に親しむなか、鷗外は弘前の津軽家の藩医で考証学者であった抽斎のことを、その著「経籍訪古志」が没後に長崎の支那公使館の清人により刊行されたことで知り、傾倒していく。抽斎の四番目の妻・五百《いお》との間の子、自分より六歳上の保《やすし》を尋ねあて、彼から「獲た材料に拠り」この作品を書いた。

「抽斎は医者であつた。そして官吏であつた。そして経書や諸子のやうな哲学方面の書をも読み、歴史をも読み、詩文集のやうな文藝方面の書をも読んだ。其迹《あと》が頗るわたくしと相似てゐる」とし、ディレッタントに過ぎない自分は比べて忸怩たる思いと謙遜しつつ、「曾《かつ》てわたくしと同じ道を歩いた人である。しかし其健脚はわたくしの比ではなかつた。……抽斎はわたくしのためには畏敬すべき人である」と強い共感を叙す。傍観の人、鷗外とは思えないほどの同一化の表明だ。

ただし、記述自体は系譜・類縁・墓、職歴・職位・住居など執拗な事実考証に徹する。そして抽斎のことは安政五年（一八五八）、五四歳での死まで（連載の中ほど）、後は子孫・親戚・友人に広げて、総体として抽斎を軸にした百数十年間の、いわば名もなき一族の中長期の記録だ。抽斎及び友人らはとくに高位でもなく（士・商・農、富裕・貧を問わず知識人ではある）、時代の脚光を浴びた存在でもない。むしろ民衆層として括られる人々だ。そのなかでも後妻・五百がヒロイン的に浮かび上がる。家庭において優れたる女性、あるいはそのことにおいて鷗外の筆が冴える。

五百を軸にして物語性が生じる。神田紺屋町の鉄物問屋、豪商・日野屋の次女に生まれた。一二歳で江戸城の本丸奉公に出る。奥女中たちは夜の長廊下で鬼が出るのを怖がったが、五百は一人行き、飛び出した子鬼を捕まえた。どこかの松平家の悪戯坊主の若君で、坊やは泣いて謝った。一五歳で藤堂家に奉公するが、同家に決めるまで二〇数家を訪れて自分の目で選定。すぐ殿様附きで、奥方の祐筆も兼ねた。一〇年務めて父の死で実家に戻る。家を継ぐ兄は放蕩児で、その教育を頼まれた抽斎もてあましていた。抽斎（四〇歳）は前妻を失くしており、五百（二九歳）の方から夫に選んだ。兄を制御する意もあった。

こういう活劇も記す。勤皇の士でもある抽斎は、八百両の金がなく苦しむある貴人のために、親戚故旧を集めて無尽講でその金を作り出し、明朝届けることにした。夜中、三人の侍が来て、今日中に必要なので我らが派遣された、と。信じない抽斎は断る。三人は刀の柄に手をかける。そのとき障子が開いた。「五百は僅に腰巻一つ身に著けたばかりの裸体であつた。口には懐剣を銜《くは》へてゐた。そして閾際《しきゐきわ》に身を屈めて、縁側に置いた小桶二つを両手に取り上げるところであつた。小桶からは湯気が立ち升《のぼ》つてゐる。……つと一間に進み入つて、夫を背にして立つた。そして沸き返るあがり湯を盛つた小桶を、左右の二人の客に投げ附け、銜へてゐた懐剣を把《と》つて鞘を払つた。そして床の間を背にして立つた一人の客を睨んで、「どろぼう」と一声叫んだ」。三人は一斉に逃げ出した――。

理財・蓄財の才能もあった。津軽藩医の抽斎が将軍・家慶《いえよし》に謁見することになる。世人からは賛仰・羨望の注目で、その者は自邸で祝祭の盛宴を開く例になっていた。自宅には多くの客をもてなす広間がない。新築となる。五百の兄が来て三〇両の見積もりで着手、しかし工事半ばにもならぬうち、百数十両に及んだ。抽斎は青くなるが、始めから兄の指図を危ぶんでいた五百は、「ひどく出すぎた口をきくやうではございますが、御一代に幾度と云ふおめでたい事のある中で、金銭の事位で御心配なさるのを、黙つて見てゐることは出来ませぬ。わたくしにお任せなすつて下さいまし」。箪笥長持ちから嫁入り道具の衣類寝具、二百数十枚を出し質屋で三百両とした。建築費に余りある金だった。

抽斎没後に亀沢町に三千坪の邸宅を、当主はいま京都勤め中の角倉家から購入した。夫とその家のための一念、家政の指揮者である。まさに封建の女であり、その気風《きっぷ》（自身が目立とうとする意識は皆無）が当の封建の世を打ち破って迫るような、奇妙な普遍性を感じさせる。

中村稔の近著『森鷗外『渋江抽斎』を読む』は、「何という莫迦げた出費を強いる慣習であったか、声を呑むばかりである。質入しても受けだす金銭を調達できるはずはないから、結局は質流れになったにちがいない」と。そして「一連の出来事はまことに愚劣極まるという感が強いが、これが江戸末期の風俗、慣行と見れば、興趣がふかいことは事実である」とする。愚劣にしろ時の慣行や風俗・衣装を記し、鰻丼が二百文、天麩羅蕎麦三二文、盛掛一六文などの諸物価、医家の三食の膳の献立、また主人死後の妾の処遇、賭博の実態など社会的日常の記述が多い。日常性のなかで女・子どもの生身の姿が浮上する。

飛躍するようだが、この日常生活・慣行・祝祭・衣食住に着目した歴史記述で、つい頭に浮かぶのが、戦後の日本で（正確にはフランスからの衝撃を受けて）歴史学を風靡したアナール派歴史学のことだ。従来の政治史・外交史・軍事史という国家を主役とした伝統的あるいは正統的歴史学（自ずと支配権力のことが軸となる）に対し、人間活動全般（自ずと民衆の日常性）重視となった。権力交代・国家形態の転換、勝戦・敗戦など明確な時点で歴史を区切る前者に対して、後者は生活において時間は継続する。前者で最も分かりやすい例が日本では明治維新だ。もともと時間・歴史を元号で区切ってきた（時間の支配権）が、政治・外交・軍事が溶鉱炉で煮詰まったようなこの時点で、とりわけ歴史はその前後で画然と区別された。実はここで驚くのがこの鷗外作なのだ。

抽斎は安政五年（一八五八）八月に死去。夕食に少し腹具合が悪く嘔吐し険悪になり、名のある知人の医師四、五人が手段を尽くすが、譫語《せんご》（うわごと）のなか六日目に絶息。病名は記されていない。これが第五三回で、以降の時間は「抽斎没後〇年」でカウントされるのだ。例えば明治元年も「没後第十年は明治元年である」とあるように、メインの抽斎没後のサブとして記す。絶対的時間の相対化である。没後四〇数年の大正初期まで子孫におけるこの時間記が及ぶ。維新で切断されることもない時間が本書の正記である。

その没後一〇年、亀沢町の三千坪の地所・邸宅を四五両で売って、もともと江戸人の五百《いお》母子は藩主の後を追い弘前に下る。「畳一枚の値は二十四文であつた」が、渋江家における明治維新である。抽斎没後第一四年の明治五年五月、五七歳五百は東京に戻る。医者は士分としての扱いから外され、すでに生計に余裕は無かった。六九歳での死は夫没後二六年（明治一七）二月、息子の保の烏森の家でだった。攻玉社と慶応義塾の教員をしていた。元気だった最後の一週の食事・行動が克明に記された。歴史地理書を好み、六〇過ぎてから英文を読み始めた人だった。

アナールの名は一九二九年（昭和四）、リュシアン・フェーブルとマルク・ブロックにより創刊された社会経済史年報《アナール》に由来する。日本に先導した二宮宏之によると、その特徴は「歴史を常に現在との対話のうちに捉えること」とし、それは「過去をまさにその時点における現在として、言い換えれば、結果としての歴史ではなく、人間が不可知の未来を前にして一瞬一瞬の選びのうちに創造していく」過程の記であり、「人間活動の多様な側面、何らの階層性も設けられておらず、その相互関連性が重視される」（「歴史的思考とその位相」一九七七年）。ここに政治・経済・法制などに分割されて生きているわけではない民衆像が自ずと浮かぶ。表層の政治的激変に対し、歴史の深部における緩慢な動きであり、長期的持続性であり、生きる体と心の問題として食物・衣服・居住・健康（病）への関心となり、年中行事へのこだわり、そして人々の心性《マンタリテ》が探られる。社会史である。

『渋江抽斎』は抽斎を軸に同僚・家族においてまさにそのことが語られていた。上記、中村著は祝祭儀礼への「莫迦げた出費を強いる慣習を愚劣極まる」としたが、これは「結果としての歴史」の現在の価値判断からの裁断に違いない。鷗外が書いていたのは、「過去のまさにその時点での現在」としてかくあった歴史相である。人々のマンタリテが活写されていた。もっとも中村著は、「これが江戸末期の風俗、慣行と見れば、興趣がふかいことは事実である」と正当なコメントも加えている。予め文豪として拝跪の姿勢がふつうの鷗外論の中で、本書にはそれがない。五百については幼児から林太郎を叱咤激励して育てた母・峰子から創作したフィクションとする説もあるが、執筆の過程で母の心性から入れ込んだ部分はあるにしても、ベースは事実其儘とわたしは考える。

歴史其儘と歴史離れとは、史料に忠実な歴史叙述と虚構に基く文学作品という古くからの対立命題といえる。ここで二宮は「史料読解の過程には歴史家が過去を再構築する際のナラティブの構図がはねかえっている」とする（『歴史の作法』二〇〇四年）。実証作業にはそこには既に読み手の（主観的な）眼が入っているということで、つまりナラティブである。だから「実証と解釈を二分してそれぞれを別個の相互に独立したオペレーションと捉える発想は成り立ちがたくなっている」（同）と。続いて、「鷗外以来の「歴史そのまま」と「歴史離れ」の二項対立で歴史と文学の関係を捉えることは、もはや大した意味をもたないだろう」と。ここは鷗外に対して正確な認識とはいえない。

二項対立では済まない、グレーゾーンで交じり合う部分が多いその渦中にあって、実作者として苦渋の吐露が鷗外の『歴史其儘《そのまま》と歴史離れ』であった。主観的には其儘へ力点をずらそうとする位置でのジレンマを語っている。ということは、まさに二宮の主張する「二分などできない」

という論を、百年近く前に語っていたことになる。『渋江抽斎』は基本的に社会史であり、そこに生きる人間像（五百が典型）を浮上させた歴史記述であった。

もとより鷗外は社会史を書こうとしたわけではなく、書いたものがそうなっていたということだ。アナール誌発足の一三年前に――。林達夫のいう「知識人の叙事詩」を確かに思わせる（ユダヤ系フランス人のマルク・ブロックは第二次大戦中、パリから南仏に移ることを余儀なくされた。レジスタンス運動に指導的立場で参加、ナチス秘密警察に捕らわれ銃殺となる。五七歳、シオニズムとは無縁の共和主義者であった）。

既述のように抽斎のあと『伊沢蘭軒』（三七一回）、『北條霞亭』（五七回で中断、後に「帝国文学」と「アララギ」で書き継ぎ完）と東京日日・大阪毎日紙上でさらなる長編に進む。最晩年にしてのマスコミ本格露出である。蘭軒も霞亭も抽斎と縁があり、いわば続編で学者・類縁・周辺の人々との日常の交流を執拗なまでに詳細に追う。新聞社側には、漱石を擁していた朝日に対抗する意図があったらしい。ただし鷗外自身はマス迎合する意志など全く無く、ミニ道を貫徹する。作ごとに高踏的になっていった。そう表現したいからそう書くのだ…と歯牙にもかけぬ風情で。

前者の伊沢蘭軒でわたしの漢文能力ではすでに困難、ほうほうの体で門前たどり着いた後者・北條はそのままダウンの惨状だ。『渋江』にして折りしも出た中村著に負うところが多く、感謝している。『北條』の新聞中断の理由につき、本人はアララギでの再々開時に「日刊新聞に物書くに便悪《たよりあ》しくなつてしまつた」としただけ。あまりに高踏的に過ぎて、紙面のむだという社内の大衆《マス》優先論が生じたようだ。新聞社としては当然で、ここまでで十分に見識を示したと言える。

鷗外に強い新聞及び記者批判があったことは既述したが、それは厚かましく無礼な記者との直接体験（村山某に限らず）からという以上に、一度に大量に日々作り出す、まさにマスコミへの本質的な疑義があったと思われる。少し前まで知識層の間でふつうであったミニのあり様であり、エリート主義ともいえた。それは反近代に違いなく、ここにも斜に構えた自論「本の杢阿弥説、洋行帰りの保守主義者」（『妄想』明治四四年）の姿がある。連載中断は想定内ことだっただろう。漱石とは対極的位置にあり、そのことを意識しての文筆活動だったと思える。

ところで、鷗外はこの歴史叙述で何を目指したのか——すでに跳梁していた皇国史観などとは無縁である。第二次大戦後的な「科学的」歴史学はいうまでもない。何を目指すというより、自らの本旨に素直に戻っていたのだろう。あの『キタ・セクスアリス』や『魔睡』『食堂』、あるいは『阿部一族』『堺事件』など、ある種あざとさが漂う（あえてそうしている）小説に対し、地味な学者らの日常を粘液質的といえる史料考証で綴る。祝祭・楽《がく》があっても静寂である。こちらが真の鷗外なら、小説の方は作風の違いということではなく別人の筆者がいる（漱石に作風の違う作はあるが、『猫』から『明暗』まで一人の漱石だ）。

ここで鷗外が証明しているのは、歴史記述には優れた文学的感性が必要だということである。わたしは強くそう思う。批判的に書いてきた本書だが、この点で最大級に高く評価している。ただ、瞠目すべき『渋江抽斎』の元号さし置き叙述だったが、大正一一年（一九二二）の死の直前まで力を尽くしたのが『元号考』であった。大化から大正に至る二四〇余の年号の出典の考証で、同六年に就任した帝室博物館総長兼図書頭《ずしょのかみ》としての編纂事業だ。本人としては未完に終わるが、大正の次の元号案の作業だったらしい。最後の公職であり、東都の中枢に場のあった石黒・小池とは違い、正倉院の調査など考証に叶う役どころだったが、すでに体調も優れぬなかの南都・奈良へ下る出張生活となった。

　実は元号「大正」に不満をもっていた。大正九年四月二八日付け賀古鶴所への手紙に「大正ハ安南人ノ立テタ越トイフ国ノ年号ニアリ」とし、支那では大いに正の字の年号を嫌っておる、「一にして止まる」この字をつけて滅びた例いくつかあり「不調べノ至リ」である、と。改元作業は総理・西園寺（第二次）のもと、宮内庁担当官ら五人だった。明治天皇の死が七月二九日夜、三〇日に「大正」を発表。漢籍に造形の深い西園寺が差配し、実質一日で選定した（野口武則「『元号考』成立についての一考察」二〇二一年）。明治が大なる存在だけに準備しにくかったのだろう。「不調べ……」は西園寺に対しての言である。あの一五年前の雨声会の居心地の悪さも去来したか。現天皇は病身、次への作業だがそれにはまだ六年あり、自身が二年後に逝ったので「昭和」には関与していない。生涯の締めの仕事でも、逆櫓があったように映る。

『元号考』の前、大正八年秋から筆を起し一〇年春に完成したのが『帝諡考《ていし》』だ。天皇没後の諡（贈り名）論であり、神武から明治まで一二〇余の歴代諡号の出典を考証。奈良末の淡海三船《おうみのみふね》の撰に始まった二文字の漢風諡号から説く。渋江・伊沢などの歴史叙述が考証的であったのに対し、

『元号考』とともに考証学そのもの。体調を崩し、死期も意識していたに違いないなかで、最後に没頭した仕事がこれであったことは、地が本質的に文献考証の人だったことを物語る。『帝謚《ていし》考』は『北條霞亭』との並行作業であり、歴史叙述から考証そのものへの帰着を窺わせる。

弟の潤三郎も「兄は斯様な種類の著述ならば前人以上に出来ることが出来るといひ、帝謚考はよく出来たと人にも語つてゐた」（『鷗外森林太郎』）と証言。画然と整頓された記述は改めて百科事典の整叙を思わせる。既述の『妄想』に登場したハルトマン、ショウペンハウエル、ニーチェらに絡めてその思想が云々されるが、それは上張りであり、基層は幼児から鍛えられた秩序の朱子学がベースの漢学であったに違いない。本の杢阿弥の根源である。対象に同一化しない怜悧な客観主義がある。自ずと陽明学的心情への嫌悪ともなったのだろう。

第二節　森林太郎、誇り高く死す

鷗外論を締めるとき、どうしても遺言に至らざるを得ない。大正一一年（一九二二）七月九日の死の三日前、枕辺の賀古鶴所に筆記させたものだ。生涯の親交への謝意を述べた後、「余ハ石見人森林太郎トシテ死セント欲ス　宮内省陸軍省皆縁故アレドモ　生死別ルヽ瞬間アラユル外形的取扱ヒヲ辞ス　森林太郎トシテ死セントス　墓ハ森林太郎墓ノ外一字モホル可ラス」と続き、だめ押しのように「宮内省陸軍省ノ栄典ハ絶対ニ取リヤメヲ請フ……唯一ノ友人ニ云ヒ残スモノニシテ何人ノ容喙ヲモ許サス」とリフレインする。彼が栄典というとき、こだわった爵位を思わざるを得ない。

従来からこの視点から論じられてきたところだが、それを貰えなかったことへの屈辱だと単純化して書いたのが大谷晃一の『鷗外、屈辱に死す』（一九八三年）だった。小説としての著で、死の前日八日の床で主人公はこういう感慨にふける。「だが、しかしついに爵位のことはなかった。手続きに日時が要るから、あの遺書の前（賀古筆記の六日）から自分の処遇は決定していたと考えねばならない。やはり、男爵をくれるつもりはなかったのを、思い知らされた。遺書が公表されることによって、屈辱は糊塗されるかもしれない」。だが、結局「鷗外は屈辱の中に死んで行くことになった」と大谷は地の文で書く。糊塗とは世人はこちらから拒否したととってくれるだろうの意だ。本当にその屈辱に死んだのか――。

わたしは明治四二年（一九〇九）六月号のスバル誌の『魔睡』で、あやしげな治療をした磯貝嚼《きよし》において、林太郎は軍医界のドンである石黒忠悳に決着をつけたとした。石黒は磯貝が自分であることを直ちに悟った。この御大のお墨付きなくして軍医からの爵位上申はあり得ない。同で最終的に意を決していた林太郎である。その上のツルの一声はついになく…。死の床で怖れていたのは、じつは大谷説とは逆にこの期に及んで爵位が来ることであった。死後の栄誉の号とは、諡（贈り名）であり、彼にとってはそれこそ屈辱であった。爵位とは陽光の下、それを帯びて輝かしく闊歩すべき称号であり、そこから光が放射される、いわば元号のようなものなのだ。諡号としての爵位を林太郎は早くから冷ややかに見ていた。

西周《にしあまね》の例である――三三歳上の遠縁にして同郷者。哲学という学問名を造るなど、啓蒙的役割においても似ていた。林太郎は一一歳で上京し、周の家に寄寓して学校に通った。ただしその後は一線を置いた気配がある。西は林太郎が一年半で別れた最初の妻、海軍高官の娘の赤松登志子をとりもった人でもある。作中に現れる西とおぼしき人物に敬意は感じられない。明治三〇年（一八九七）一月に死去すると林太郎は養子の西紳六郎からの依頼で、翌年「西周伝」を書き上げた。その末尾、「二十九日に男爵を授けらる。三十一日に勅至る。紳六郎大声もてこれを告ぐ。周頷く。午後九時三十分薨《こう》ず」。「大声もて……頷く」が一つの小説場面になっている。紳六郎の上ずるような歓喜が響き（栄光は即彼に来た）、応ずる末期の周――客観（傍観）する書き手のシニカルな笑みが滲む。

西周がこう遇されたなら、林太郎が同じであって全く不思議はない。間違いなく宮内省と陸軍省も動いていたのだ。『帝謚考』『元号考』とも宮内省の仕事である。石黒ブレーキがかかっていたことが、いまや起動力を強めた可能性がある。ちなみにかくしゃく存命の石黒は二年前に爵位一つ昇り子爵になり、位階は正二位勲一等功三級だった。いつも直上にいた小池正直も男爵で正四位。林太郎は無爵で正三位勲一等功三級だ。つまり小池よりすでに二ランク上。お役所的感覚ではすでに不都合であり、爵位追贈論は確実に強まっていただろう。縁の深かった部局、情報はすぐ耳に入る。

ここに「宮内省陸軍省ノ栄典ハ絶対ニ取リヤメヲ請フ」をリフレインした意味がある。爵位の没後追贈（死期の枕辺にしろ）の儀式がプライドを傷つける上、そのことで貴族院を闊歩する石黒・小池との格差が改めて明示化されるのだ。考証学の士、それも権威の核心部についての…。実態のない名誉貴族、その永久化こそ屈辱であった。ことを担い得るのが賀古鶴所だった。「唯一ノ友人ニ云ヒ残スモノニシテ何人ノ容喙ヲモ許サス」の強い言葉となった。飾りの言ではない。そして…そうなった。

満六〇歳、林太郎の死去は九日午前七時、翌朝の新聞報道に余裕のある時間帯だ。手際よく記者に対応する賀古の姿が浮かぶ。翌日の朝日紙面はサイドの記事として、「森林太郎之墓とだけ誌してもらいたい、只一個の人として官職や位階勲章から離れた墓にしてもらいたい」と遺言の趣旨を伝えた。賀古は朝日記者には念を込めただろう。それでも、その九日の内に「従二位に叙す」の一ランク特進が届いた。同紙面の片隅に「位階 陞叙《しょうじょ》」の見出しで、正三位が従二位になった新位階の辞令が小さく載った。本人の預り知らぬ事ながら、男爵・小池より位階は三ランク上になっていた。

位階には苦々しい思い出がある。一一年前、文藝委員会設立の際、朝日に「正四位勲二等功三級医学博士文学博士」とこれ見よがしに羅列された悪夢だ。それらを拒否するわけではない。彼の感覚では当然の位であり、当然だけに取り立ててあげつらってもらう筋のものではない。ましてや墓碑に刻むにおいてをや…なのだ。そのとき屈辱として脳裏に去来する光景があったとすれば、あのコッホ来日時のことに違いない。

なぜ津和野人でなく石見人かとの論がある。津和野は江戸時代には地名の表記ではなく藩名と城下の中心街を意味した（山岡浩二『明治の津和野人たち』二〇一八年）というから、いわば今の霞ヶ関のようなメカニカルな語感に違いない。だからツワノ人の音を使った唯一の朝日掲載作の『木精《こだま》』は、ツワブキの花の意の槖吾野人を以って署名とした。人が大地に根ざすとき、それは郷里となる。津和野人はなじまず、石見人になった。

石見人森林太郎は誇り高く死んだ。

あとがき

「鷗外は二つの顔をもったヤヌスのような作家で、一筋縄ではいかない」と書いたのが森山重雄だ（前掲書七三頁）。それはギリシャ・ローマ神話の神で、頭の正面と後ろとに二つの顔をもつ。正面が神、背面が悪魔ともいい、二面性・二重人格性をシンボルし、さらに智恵者をも意味するらしい。それは三宅雪嶺や向坂逸郎に見たように、早くから指摘されていたが、わたしにはヤヌスとはどうも違うように思う。二つの顔があるのは確かだが、両方とも正面を向いているのだ。

例えば踏み切りの警報機は正面を向いた赤い信号が交互に点滅するが、鷗外の場合その一方が白であり、赤と白が交互に点滅する印象なのだ。赤は白があることでより赤性が際立ち、白は赤があることにおいて白性が際立つという相補性。官僚と作家であることから主ずる軋轢・不如意は確かだったが、しかし、官僚であることにおいてよりよく作家たり得、作家であることにおいて確たる規律の官僚であり得たということだ。むしろ、しなやかに変身をこなした。処世という と身も蓋もないが、矛盾ではあるにしろ、そうであることを生かしていた。

こう考えると、近しい存在にも見えてくる。文豪と比較するのは僭越だが、わたしたちはふつう多かれ少なかれ、ミニサイズながらそのように生きている…あるいは生きたいとさえ思っているのではないか。当今話題の鮮やかなる二刀流であり、時代を突出した人物像が浮上する。

まえがきで記したように鷗外への関心は幸徳事件の調べから発した。最近の五、六年、つまり古希をまわってのことだ。その読書体験は学生時代の『青年』『雁』『ヰタ・セクスアリス』『山椒大夫』『堺事件』『阿部一族』『高瀬舟』だけであったことを告白する。つまり『選集』二一巻をあわただしく読み、必要に応じての『全集』の瞥見のにわか鷗外ディレッタントである。『即興詩人』の悲恋ロマン（と見せつつ奇跡のハッピーエンド）ぶりを、七〇年を経て知った。孤児《みなしご》アントニオには、窮地に陥ると待ち構えていたように救いの神々（美女たちである）が現れる。改作も多分あえて辞さず、原童話に縒《よ》りをかけたロマネスク表現で仕上げ、「原作以上」なる評を呼んだのだろう。ありていに言って、乙姫さまと幸せに暮らしました、めでたしめでたしの浦島譚。実際、女神である乙女ララとは、赤い火を噴くあの山を望む海で遭遇した海難が縁であった。

林太郎自身における即興詩人をまた思う。アヌンチャタは消えた（消した）エリスであり、奇跡のララ＝マリアは「少々美術品ラシキ妻」（賀古宛て手紙）志げのようである。あの小倉左遷も、不測の事態からパトロンのボルゲエゼ家から追われ、ナポリに流浪した失意のアントニオに重ねられただろう。自らの人生を即興詩人に擬した、執念の翻訳作業だったに違いない。ロマンの人ではあった（わがアヌンチャタはその音感の面白さだけのことであった）。

むしろ漱石読みであった。ただ人間としては鷗外が分かり易い（と勝手に思う）。人間的弱点というものを、林太郎は読み手に辿られる得るように案外正直に書いている。根が考証の人ということもあるのか。そこを批判的に率直に書いてきたつもりである。比べて人としての漱石の分からなさを改めて感じた。向坂が指摘する「櫓」で作品傾向をあえて二分するとき、一つの向きが『渋江抽斎』など歴史記述、あるいは『高瀬舟』など歴史小説のいくつかであり、他方の向きは椋鳥的な高笑いが響く多くの作だ。いずれにしろ「闘う」という形容は相応しくない人と思う。

行き着いた歴史叙述で、鷗外は自らの着目がなければ歴史に埋もれた人物を描いた。いわばミニの存在である。もし、より長命であったなら、史上のビッグな存在を対象とした壮大な史書を書いたのではないか…とふと勝手に空想する。原史料の厳密な読み込み検証と、その歴史叙述化の間には径庭があるという認識が歴史学にはある。むろん同一人がそれをなしてもいいが、現実はかなり困難である。前者は古文書収斂のアカデミズムを生み（これなくして歴史学は始まらない）、近年その批判でもあるアナール派の史学が現れた。

鷗外は古文書は手に負えぬことをいい、起された文書の二次的な使用者であることを自認し、謙虚に歴史ディレッタントを称し、執拗なまでに出典を明示した。この点でも脱「小説」していた。あるいは小説を壊していった。しかし、あの司馬遷もそういう意味の歴史叙述者だった（竹簡にしろ既にある史書・思想書を始めとした多くの叙述類をベースにした作業）。それは歴史其儘をベースに、当該社会の諸相への目配り、人間認識を踏まえての営為であるが、仕上げの叙述には、あえていうが文学的感性が必要と思う。いくつかの古文書あるいは出土物から、かなり大胆にことがなされる現状に、見果てぬ思いである。

他方、大史家を想起させる名、というより凌駕の自負も込めたか、同姓の戦後の国民的マスの作家は、歴史其の儘を標榜して天下国家を講ずる自信に溢れていた。「余談」をもって取材時の体験に薀蓄を傾ける手法は明らかに鷗外に習うが、まさに「談」であり出典を明示しないところに特徴があった。何より出色の巧みな語り口が、取材体験からの実感である。福田定一で書いていたらかなり違ったものになっていたはずだ。

もしも鷗外が九七歳石黒のような長命、つまりあと三七年があったなら…という妄想がつい生じる。死の二年前、賀古宛てに「左伝と史記を皆読んだ。史記の標準書（塩と鉄業の政府直営）はなかなか面白い。……漢武帝の（この）社会策はまだ誰も研究して発表したことがないやうである」（大正九年二月一三日付け）と書いた。古のその人が、匈奴征討戦で捕虜になった李陵を弁護して宮刑にあった後、著述に没頭したのは四〇代後半からで当時としては十分に老年であった。

最高権力者・山県との親交下における幸徳らの事件へのあり方には、疑念を生じる。同時期に親交した平出修（正面からの山県批判者）の存在から増幅される二面性である。上述を早々に覆すようだが、確かにここはヤヌス性が滲む。顔面がまん中で二つに割れて、もう一面が現れたという宝誌和尚の類か（隣国南北朝の僧で京都・西往寺に平安期の立像）。菩薩か夜叉か。日記からは知りえないが、作品において心性の読み取りは可能であった。事件に擬した『大塩平八郎』（大正三年）を契機とし、考証の歴史叙述に入る過程に、筆を扱う人間の一つのあり方は感じさせる。

どこかいこじさの漂うpretensionから、本来の地への染み込むような着地――難解な文章世界であったにしても。分かる人がわかればいいさと、開き直った率直さと言えようか。最晩年の晴れ晴れしさともいえそうな。考証家（筋目を感じさせる）にしてロマネスクの人、斜に構えシニカルな傍観を装う表現を得意とした、一言で言えば多才の人。その多面体ぶりが乱反射を生じやすかったのだろう。逆櫓付きの評ともなった。スネに疵の覚えは誰にでも（あるいは少なからずの人に）あるのではないか。

ここでまた、夜空に光芒を引いて瞬時に消えた流れ星のような青年作家・弁護士の残像がよぎるのだ。冤罪はあってはならないし、とりわけそれによる死刑は絶対に許されない。ことを知って看過するのは加担である。その事件につき、問われているのはわたしたち自身なのだと考える。

本書を三年前の『幸徳・大石ら冤罪に死す――文学・政治の呪縛を剥ぐ』の続編として書いた。延長ということではなく、おこがましながら深化のつもりで…（何より未だ認識不足・不勉強であった自覚による）。手がかりが鷗外で、幸徳らの一一〇年に当る二〇二一年二月の「季報唯物論研究154号」に掲載した「幸徳ら全刑死者の冤罪を証す――法理に悖る大逆と平出修の怒り」が骨組みになっている。その機会を与えてくれた田畑稔氏、そして確かな仕事で再びこのような書物にしてくれた論創社の森下紀夫氏に感謝したい。

二〇二二年初夏

木村　勲

〈参考文献〉

『幸徳秋水全集 別巻一』日本図書センター、一九八二年：森長英三郎「解説」、猪股電火「出来事中心の世間縦横記」（部分）所収
篠原義彦『森鷗外の構図』近代文芸社、一九九三年
『日本の名著44 幸徳秋水 付録』中央公論、一九七〇年：瀬沼茂樹・神崎清対談「大逆事件の文学的波紋」所収
新井勉『大逆罪・内乱罪の研究』批評社、二〇一六年
市川啓「大逆罪における「加ヘントシタ」と謀議論」：「立命館法学 385号」所収、二〇一九年三月
塩田庄兵衛・渡辺順三編『秘録・大逆事件（上巻）』春秋社、一九五九年
森山重雄『大逆事件＝文学作家論』三一書房、一九八〇年
井上光貞ら校注『律令 日本思想大系3』岩波書店、一九七六年
律令研究会編『譯注日本律令 五 唐律疏議譯注篇一』東京堂出版、一九七九年
平沼騏一郎・花井卓蔵ら監修『刑法沿革綜覧』清水書店、一九二三年
江木衷『現行刑法各論』博文社、一八八八年＝同著、有斐閣、一八九二年
同「山窓夜話」：『冷灰全集 四巻』所収、刊行会、一九二七年
泉二新熊『日本刑法論 下巻』有斐閣、一九三一年四二版（一九〇八年初版）

今村力三郎「芻言《すうげん》」：『今村訴訟記録第三十一巻 大逆事件（二）』所収、専修大学出版局、二〇〇二年
同「噫《ああ》花井博士逝矣」：「改造」一九三二年一月号所収
平出洸「幸徳事件をめぐる法制史的諸問題」：「平出修研究 第31集」所収、一九九九年六月一九日刊
井上通泰編『現代短歌全集 第二巻』改造社、一九三〇年
『石黒忠悳 懐旧九十年』非売品、一九三六年：大空社、一九九四年復刻
三谷太一郎『近代日本の司法権と政党』塙書房、一九八〇年
宮武外骨『幸徳一派 大逆事件顛末』龍吟社、一九四六年
森長英三郎『新編 史談裁判（一）』日本評論社、一九八四年
柏木隆法『大逆事件と内山愚童』ＪＣＡ出版、一九七九年
神崎清『革命伝説4——十二個の棺桶』芳賀書店、一九六九年
塚本章子『樋口一葉と斎藤緑雨——共振するふたつの世界』笠間書店、二〇一一年
『長谷川泉著作選③鷗外「ヰタ・セクスアリス」考』明治書院、一九九一年
澤田助太郎『ロダンと花子』中日出版社、一九九六年
平川祐弘「森鷗外の『花子』——見返りの心理」：『完本和魂洋才の系譜——内と外からの明治日本』所収、河出書房新社、二〇一六年
高村光太郎訳『続 ロダンの言葉』普及版、叢文閣、一九二九年
ダヌンツィオ（脇功訳）『死の勝利』松籟社、二〇一〇年

『日本文学全集18 鈴木三重吉・森田草平』集英社、一九七五年
岩城之徳編『回想の石川啄木』八木書店、一九六七年
藤村道生『日清戦争』岩波新書、一九七三年
真貝義五郎訳『ラフカディオ・ハーンの神戸クロニクル論説集（パレット文庫版）』恒文社、一九九四年
『日清戦争従軍写真帖――伯爵亀井茲明の日記』柏書房、一九九二年
亀井茲基「戦火見つめた伯爵写真家」：「日本経済新聞」二〇〇四年一一月九日
檜山幸夫『日清戦争――秘蔵写真が明かす真実』講談社、一九九七年
朴宗根『日清戦争と朝鮮』青木書店、一九八二年
森於菟「鷗外の隠し妻」：『父親としての鷗外』所収、大雅書店、一九五五年
和田利夫『明治文芸院始末記』筑摩書房、一九八九年
森山重雄『大逆事件＝文学作家論』三一書房、一九八〇年
L・アンドレーエフ『七死刑囚物語』小平武訳、河出書房新社、一九七五年
岡義武『山県有朋――明治日本の象徴』岩波新書、一九五八年
入江貫一『山縣公のおもかげ』博文館、一九二二年
大原慧「高橋作衛教授宛、小池張造・巽哲雄の手紙」：同『片山潜の思想と大逆事件』収録、論創社、一九七五年＝「東京経大学会誌」一九六〇年一〇月号初出
田中彰『高杉晋作と奇兵隊』岩波新書、一九八五年

一坂太郎『長州奇兵隊――勝者のなかの敗者たち』中公新書、二〇〇二年
金文子『朝鮮王妃殺害と日本人――誰が仕組んで、誰が実行したのか』高文研、二〇〇九年
佐藤信「山県有朋とその館」:「日本研究」51号所収＝国際日本文化研究センター、二〇一五年
三上参次『明治時代の歴史学界――三上参次懐旧談』吉川弘文館、一九九一年
青山幹生・青山隆生・堀雅昭『靖国の源流 初代宮司・青山清の軌跡』弦書房、二〇一〇年
隈元謙次郎『明治初期来朝 伊太利亜美術家の研究』三省堂、一九四〇年
長谷川泉『写真作家伝叢書2森鷗外』明治書院、一九六五年
勝本清一郎『近代文学ノート3』みすず書房、一九八〇年
大塚美保「鷗外旧蔵『獄中書簡』(大逆事件被告獄中書簡写し)をめぐって」:森鷗外記念会「鷗外83号」所収、二〇〇八年七月
林達夫「自己を語らなかった鷗外」:『日本文学研究資料叢書 森鷗外Ⅰ』所収、有精堂出版、一九七〇年
向坂逸郎「森鷗外と社会主義」:同前所収
中村文雄「平出修〝我等は全く間違って居た〟」:「平出修研究」第二五集、二六集、二八集、二九集、三〇集(一九九三~一九九八年)
子安宣邦『「大正」を読み直す」――幸徳・大杉・河上・津田、そして和辻・大川』藤原書店、二〇一六年
中村稔『森鷗外『渋江抽斎』を読む』青土社、二〇二一年
六草いちか『鷗外の恋 舞姫エリスの真実』講談社、二〇一一年

『二宮宏之著作集 第1巻』岩波書店、二〇一一年
野口武則「『元号考』成立についての一考察――『大正、昭和大礼記録』と宮内官僚・森林太郎」：森鷗外記念会「鷗外 109号」所収、二〇二一年六月三〇日
山岡浩二『明治の津和野人たち――幕末・維新を生き延びた小藩の物語』堀之内出版、二〇一八年
大谷晃一『鷗外、屈辱に死す』人文書院、一九八三年
川俣昭男『ローベルト・コッホ博士 日本紀行点描』自家版（芳文社印刷）、二〇〇八年
ヒュー・コータッツィ『ある英人医師の幕末維新――W・ウィリスの生涯』中央公論社、一九八五年
永井隆『乙女峠』中央出版社、一九五二年
佐々木潤之介『江戸時代論』吉川弘文館、二〇〇五年
木村勲『幸徳・大石ら冤罪に死す――文学・政治の〈呪縛〉を剝ぐ』論創社、二〇一九年
同「幸徳ら全刑死者の冤罪を証す――法理に悖る大逆と平出修の怒り」：「季報 唯物論研究154号」所収、二〇二一年二月
同「鉄幹と閔后暗殺事件――明星ロマン主義のアポリア」：比較法史学会編『歴史のなかの国家と宗教 Historia Juris 16』所収、二〇〇八年
同「『にごりえ』を読む――「泣きての後の冷笑」を視界に」：「神戸松蔭女子学院大学研究紀要文学部篇 №.2」所収、二〇一三年三月

■や行

■ら行

■わ行

■た行

■さ行

■か行

人名索引

木村勲（きむら・いさお）

1943年、静岡県生まれ。一橋大学社会学部卒、同大学院社会学研究科修士課程修了。日本社会史・近代文芸論。朝日新聞学芸部記者を経て神戸松蔭女子学院大学総合文芸学科教授を務めた。著書に『日本海海戦とメディア――秋山真之神話批判』（講談社メチエ、2006年）、『「坂の上の雲」の幻影――“天才”秋山は存在しなかった』（論創社、2011年）、『鉄幹と文壇照魔鏡事件――山川登美子及び「明星」異史』（国書刊行会、2016年）、『幸徳・大石ら冤罪に死す――文学・政治の〈呪縛〉を剥ぐ』（論創社、2019年）、『聖徳太子は長屋王である――冤罪「王の変」と再建法隆寺』（国書刊行会、2020年）など。論文に「漱石『夢十夜』と山川登美子『日蔭草』――小説、短歌、及び絵画のイメージ比較試論」:『国文学年次別論文集「近代Ⅱ」（平成23年）』所収（朋文出版、2015年）など。

鷗外を考える――幸徳事件と文豪の実像

2022年12月20日　初版第1刷印刷
2023年 2 月10日　初版第1刷発行

著　者　木村　勲
発行者　森下紀夫
発行所　論 創 社
東京都千代田区神田神保町2-23　北井ビル
tel. 03（3264）5254　fax. 03（3264）5232　web. https://www.ronso.co.jp/
振替口座　00160-1-155266
装幀／宗利淳一
印刷・製本／中央精版印刷　組版／フレックスアート
ISBN978-4-8460-2219-8　